薄伽梵歌

通解

[以] 伊萨玛 · 泰奥多
[中] 徐达斯 合著

西藏藏文古籍出版社

图书在版编目（CIP）数据

《薄伽梵歌》通解 /(以) 伊萨玛·泰奥多，徐达斯著 .
—拉萨：西藏藏文古籍出版社，2016.12
ISBN 978-7-80589-901-5

Ⅰ. ①薄… Ⅱ. ①伊… ②徐… Ⅲ. ①史诗－诗歌研究－印度－古代 Ⅳ. ① I351.072

中国版本图书馆 CIP 数据核字 (2016) 第 298638 号

《薄伽梵歌》通解

作　　者　伊萨玛·泰奥多　徐达斯
责任编辑　何卫峰
封面设计　慧和德勤
出　　版　西藏藏文古籍出版社（850000　拉萨市色拉路 22 号）
　　　　　第二编辑部（北京）：北京市东土城路 8 号林达大厦
　　　　　A 座 13 层　邮编：100013　　电话：010-64466847
　　　　　打击盗版：0891-6649998 13908990085
印　　刷　北京彩虹伟业印刷有限公司
经　　销　全国新华书店
开　　本　32 开（880×1230）
印　　张　8.5　　　　　　　　字　　数　155 千
版　　次　2016 年 12 月第 1 版第 1 次印刷
标准书号　ISBN 978-7-80589-901-5
定　　价　49.00 元

俱卢之野

作者简介

伊萨玛·泰奥多博士，东方学教授，牛津大学神学系毕业，剑桥大学克莱尔学院终身成员。目前在以色列海法大学和香港中文大学任教。代表作为获奖图书*Exploring the Bhagavad Gita*：*Philosophy Structure and Meaning*, Ashgate Press, 2010。

徐达斯，独立学者，师从剑桥大学比较宗教系托玛斯·赫兹格博士，在东方学、考古学、神话学、中国文化史领域孜孜不倦研究十余年，尤其对古印度文化和瑜伽哲学有独到而深入的理解。已出版《文明的基因》（东方出版社）、《天下第一书的开示》（上海财经出版社）、《道从这里讲起》（九州出版社）等著作。现为北京三智国学院东方文化研究院副院长。

献　辞

谨以此书献给当代最伟大的韦檀多学者 A.C Bhaktivedanta Swami Prabhupada，是他的慈悲和奉献使《薄伽梵歌》的真义得以照亮世界。

评 论

本书可能是出现在当代的关于如何阅读《薄伽梵歌》的最值得注意的著作之一，它提供了一条清晰的路径，使印度教最难解读的然而又是最重要的文献之一变得连贯畅达。我发现本书给了我光明通透的体验。

Julius Lipner FBA，

印度教和比较宗教学教授，

英国剑桥大学克莱尔学院研究员

一本把新的光芒投射到《梵歌》之上的令人着迷的书，应该对那些渴望读懂这部伟大灵性经典的人更易理解它有帮助。

Keith Ward FBA，

英国牛津大学基督教会学院研究员，

Divinity Emeritus 皇室教授

伊萨玛·泰奥多用现代的头脑接近古老的《薄伽梵歌》，发现其中有很多值得我们注意的东西。把他的研究定位在比较神学并识别文本中各个层面的含义，将会帮助那些不熟悉《梵歌》的人找到觉解这部千古深经的路径。融哲学－神学与道德实践为一体，作者显发了《梵歌》教导的普遍关联性。从 Sarvepalli Radhakrishna 以来，没有人能像伊萨玛·泰奥多所做的那样，给予这部经典如此深透的研究。

Klaus Klostermaier FRSC，

加拿大 Manitoba 大学印度教、宗教研究特级教授，

牛津大学东方学研究中心研究员

序　言

可以用各种方式去阅读《薄伽梵歌》；可以当作文学作品或诗歌，可以当作东方学的文献并从东方文化的角度加以审视；如其不然，也可以当作哲学或神学著作来阅读。作为一部文学作品或诗歌，其文学性和诗性的方面自然会受重视，因而，偈颂的韵律、阿周那和克利须那的特殊称谓，以及由此而唤起的相应的情感，诸如此类，皆在所当察。作为一部东方学作品，其历史学和语言学方面将得到强调，因而，关于撰作年代的问题，作者是一人还是多人、文本的语言学结构，及其与《摩诃婆罗多》之语境的关系，自然会得到考虑。作为一部哲学和神学作品，其概念的结构，其隐伏的假设以及主要的观点，将受到着重的思考和检审，而这也正是目前这个版本用力之所在。《薄伽梵歌》学已经变得有点复杂深奥，以至于在某个时候，一条鸿沟出现了，让普通读者对这部被广泛阅读的文献的学术性解析望而生畏。本书或许是受一种教学冲动的刺激，故此不但采取了跟解析性路径不同的情境，而且目标也不一样。就情境而言，我让读者放松，进入一种跟阅读一部伟大经典相匹配的沉思状态。就目标而言，我希望深化对作为哲学－神学作品的《薄伽梵歌》的阅读，并帮助读者获得对这部巨著的洞见或称“Darshan”。为此，我有意避免了征引全面的书目和密集的脚注，因为这些东西可能会让读者的注意力游离于作品原初所承载的简单却深刻的理念之外。

本书先是作为一部神学作品问世，后来在牛津大学神学系的环境里得到了磨砺和进一步的清晰表述。其主要目的是提供一个向理性检讨开放的统一结构，一个统合全文的结构。此结构是通过采用一个“三层楼房”的隐喻建构起来的，它主要由两种成分构成；一部分是三个不同的楼层，另一部分是从一楼到二楼最后到三楼的通向楼中住户的楼梯。三个楼层代表实在的三个层次，而楼梯代表道德和精神提纯的转化性阶梯。在某种更宽泛的意义上来说，我希望本书不但是对《薄伽梵歌》研究的一个贡献，也是对方兴未艾的比较神学的一个贡献，因为一旦诸多神学巨著的结构能够被粲然表出，它们就能被加以比较、加以对照、分判，由此提供一种灵性的多元统一，而这也许能用来作为物质主义之外的另一种选择。原本，希腊的哲学跟希腊的宗教是不可分割的，只是后来才逐渐被表述为一种普世性哲学。同样，本书或许往这个方向上也前进了一小步，它强调了《薄伽梵歌》的哲学性本质，这在一部非印度教经典里也适用。如果去看看能找到的很多学术性释本，就会发现它们是按偈颂的译文逐颂提供注释的。本书则结合了几个给文本分节的版本，并加上了解读，我希望这种做法会证明是有用的。现在，让我引述《薄伽梵歌》本身，以此作为结束：

> “此乃王者之学、皇华之秘，至为清净，能被直下认取。它契合正法，不朽永在，实践时喜乐盈人。”(1)

希望读者从这部伟大的著作里找到喜乐。

伊萨玛·泰奥多

于剑桥大学克莱尔学院神学系

2008 年 1 月 3 日

注释：

(1) 《梵歌》9.2

目　录

导　读

《薄伽梵歌》是一部文学、神学巨著，也是一部世界一流的经典；从过去数千年以来，它在印度教里一直占据着显赫而又普及的地位。由于其巨大的影响力，它有时被称为“印度教圣经”，甚或“印度圣经”；此外，全世界有无数的人能引述它，无论是用他们的母语，还是用最初的梵文——用来表达他们的信仰或世界观。这部著作本身是伟大的印度史诗《摩诃婆罗多》的一部分(1)，它由史诗中的两位主人公——统帅阿周那和他的表兄、御者、朋友——克利须那之间的对话组成。尽管对话不算长，不过700颂，却涵盖了最高深的神学和哲学主题；故此，它关涉到面对存在的每一个人。这部著作叙事背景相当富有戏剧性：由于持久的家族冲突，全世界的军队皆集结于俱卢之野，有的支持般度氏，即般度诸子；有的支持俱卢氏，即狄多罗·史德罗诸子。阿周那预见到将要发生的大屠杀，不愿跟他的家族成员、朋友、师长拔刀相向。深悲亟痛之下，阿周那转向他的朋友克利须那，寻求能救他于危难的指导。就在跟阿周那对答之际，克利须那讲说了《薄伽梵歌》，此名大致可译为“上帝之歌”，或者，更准确一些，“至尊者的神圣诗篇”。据《摩诃婆罗多》的记载和现代印度学者的考证，《薄伽梵歌》很可能面世于公元前三千年以前，远远早于古希腊大哲们比如柏拉图、亚里士多德以及中国的老子、孔子所在的“轴心时代”。从宗教的角度来说，《薄伽梵歌》是一部印度教毗湿努派（Vaishnava）经典，因为它将毗湿努或克利须那视为至尊者；而从哲学的角度来说，在《梵经》（*Brahmasutra*）、《奥义书》（*Upanisad*）之外，《薄伽梵歌》构成了韦檀多传统的三大根本经[2]之一。从文化和社会的角度来说，《薄伽梵歌》代表了印度教的正统和主流，因为它接受韦陀经的权威，以及作为法（Dharma）之核心的种姓－行期（Varnasrama）。

作为建构和界定人类社会的法（Dharma）

Dharma 这个术语是印度思想的核心，也许可以被译为宗教、职分、道德、正义、法律和秩序。法并非外在于人类，相反，它构成了万事万物的精髓或本性。故此，它要置万物——不仅人类而且现象界之全部——于其恰当之位置。举例来说，教师的法是施教，而太阳的法是照耀。法要使人类社会安立于一个坚实的道德基础之上，如是，它通过个人的和职业的状况这两种因素界定人类。个人的状况是根据个人与家庭生活的关系界定的，通过把人类生活划分为四个阶段而形成。据此，一个人在青少年期应该是守贞的学子，一个梵行者（Brahmacari），持行苦修和戒律，在上师的指导下，过着不蓄私财的生活。除了接受人格塑造，他还要研习灵性传统，培养对最高真理——梵（Brahman）的认知。训练结束之后，他进入被称为居士（Grhastha）的婚姻生活阶段，以实现人生的四大目标。他服从法，并为社会秩序的维持做出贡献。他聚集财富，满足欲望，最终把注意力转向解脱（moksha），也即超脱生死轮回的理想。等到孩子长成以后，他逐渐恢复年轻时所曾修炼的更为出世的心态，跟妻子一道进入林栖（vanaprastha）阶段。渐渐地，夫妻两人变得不依恋家室、社群，以及政治、经济事务，开始更关注灵性的事情。到生命的最后阶段，他成为出世僧（Sannyasi），在内外两方面，彻底出离了世间。

界定人类的第二个因素是职业；如是，法划定了覆盖所有职业范围并支撑正常人类社会的四大职业团体。第一类团体为婆罗门（Brahmins），这些人，根据古老的吠陀譬喻，构成了社会体的首脑。他们是智识阶级，包括教师、祭司、哲学家和才智之士，他们具有诸如宁静、自制、苦行、纯洁、安忍、诚实、渊博、智慧、虔诚之类的品质特征。第二类团体为刹帝利（Kshatriyas），根据韦陀经的譬喻，他们构成了社会体的手臂。他们是统治阶级，包括君主、贵族、将帅、宰臣，他们具有英勇、激情、决断、干练、尚武、慷慨、富有领导力之类的品质特征。第三类团体为毗舍（Vaishas），即农耕和商贾阶级，他们构成了社会体的腹部，通过建立以垦殖和商贸为基础的经济基础，支撑整个社会。第四类团体为首陀罗（Sudra），构成了社会体的腿足，他们是劳动、服务阶级，其中包括艺人和工匠。这个体制本身被认为具有神圣的起源，此外，它并非人为地被强加于人类社会，而是肇始于自然分类和人类天性。故此，克利须那说：根据物质自然之诸气性（gunas）[3] 以及与之相对应的业，我创造了人类社会之四种姓”[4]。法透过持守职分而得到维持，《薄伽梵歌》支持这个原则，建议并要求每个人皆持守其职分。故此，《薄伽梵歌》说道："履行自己的法定（Dharmic）职分，即使有差错，也远较圆满地完成别人的责任为佳。即使在践履自己的职分时遭到毁灭，也强过履行别人的职分，因为越俎代庖是很危险的”[5]。显然，四种姓（arnas）或阶级的理念更富有哲学意味，而不是经验意味[6]。

解脱（moksha）——彻底离弃生死世间的呼唤

面对生来就不太理想的人性现实，法所追求的理想的道德世界注定会遭到破灭，因为充满弱点和缺陷的人类存在多少有别于理想的有些乌托邦式的法的世界。这条鸿沟占据了《摩诃婆罗多》的绝大部分，在那里，一方面是对那些能够不顾艰难险阻依然持循正法之人的刻画，而另一方面，各种阻碍人遵行正法的人性弱点也被得到描述。这种对世界的较为消极的观点导致了对人类存在最终难逃痛苦的觉解，而对这个问题的唯一的、真正的解决方法是彻底出离世间。这样的呼唤，表现于奥义书一类的典籍和韦檀多传统里面，召唤着人类领受自我纠正、自我觉悟之道，彻底摆脱被称为 Samsara 的残酷的生死循环。故此，无常变化的世间绝不会被认作人最高的归宿，因为，跟世界所从流衍的那个原则或人相比，它的价值较低。因而，《薄伽梵歌》宣称："臻达我后，伟大的灵魂便永不会重返这充满烦恼的无常世界，因为他们已经获得了最高的圆满。在物质世界，从最高的星宿到最低的星宿，全是生死轮转不休的苦地。但谁若到达了我的居所，贡蒂之子呀！就永不再投生。[(7)]"这段话极好地体现了《奥义书》的理念，按照奥义书，人当舍弃世间，以求臻达一种更崇高的、不朽的、圆满真常之境，也即解脱或 moksha 之境。

法与解脱之间的张力

法追求世间的道德提升以及正义、繁荣之人类社会的建立，而奥义书的理念则完全不同甚至相悖，它提倡对世间以及对无法抗拒的轮回转生的彻底弃绝。此外，奥义书传统召唤人超越法，超越道德和对社会秩序的探求，以便进入一种内省并不断向自我觉悟和解脱生死冲击的状态。《薄伽梵歌》有言："在自我中找到妙乐，在自我中找到欢喜和真实的满足，对于这样的人，礼法职分不复存在"[(8)]。看起来，奥义书传统并不看重道德和社会秩序，相反，它主要关注的是出离世间和自我觉悟。自立于解脱之途的人不受法和道德义务的约束，这种说法其实相当极端，无疑彰显出了这两大思想体系之间的鸿沟。

在另外一个重大问题，即知与行的问题里，法与《奥义书》传统也互相对反。或许起源于远古韦陀弥曼差派的法的传统具有明显的实践意趣，而奥义书传统却不同，它对知的强调远过于行。法力求透过行动治理世界；婆罗门行教化和祭祀，刹帝利统治、保卫，毗舍垦殖、贸易，首陀罗胼手胝足地劳作。奥义书传统力图达到对万事万物之精髓的理解或认知。并且，它鼓励舍离业行和俗世牵缠，以求获得真知和启明。阿周那提出了这个问题，对于该走哪一条道，他请求更为明确的指导：是有为之路、守分尽职，还是舍离之路、求取觉明。他问道："瞻纳陀那啊！凯阇筏呀！你既认为智慧比业行好，又为什么力劝我参加这场可怕的战争呢？你模棱两可的开示迷惑了我的心智。因此，请明确地告诉我，什么对我最有益？"[(9)]

《薄伽梵歌》在印度经学和思想史上占有特殊的地位，原因即在于它调和了这两者之间的张力和分歧。一方面，《薄伽梵歌》要求人按照种姓－行期体制守分尽职，以遵行正法。与此同时，通过提出内在舍离而非外在弃绝这样一个独特而又具有突破性的观点，它又支持《奥义书》彻底弃绝世间以求自我觉悟和获得解脱的理念。换言之，相对于抛离家室和社会职分以便成为一个浪迹天涯的托钵僧或林栖者的外在出离，《薄伽梵歌》推许一种内在的舍离，用这种方法，人持循正法，但是通过逐渐学会放弃业果并以之奉献至上，又能沿着舍离之途取得内在的进展。对两个本来互相矛盾的观点的有趣弥缝，开出了一个将社会职责、世间作为与深刻的精神性、舍离心相结合的体系。有一个著名的诗偈提到了这种内在的舍离："你有义务践履法所赋定的业行，但永远不要据有业果。千万不要让求取业果成为你行为的动机，也不可无所作为。"[(10)]

《薄伽梵歌》的统一性结构

《薄伽梵歌》无疑是一部独特的经典作品，但是，对其含义和哲学的破解却绝非轻而易举。克劳斯·科罗斯特梅尔（Klaus Klostermaier）指出了读者在理解《薄伽梵歌》时所面临的挑战：

> 任何一个第一次阅读它的人，必定会被它的优美和深刻所打动；无数的印度教徒用心灵去理解它，在很多场合引用它，作为对他们的信仰和领悟的一种表达。在整个印度，还有西半球的很多地方，《梵歌》讲座都能吸引大量的听众。很多人相信，《薄伽梵歌》是我们这个时代人类灵性复兴的秘典。然而，对《梵歌》的仔细研究将很快揭示，需要一把打开这部秘典的钥匙。尽管故事简单，作品又广为人知，但它绝不是一部好懂的书，一些最伟大的印度学家一直在跟其中所呈现的历史和哲学问题苦苦缠斗[(11)]。

这些话无疑触及到了理解这部著作所面临的主要挑战之一：能否用一个相对简单而又统一的主题或结构关束它？我相信这是可能的，为了理解《薄伽梵歌》的结构和主题，我提出了一个“三层楼房”的隐喻。这座楼房不但有三层，而且还有一条楼梯或阶梯，引导居住者从一楼走到二楼，又从二楼走到三楼。底层代表人类的世间生活，第二层是中间层，在此，人舍弃世俗生活，寻求解脱之境。第三层代表完全凝注于解脱之境。楼梯的层级由各种按照动机而归类的行为状态构成；在较低的层级，人的行为被某些实用原则或利益所驱动；高一级的是寻求超越现世的天堂得益，再高一级的是舍弃业果，仅仅为了职责或法的缘故而作为。还要高一级的是践履法所赋定的职分，以之作为一种瑜伽修炼，也即把践履职分当作调伏心念的手段。最高一级是践履法所赋定的职分，同时在解脱之境完全冥迹至上。如此，《薄伽梵歌》对两种理念皆予以支持；它支持社会职责、道德和法，同时又认许《奥义书》的自我觉悟之途，这条道路将人从物质存在的深处一直引领至解脱(12)。

韦陀祭祀和“第一层”的人本观

韦陀礼仪性祭祀在古代印度极为普遍；有些祭祀是家庭化的，而有些是公开的，有些很简单，而有些相当繁复、昂贵。隐伏在所有各类祭祀底部的是对韦陀经之圆满性的深厚信心，以及对祭祀的信念，即祭祀是获得今生来世成功兴旺的方法；天堂究竟在何处，并不完全清楚，或许可以从地理上来理解，把它看作某个特定的较高的星宿，但也可以视其为一种较高的存在状态。不过，很显然，天堂生活被认为是一种更令人愉悦的生存状态，并且人们通常都渴望在来生达到这种状态。天堂的对立面同样存在，那就是地狱，无论它是指一个坐落在宇宙底部的地理上的区域，还是指一种较低的生存状态，毋庸置疑，根据韦陀经的观点，地狱生活痛苦万分，应该避而远之。因此，韦陀诸经被认为是永恒而完美的，而韦陀祭祀和仪礼却有点儿问题。一方面，有人宣称，韦陀诸经起源神圣，举行韦陀祭祀并获得今生来世的繁荣兴旺是人的神圣职责。而其他推扬解脱之途的人，虽然也赞同韦陀诸经的神圣起源，却认为舍弃世间欲乐以求出世解脱才是究竟。如是，他们视属世成功为一种应适度领受的赐福，但绝对不是终极目标；因而，世间繁华应被视为是一个逐渐引人迈向解脱的社会的健康状况。考虑到以上所述，看来韦陀世界观代表了我们所谓的“第一层”；它是积极乐观的，因为它追求健全、道德、正当而幸福的人类生活。其间，它力图避免不道德和不公正，促进有序和正义。就它以人类为中心从完整、连续的角度来看待实在而言，是人本主义的；故此，其世界观充斥了诸如人类、家庭、社会之类的词汇，而最重要的，就是不断充扩以提振人类社会的法。

躯体化的灵魂，转世问题和“第二层”的瑜伽观

表现在此世乃至来世或天堂的主要问题是不断的生死轮回。不断变化，本性无常，原本自由的灵魂被囚禁在注定要死亡的躯壳里，与感官及其永无餍足的欲望的持续搏斗，所有这些都使世俗化的、躯体化的生存变得毫无生趣。并且，从《薄伽梵歌》的“第二层”观点来看，甚至通过举行韦陀祭祀就可以获得的天堂生活，都被无情的生死轮回破坏了。换言之，在度过漫长的充满享乐的天堂生活之后，人会再度跌落较低的世界、较低的存在状态。这种看法自然会使人力图摆脱躯体化的状态，因而接受旨在自我觉悟的包括不同门类的修法。精进于自我觉悟之途，修行者开始用不同的方式思索自身；他不再认为自己是人类，而是开始把自己视作永恒的灵魂，完全有别于粗糙的或精微的外壳，也即蔽覆、囚禁他的身、心。如是，《薄伽梵歌》说：“躯体化的灵魂，在身体中，经历童年、青年，终至老年，死后离开这个躯壳，到另一躯壳去。自觉的灵魂不会为此变化所眩。”(13)

这种观点就是我们所谓的“第二层”。从这个角度，人就会把他自己的身、心看作外在于他自己，并把他跟外物的根深蒂固的纠缠看作是偶在的、非本质的，是解脱之途的障碍；在这样的境界里，他力图不但要斩断跟心、物深固的关联，而且要证取作为精神实体的大梵，无论是其

人格之相还是非人格之相。此“第二层”世界观，或对于灵魂的洞见，并不以建设一个繁荣而道德的人类社会为目标，相反，它劝勉对此世的彻底出离。它绝非人本主义的，因为“人类”一词在那里并没有非常重要的地位，相反，是“灵魂”一词在这种观念里建构起了个体的性份，所以它或许可以被认为是一种“灵性的”世界观。如是，根本的个体性要素是被各色各样未必是人的躯壳所覆蔽的灵魂；这些躯壳或许是草木、虫鱼、禽兽或诸神人类的躯壳。这种基于对灵魂之洞见的世界观，也有其道德上的含义；由于洞见灵魂之被躯壳囚禁，它自然赞成对躯体化灵魂的解放。故此，它支持一套跟“第一层”完全不同的价值观；它并不推进人类的繁荣，而是提倡平等看待好坏、苦乐、贫富、义与不义。此平等观形成了一个基础，在此基础上，人便能遥望于现世之外，寻求一个全然不同的被定义为真常、觉明、极乐的灵性实在。因而，“第二层”有两个部分：一方面是挣脱躯体化境况的努力，另一方面是跟至上、绝对的灵性实在的契接。由于这两个原则，即出离此世的企图和上达更高实在的企图，蕴涵在各类瑜伽体系之中，所以这种观念也可以被认为是一种“瑜伽观”。

制心——各类瑜伽的聚焦点

各种瑜伽体系都是要将修炼者从尘俗的存在状态升转到觉明、解脱之境。修炼集中在心[14]，在不受约束的状态下，心将灵魂羁缚于身体之上；而在清明自制的状态下，心引领灵魂走向解脱。心联结身体、诸根和灵魂为一体，被认为具有强大的引导灵魂走向觉明的能力。然而，由于跟感官以及被感官所激起的各种尘世欲望的紧密关联，未受节制、被扰动的昏昧之心无法觉悟其内在潜力。是故，瑜伽体系力图调摄、洁净心意，就像人擦拭镜子或眼镜，好看得更清楚。在昏昧之境，心被表现为阴阳气性（gunas）

的自然之运化、被感官对象所激起的好恶、被种种记忆和对自我的误解、被自我保存的冲动和对死亡的恐惧所扰乱。清明的觉知好比平静澄澈的湖水，清可见底；而昏昧的觉知好比暴风雨中的污河浊水，浑不见底。瑜伽体系的两个核心原则是习练和不执；习练旨在逐渐控制狂暴的心念，而不执旨在脱开心与心所贪著的各种感官对象的黏合。第六章专门讨论这个论题，并建议瑜伽修炼者“以绝不动摇的决心和信念，修炼瑜伽；凡由情识产生的尘世欲望，一概摒弃，而且，以心意从各方面收摄所有感官。凭借智慧，逐渐一点一点调伏心念，于是，心意凝定于自性，再无旁骛。心念飘忽不定，变动不居，无论游荡到哪里，都必须将它收回，置于自我的控制之下”。[15]

瑜伽体系不仅仅只是理论，相反，它提倡身心的修炼。传统上归于钵颠阇利（Patanjali）[16]名下的古典文本《瑜伽经》（*Yogasutra*），表达了一个阶梯状的八段结构，从某种意义上来说，这个结构成了瑜伽体系的原型。八段修炼从道德修养开始，告成于三昧（samadhi）之境，那是充满妙喜和觉明的解脱之境。第一个阶段被称为 Yama，即禁制，包括实践非暴力、保持诚实、不偷盗、修炼梵行（Brahmacarya），所谓梵行则包括了节欲戒色、不事聚敛。第二个阶段谓之 Niyama，即精进，包括清洁或纯净、知足、苦行、认知自我和学习经典，以及对无上者的奉献。第三个阶段是 asana，即坐姿，包括各种体位的精密修炼，此后是 pranayama，调息的阶段。接下来修炼 pratyahara，撤回，即感官从感官对象的撤回，再下一步是 dharana，执持，即长时间专注于保持感官的撤回。第七个阶段是 dhyana，也就是禅定，其实质是冥思至上，第八个阶段是这个体系的顶峰，谓之 samadhi，三昧或三摩地，其间瑜伽士进入了一种超越尘世存在的内明之境。第六章讲到这种境界：“修炼瑜伽，心念完全摒除物质活动，此圆满之境，即为神定，或曰三摩地。它表现为，行者能以清净心观照自性，得享自性之乐。此时，透过灵性根识之妙悟，行者处于无量无尽之妙喜。如是成就以后，行者便永不会背离真理，到此地步，他也更无所求。若证入这般境界，即使遇上最大的困难，也绝不会动摇。这才是脱离一切物质烦恼而来的真自在。”[17]

阴阳气性所构成的人性

瑜伽派和数论派中所蕴涵的理论都认为自然由三种德或三股能量构成，这称为 gunas，即气性。三德分别为：萨埵（Sattva），即中和气性，代表清明良善；罗阇（Rajas），即强阳气性，代表情欲冲动；多磨（Tamas），即浊阴气性，代表愚昧、钝惰和阴暗。这三种气性构成了人性，把灵魂捆缚在心、物或说细身与粗身之上。跟始终保持恒常不变的灵魂相反，诸气性之间不断往来互动，并以各种组合联结；如是，有时是中和盛行，有时是强阳，有时又是浊阴。由于诸气性主宰、统驭了生活的各个方面，所以这个世界有时被称为“气性的世界”。诸气性构成了人性，透过每一个念头、每一句话语、每一桩行为表现出来。因而，人思考、说话、行为的方式反映出了人所禀气性之组合。生活的各个方面，比如各种心理表现、行为、职守、社会归属、饮食习惯、宇宙中的位置，聚合成了人的存在，这个概念为人类甚至非人类的存在做出了独特的分判。中和气性表现为智慧和幸福，以及出于道义而履行职分；它代表社会智识团体或说婆罗门阶层，关乎新鲜的素食，就宇宙中的位置而言，它导向高等星宿。强阳气性表现为欲望和贪执，为了功果或外在的得益而持守职分；当与较多的中和之气混合时，它代表统治阶级；当与较少的中和之气混合时，它代表商贸和农耕阶层，它跟刺激感官的素食例如香辣辛咸的食物有关，就宇宙中的位置而言，它导向中等星宿。浊阴气性表现为昏暗、怠惰和痴狂，它导致对职分的疏忽；

它在社会劳作阶层里比较突出，跟肉食、烟酒有关，就宇宙中的位置而言，它导向低等星宿。

诸气性也可以被视为宇宙通道，灵魂在其中穿越轮回之旅。中和之途初看有些平淡，但若持之以恒，就能逐渐体会到福乐、安定和觉明。强阳之途则相反，它开始看起来很诱人、很让人激动，但若一直持续下去，人就会经验到痛苦和衰竭。最低级的是浊阴之途，代表了最低级的人类状况；它表现为迟钝、愚蠢，甚至疯狂，最终导致自我毁灭。即便有合理化处置的可能，对于有身者来说，要摆脱束缚住他的某种特殊气性的影响甚或捆绑是相当困难的。就《薄伽梵歌》而言，气性的理念是根本性的，对于气性之本质的详细讨论，尤见于第十四、第十七和第十八章。《薄伽梵歌》推扬一条渐进之路，吾人可以由此从较低的气性提升到较高的气性。为此，受气性缠缚的各种特征被描绘出来，让人能够进行自我检讨和自我认知。这样，人就会改变自身的习性，提升自己在气性等级上的地位。气性说跟《薄伽梵歌》的梯形结构紧密相关。安立于中和气性，人便能持守正法。换言之，当人受某些外在动机的驱策而遵行法（Dharma）的时候，他被认为是受到了两种较低气性的支配；当人能够提升到中和气性，就能为法而守法，以一种无私无为的心态，也没有求取功果的欲望。这是在我们所谓的“第一层”里所能达到的最高境界，由此就能继续向上进入“第二层”，迈向“阴阳之外”的境界。

行为及其后果——业的原则

“第二层”所蕴涵的瑜伽－奥义书式观点[18]对人类行为的看法有点复杂。一如灵魂被视为永恒，又如诸气性影响作用灵魂于今生之后，同样地，业的概念被认为有超越今生的意味，其根在前世，而其果在来生。质言之，每一个行为不仅带来当下的后果，而且还有长期的影响。如是，一个人若布施济贫，下一世就会出生在富贵人家，因而过上奢华的生活。反之，若人造下罪孽，结果就会投生在贫苦人家，因而生活窘迫艰辛。这或许也强化了气性作为宇宙通道的说法；受中和气性影响的人乐善好施，这使他在来世获得提升，投生在一个虔诚的环境里，其间他能受到良好的教育，故此会继续行善助人，而这又让他得到了进一步的提升。另一面，受较低气性影响的人给别人带来苦恼，结果就投生在比较低贱的境况或身体里，其间某种坏的禀性会逼迫他，把他往下拖到更深的存在底层。尽管这种观念无疑暗含了自由意志的丧失和多少有点宿命论的世界观，《薄伽梵歌》却坚定地高扬自由意志，蕴藏在所有对话底下的预设是：阿周那可以选择属于自己的道路。也就是说，这暗示了尽管似乎有诸气性所判定的宿命，人仍然具有足够多的自由意志，并能改变生命的进程和存在。

第四章对业（Karma）这个论题有广泛的涉及，其中讲到，“在决定何为作、何为无作时，即使有智慧的人也深感困惑。现在，我告诉你，什么是业，你知道后，便将摆脱一切罪孽。业很复杂，极难了解。因此，应该正确地认识，何为作（Karma）、何为妄作（Vikarma）、何为无作（Akarma）”[19]。善业是根据职分或法（Dharma）而践行的，而恶业悖逆法所赋定的职分，并会带来苦果。从这样的观点来看，无论善业、恶业最终都会将人束缚于持续性的存在，因为造业者不得不再次投生，以享受或承负其业行所带来的业果。作为另一种选择，《薄伽梵歌》鼓励人实践一种“纯洁”“干净”的被视为“无作”的行为：原因在于，若行之以恰当的方式，比如不计较功果，结合以良知智慧，以及作为向无上者的奉献，它不会招致来生的业果，相反，它导向解脱。是故，它没有一般业所具有的捆缚人的特征；这是《薄伽梵歌》结尾提出的最高级的行为方式："舍弃一切法，只是托庇于我，我将救度你出于一切罪孽；不要害怕"[20]。职分之舍弃，或从外面对业的逃避，会引起另一个问题，因为如此一来，又容易带来坏的结果。《薄伽梵歌》强调业瑜伽（KarmaYoga）之道，也即行动中的瑜伽。据此，人透过作为，或者，确切地说，按照法践行，而经历同样的瑜伽式转化。如是，人检视自己的行为方式，不断地试图升华它；这样，依靠尽职守分，不断升华，不断纯化内在动机，就能透过业行达致觉明。在阿周那面前摆出了各种尽忠职守、起来战斗的动机；他可以为某些功利的目的而战，可以为职责本身而战，可以作为一种瑜伽的修炼而战，也可以出于对无上者的奉献而战。

《薄伽梵歌》的教化原则

巡视过跃跃欲战的两方军队后，面对自己似乎无法解决的道德困境，阿周那变得灰心丧气。此时，以一种新的方式，他转而求告克利须那，他的朋友兼战车御者；他接近克利须那，正如一个弟子接近古鲁（Guru）——上师或导师，他宣布："如今我是你的弟子，拜倒在你的脚下，请教导我吧！"[21]古鲁透过本人的师才教育弟子，而弟子不但要从古鲁那里学习理论性知识，还要侍奉古鲁，渴望取悦他。第四章指出了师徒关系："亲近一位灵性上师，学习真理；逊顺地向他询以疑难，并且为他服务。自觉的灵魂，看见过真理，能授你知识。"[22]这无疑是一种很人性化的知识传承方式，它必须有人格的塑造和价值的传递。《薄伽梵歌》的结构不仅由三层实在构成，它还有另外一个主要的成分：一架转化心性的阶梯。由古鲁提供的训练程序要求推进一种道德和精神上的转化，以及沿着这条价值阶梯的逐渐提升。《薄伽梵歌》从阶梯的最低端起步，它表现为第一章里阿周那的哀伤，接着是贯穿全文的渐次攀升，这攀升到末章的结尾达到其顶峰，在那里，阿周那完全归命于克利须那。

那么，问题来了，按照《薄伽梵歌》，什么代表了正当的知识，或者说，古鲁究竟教导了些什么？还有，各种知识要素是不是也是按照三层实在组织起来的？第十六章罗列了一组神性品质，与此相对的是魔性品质：

> 无畏、清净、觉明、好施、自制、举祭、诵习韦陀、苦行、质直；不害、真实、无嗔、舍离、平静、无谤、慈仁、无贪、温雅、谦恭；贞固、雄强、安忍、弘毅、洁净、无妬、不贪荣名——凡此圣德，婆罗多之华胄呀！皆为禀赋神性之圣者所有。骄慢、自大、嗔恨、自负、苛刻、无知——凡此凶德，皆属魔性，婆罗多之华胄呀！(23)

从对这份单子的分析来看，这些代表了我们所谓的“第一层教育理念”。换言之，这些是依照正法而生活所追求的理想品德，其对立面，魔性品质，则是应当避免的。第十三章又列出了多少有点类似的表征智慧的德目：

> 谦下、无骄，不害，安忍，真纯，亲近正宗的灵性上师、洁净、坚稳、自律、舍弃感官享受的对象、无我执、洞明生老病死之苦、超脱自在、不为妻儿室家所累、祸福等受、对我精诚奉献、好隐独处、以自我觉悟为究竟、致知穷理——我宣布，凡此皆为明，余者皆为无明。(24)

这份单子似乎指向阶梯的较高位置，或许跟第二层也即瑜伽层更为匹配。它更为内省，强调瑜伽、不执、无我和平等观。虽然没有上面两份单子那么详明，我们可以发现下面这首偈颂为属于第三层的理想品德提供了价值：

我的奉献者，思我想我，倾其毕生侍奉我；他们不断谈论我，从互相启明中得到极大的满足和欢喜。(25)

这是对沉冥至上的奉献者的描绘：他们完全专注于无上者，没有其他感兴趣的目标；他们不但互相启明，而且乐在其中。这段话里所隐含的意思是，沉冥至上之境不但是最高的奉爱，也是最高的智慧。

爱敬之道——巴克提

巴克提（Bhakti），或说奉爱，是《薄伽梵歌》的主要成分之一；它代表了对至上的一种爱恋之心，在巴克提的语境里，至上一般是以人格性方式被忆念的。深入观察具有巴克提特征的情感状态，可以识别出爱、奉献、取悦至尊主的渴望、对他的依赖感、赞美他以及跟其他奉献者即巴克陀（Bhakta）分享赞美之情的渴望、透过世间职分服务至尊主的渴望、对他的忠诚感、崇拜他的渴望、向他奉献各种礼物比如鲜花、水果的渴望。克利须那，根据《薄伽梵歌》，乃是至尊主本人，是奉献的对象，绝不会对奉献者漠不关心，相反，他对他们或她们情深爱笃、呵护倍至。相对于在总体上支配《薄伽梵歌》的男性声音，论及奉爱时，文本中特别提到了女性奉献者，这出现在一个当时具有开创性的声明里面："帕尔特呀！即使出身低贱的人，妇女也好，吠舍也好、首陀罗也好，只要托庇于我，皆能抵达至高无上的彼岸。"(26)

深入《薄伽梵歌》的结构，就能明显看出，巴克提是主要的，甚至是最主要的提升力量，在迈向自我超越的转化之旅中，它推动，或者说，提升了修行者。尽管在转化之梯上存在其他的攀升动机，比如获得真知的欲望、挣脱业力纠缠的欲望、追求瑜伽完美的欲望，巴克提仍然是激励人彻底出离世间的核心动力。巴克提的理念首先出现在第三章的结尾，克利须那催促阿周那怀着向他归命的心态战斗：“是故，阿周那啊，你要将一切工作奉献给我，全然认识我，不求任何得益，不声称拥有什么，振作起来，作战吧！”[27]很快阿周那就作出反应，在第四章开头，他探问克利须那的身份[28]，对此克利须那回答，他是众生之主，降世扶持正法。此后，克利须那在整篇《薄伽梵歌》的许多地方都鼓励阿周那以奉献之心托庇于他。大致上，克利须那劝导阿周那以跟文本中的三层级相一致的三种基本方式，或说在三个阶段上，成为他的奉献者。在第一层，克利须那鼓励阿周那按照正法守职尽分，并把功业及其成果奉献给他。这类奉献的样本可以在第九章结尾找到：“贡蒂之子呀！你所做的一切，你所吃的一切，你所供养的一切，你所布施的一切，以及你所行的一切苦行，当作为奉献，为我而作”[29]。这种说法底下所蕴涵的理解是：阿周那是在“法的世界”里思维；因此，他受到鼓励，保持他的人类个体性，向克利须那奉献他的业果。巴克提的更高境界是瑜伽式的奉献，表现于克利须那对第四章的总结：“因此，以智慧为武器，破除你心中从无明生起的怀疑。婆罗多之华胄呀！瑜伽是你的武器，站起来作战吧！”[30]这代表了“第二层”的位置，其间，阿周那力图超越自身对尘世的贪恋，它们表现为停留在他心中的疑惑，这些疑惑阻碍了他清楚聆听并追随克利须那所给予的教导。克利须那力劝他采取瑜伽之道，以智慧剑，斩断代表无明的疑虑。另外还有一首偈颂，尽管有点更针对个人，但却具有同样的意义：“因此，阿周那呀，你该一面时时想着我，一面战斗。心智凝注于我，一切皆为我而作，毫无疑问，你会接近我。”[31]这首偈颂也将外在的战斗与内心的战斗结合起来；战斗在此被视为是一种瑜伽修炼，包涵了感官收摄、心智调伏以及内观、冥思克利须那。因而，它表现出“第二层”或瑜伽世界的两种主要成分；一方面，欲求斩断躯体化存在的羁绊，另一方面，是将自我契接于至高的灵性存在，这里指的是克利须那本人。“第三层”巴克提或许可以用《薄伽梵歌》的两首总结性偈颂来表达：“时时想着我，成为我的奉献者，崇拜我，向我顶礼。如是你肯定能到我这里。我向你保证这一点，因为你是我十分珍爱的朋友。舍弃一切法，单只归命于我，我会把你从一切罪孽里拯救出来，不要害怕。”[32] 这两首偈颂代表了一种更高超、更平和的奉爱之境；这是超越了法和瑜伽式内心搏斗的境界，是一种强烈但又宁静的在奉爱心态下的专注之境，在这个境界里，奉献者始终在奉爱中思念着克利须那，也为克利须那所钟爱。对于自上而下的“奉爱阶梯”更结构化、更凝练的表述出现于第十二章：

> 只要一心凝注于我——至上人格神，将你的全部智慧奉献给我，如此，你必常住于我。檀南遮耶呀！若你不能一心凝注于我，无有偏违，就持守巴克提瑜伽的戒律吧。如此，你会培养出想达到我的愿望。如果你不能修持巴克提瑜伽的戒律，那么，就努力为我做工，如此，你也能够达到圆满之境。然而，若你不能在此觉性里面为我而作，那么，就舍弃一切业果，争取安处自我。如果你无法如此实践，那么，培养知识吧。然而，比知识更好的是观修；比观修更好的是舍离业果，透过舍离，便能获得心灵的宁静。[33]

此阶梯从位于“第三层”的觉知完全凝注于克利须那开始。下一个较低的阶段是直接的瑜伽修炼，再下一个阶段是为克利须那而作为，并把功果奉献给他，这两个阶段都代表了“第二层”的位置。比这更低的是“第一层”舍弃业果的位置；随后是观修、致知和实践。

洞见无上

《薄伽梵歌》的神学顶峰在第七章和第九章，其间“第三层”之体相得到了阐发。在将阿周那从第一层引领至第二层，然后又上至第三层之后，克利须那最终扬弃了各种用来说服阿周那沿着自我超越之梯不断攀升的逻辑论辩，转向了对灵性实在的阐述。在超越与内在之间往来上下，克利须那讲到了他跟灵魂和世界的复杂关系；如是，他论述了两种自性——低等的和高等的：“土、水、火、风、空、心、智、我慢，此八者合起来构成了跟我隔离的低等自性。巨臂之人呀！除此之外，我还有一种高等自性，由摄持世界的无数灵魂构成。”[34] 这两种自性都是克利须那的自性，但由心、物构成的第一种是低等的、被隔离的，而由无数灵魂构成的第二种是高等的，明显跟克利须那有深刻的关联，克利须那本人则支撑了全部造化，万物皆依系于他，犹如被贯穿在一条线上的无数珍珠。[35] 无上者与造化之间的关系微妙复杂，后世的韦檀多注疏大师们对此已经说了很多，也写了很多，是他们表述了讨论世界之二元性与非二元性的系统神学。文本接着开示了对本体的洞见：

> 我以无形之身，充塞于天地之间。众生皆在我里面，我却不在他们里面。然而一切受造之物又不住我之中。看哪，这就是我的玄通大用！虽然我是一切有情的养育者，虽然我无所不在，我却在天地之外，因为我是天地之根。要知道，就像强风处处吹遍，却仍在天穹之内，一切受造之物皆住我里面。[36]

这段论述超越一切辩难性文字，用普通的神学范畴，比如超越、内在或者泛神论等，很难对此加以表述。这些陈述似乎并不服从简单逻辑；因为这里说，一切存在住克利须那里面，但同时又不在他之中。

原因在于，这段论述构成了一种darshana或说“见”。此“见”并不向所有人开放，相反，必须成为一个归命克利须那的奉献者，才能克服他的迷幻能力，保持住这样一种洞见：“我的神圣能力，由物质自然之三极气性组成，难以克服。但归命于我的人，却能轻易跨越。”(37)因此，必须征服欲念，成为一个归命克利须那的奉献者，才能凝心安住此“见”。第九章结尾的陈述似乎是整部《薄伽梵歌》的纲要，那是对纯粹奉爱的呼唤：“时刻想着我，成为我的奉献者，侍奉我、顶拜我，全然凝注于我，那么，你必到达我。”(38)

深入《薄伽梵歌》的结构

至此我们已经以一种有点简单化的方式阐述了《薄伽梵歌》的结构，现在我们可以对此加以更仔细的审视。《薄伽梵歌》是一部内容丰富的著作，其中包含了很多印度教的根本理念，但是，这些理念是连贯一致的吗？从神学－哲学的角度来看，《薄伽梵歌》具有连贯而又一致的贯穿着作始终的主题。本节旨在深入探究《薄伽梵歌》的结构，它建立在三层实在这一概念的基础之上，其间又穿插了一道转化人心的道德阶梯。按等级划分实在的理念暗示实在并不是统一的，而是包涵了不同的层面，有较高的实在，也有较低的实在，必须对此加以分辨。并且，每一层都有其独特的语言、话术，以及预伏的假设。道德阶梯由各种阶段构成，这些阶段能让人从较低层的实在上达更高一层的实在。阶梯的每个阶段按其所蕴涵的动机而得到界定，越是能通过提升行为的动机而实行转化，就越能在道德阶梯上攀升。道德阶梯植根于代表了尘世生活的实在底层，随着人在阶梯上逐渐攀升，就能向解脱之境迈进(39)。这个结构突出了《薄伽梵歌》

的知（Jnana）、行（Karma）两方面；知的方面表现为三层级的形而上概念，而行的方面则表现为各种等级的行为所形成的阶梯。形而上的三层级和道德境界之梯是互为补充的，将实在划分为三层突显了人在较低层级下的现实处境，以及作为目标的较高层级，而行为阶梯则提供了凭借自我转化的程序，逐渐一步一步跨越差距的实践手段。

《薄伽梵歌》里的层级化实在

《薄伽梵歌》是韦檀多哲学的三大基石之一，因此也分有了显示出韦檀多风格的特质，比如实在的层级化。大致上，印度哲学有两种主要的形而上定位，即现实的或直接的定位和分层化的定位。现实、直接的定位假设实在是统一的，也就是说，它不含分隔或层级，因此它从属于人类的直接认知，不应受各种诠释的左右。层级化的定位假设实在并不是统一的，而是含有不同的层级或层面。有较高的或高级的实在，也有较低的或次级的实在，必须在绝对的与相对的实在之间做出分辨[40]。两层实在的概念，第一层是经验的、平常的，而第二层是绝对的，第一层无常而有限，第二层真常且无限，也许可以用“法”（Dharma）和“解脱”（moksha）这两个术语来加以论述，法的层面代表了人类的或尘俗的世界，而解脱的层面代表了真实的或绝对的世界。

提到法（Dharma），其反义词，邪法（Adharma）也应被论及。一般而言，法和邪法是对立的；但是从解脱的角度来看，法和邪法都属于另外一个完全不同的范畴。根据我们的定义，法和邪法都代表了有限的世界，而解脱之境属于另外一种完全不同的被称为moksha的真际世界。这两种对立，即法与邪法之间的，法与解脱之间的，可以通过形象化的描述得到理解，法与邪法之间的对立是水平的，两者存在于同一个世界里，而解脱（moksha）与法、邪法两者之间的对立可以看做是垂直的。这是因为法与邪法两者都着落在尘世的或有限的世界里，而解脱则高踞于一个完全不同的无限而绝对的更高的世界里。在这两个世界之间横亘着《薄伽梵歌》，它即是有限也是无限，或者说，即是法也是解脱——还有第三个维度，作为连结两个世界的中间层，否则，由于无法跨越的鸿沟，这两个世界本来是互不连属的。第一层代表法，张扬正当的人类生活。第二层代表瑜伽，推动跳出种种生死苦境的努力，同时力求逐渐证入解脱之境。第三层则代表了解脱之境本身。

问题出来了，如何去研寻、分辨这些层级呢？我的建议是，要区分这些层级，可以审视其在价值、存在方面所潜伏的设定[41]。如是，第一层，即法的层面，其价值方面的总原则是成功兴旺；因此，尘世幸福和繁荣是被渴求的、美好的；就存在而言，个体在这一层面被定义为人类或任何其他的生命，比如动物、植物等等。在第二层，世间荣华之类的价值被扬弃，以利于养成对尘世的不执和对世间苦乐的漠视，并伴随着自我与更高实在即解脱之境的契接。就存在而言，个体不再把自我视为人或其他生命，而是视为被轮回法则捆绑的不朽的灵魂。因此个体的主体身份不再是人，而是永恒的灵魂。在第三层，理想的价值是梵乐（Brahmananda）或梵（Brahman）之法喜体验；这种觉悟发生于至尊者作为不朽大梵之根本的更宏阔的背景里。如是，第二层的冲虚不执被深刻的对至尊者的依恋与情爱所取代。至于存在，位于第二层的灵魂不仅成了与大梵同体的纯粹存在，而且取得了至尊者之纯粹仆人、奉献者的位份。

三层级代表内在的精神状态或态度。如是，从第一层的角度看世界的人，确信自己是人，人生目标是兴旺发达。同样，从第二层的角度看世界的人，确信自己是躯体化的灵性自我，人生目标是摆脱这种躯体化的境况。

安住于第三层的人觉悟梵我为一，洞见至尊者无处不在，并渴望去爱他、服务他。我建议用三层楼房作为隐喻，每一层代表一楼，而道德阶梯则是楼梯。每一层都包涵了无限的存在可能和存在方式；并且，每一层的居民都有其自身的语言、话术以及有别于其他楼层居民的潜在假设。总之，《薄伽梵歌》用三种语言说话，并不断地在三层世界之间上下穿梭。一旦看清文本所从出的层级，这部分文本就成了可理解的、与作品的其他部分连通融贯的了。在更实际的层面，一旦看清一个人的道德层次，他下一步的发展就变得明确了。这些分别看起来有些尖锐，但在文本里，层与层之间自有衔接转折。这或许可以跟语法研究相比照，语法里有对词根、词干表的讨论、阐述，虽然这些语法形式仅仅是理论性的或结构性的，并不出现于实际的口语里面，但它们却蕴含在里面。同样，层级之间的分际蕴含在文本里，虽然在文本里面，这些分际常常并不容易察觉。

通过参照文本，这些理念或许能得到更好的说明。以下案例显示了文本是如何从第一层转换到第二层的；当阿周那反对作战时，他是在第一层的位置上立论的：

> 克利须那呀，当邪法在家族里盛行的时候，妇女就会堕落。毗湿尼的子孙啊，妇女堕落，便会生出劣种。劣种繁殖，必为家族和那些破坏家族传统的人带来地狱般的生活。这些堕落的家人不会供奉食物和水给祖先，他们的祖先将无法得到超生。破坏家族传统的邪行带来劣种，造成社会等级紊乱，致使所有公益事业及家族利益一皆化为乌有。众生的养育者呀，我听说破坏家族传统的人会永远沉沦于地狱。唉！为了享受王者的快乐，我们竟然不惜杀害族人，犯下弥天大罪，这是多么奇怪啊！我宁愿放下武器，不

做抵抗，任由狄多罗·史德罗诸子在战场上用利剑杀死我。[42]

现在可以从上面提到的两个因素——价值和存在，来审视这段话。就价值来说，很清楚，阿周那这番话底下蕴含了对尘世荣华的渴求；他相信家族昌盛是美好的，并且反对战争，因为战争会带来正法的废弛、邪法的兴盛，以及施加到所有参与者与未参与者头上的痛苦。至于存在，阿周那认为自己和他人都是人。在对阿周那的回答里，克利须那并没有直接就事论事，而是把对话抬升到了第二层，他说道：

婆罗多之华胄呀！这时，克利须那微微一笑，于两军阵前，向满怀悲苦的阿周那说了下面的话。薄伽梵克利须那说道：你的言语流露出学识，可是，你竟为不值得悲伤的事情悲伤。智者不为死而悲、不为生所苦。过去，从没有一个时候，我、你、所有这些国王，不存在；未来，也如是。躯体化的灵魂，在身体中，经历童年、青年，终至老年，死后离开这个躯体，到另一躯体去。自觉的灵魂不会为此变化所眩。贡蒂之子呀！苦乐相随，犹冬夏嬗递，变化不居，并无恒性。婆罗多之华胄呀！凡此皆从感官知觉而来，人须学会忍耐，不为其所扰。人中之杰呀！稳如磐石，不为苦乐所扰，必获解脱。[43]

这里所推崇的价值就完全不同了。克利须那并不认可世间荣华是美好的，而是呼唤对尘世苦乐的漠视、容忍。这些被认为是无常的，只不过是感官知觉的产物。至于存在一面，克利须那没有把个体看作人，而是看作灵魂或自我。要之，克利须那没有直接回答阿周那对交战的疑惑，而是通过改变对话的潜在预设，施行了一场“哥白尼革命”。阿周那，在他这一方，辩称杀戮他的亲人是恶的；这明显是第一层的说法，预设人为死所迫，为了功成名就的一生，应该尽可能躲避死亡。克利须那没有回答阿周那的辩难，而是把对话置换到了一个完全不同的层面，从另外一个不同的预设开始说话。从这较高的角度来看，克利须那说，死亡根本不存在；从第二层的角度来看，他不认为人会屈从于死亡，相反，他看见的是不朽的灵魂，因而他不认为阿周那的辩说里有多少逻辑。至于价值，克利须那挑战了阿周那以尘世福乐为美好的观点，提出漠视苦乐才是好的、应该追求的。如是，克利须那在此从第二层的位置进行了论说。

《薄伽梵歌》的转化性方面

除了属于知（Jnana）的理论性一面，《薄伽梵歌》也有属于行（Karma）的实践性一面。《奥义书》和《梵经》（Brahma Sutra）更具理论性，故而没有为发展一套行为和自我修养的哲学留出多少余地。然而，《薄伽梵歌》却是韦檀多领域里的作品，为觉证至善设定了生活的规划。这种对实践的强调在其他两部作品里未曾得到完整的体现，因此，若没有《薄伽梵歌》，不二论、限制不二论和二元论将在本质上变得贫弱无力，失去生活之路的准则[44]。作为一部实践性经典，《薄伽梵歌》指出了跨越第一层法的世界与第二层解脱世界之间的鸿沟的道路。仅仅服从正法远离邪法并不足以达到解脱之境，还需要另外不同类型的努力或路径。这种过程或进取有时被称为“自我觉悟”，它包含一条转化之途，借此人才能一步一步地前行，从较低的层级迈向较高的层级。那么问题来了，究竟《薄伽梵歌》为那些想要在自我觉悟之途上前行的修行者提供了什么方法？换句话说，假若法与解脱之间的鸿沟是不可逾越的，怎么能指望人跨越它，将娑婆世界抛诸脑后，最终上达解脱之境？《薄伽梵歌》究竟为渴望实践转化之道的个人或群体提供了什么样的实践方法或体系？

《薄伽梵歌》所提出的一个主要问题是，应该选择实践之途还是思辨之途？这个问题有两次被明确提到过，是在第三章和第五章的开头，并且在其他地方也作了进一步的论述[(45)]。《薄伽梵歌》明确推扬实践之途，这条实践之途提供了让修行者从法的层面一直上升到解脱之境的方法。使人进升的业是根据法践履的，并一直不断地被奉行。故此，阿周那在跟克利须那的对话当中一直受到鼓励，服从法，起来战斗。不过，随着文本的推进，他受到劝勉，提纯他作战的动机；如是，战斗这一行为是在越来越高的内在觉知之境被执行的。这样，尽管外表上还是在践行赋定职分，但修行者已经通过行为动机的提升或净化经历了内在的转化。这样，一道阶梯形成了，通过这道阶梯，从法到解脱，修行者沿着自我超越或自我觉悟之途越升越高。在最低一层，人的行为受到单纯的实用主义驱策[(46)]，因而，人在这个层面行动的目的直接就是为自己获得一些好处。隐含在下文里的就是“单纯的实用主义”的观念：

> 世人会常常提起你的臭名。受人尊敬的人，与其声名被污，不如死去。对你的声名异常尊崇的将领，会认为你因胆怯才临阵脱逃。他们必视你为懦夫。你的敌人将用恶毒的言语诋毁你，讥笑你无能。还有什么比这叫你更痛苦呢？[(47)]

这里克利须那试图说服阿周那拿起武器，其根据是以单纯的实用主义为潜在预设的一段议论。他假定阿周那追求的是名声一类的得益，他辩称，若撤离战场，阿周那将名誉扫地。下一个论据也是实用性的，但多少要高明一点，因为它接受了经教的权威，赞同武士战死升天的观念。因此可以称之为“宗教的实用主义”，或者，“法的实用主义”。换言之，阿周那受到劝告，要他服从法，好在今生或来世得到某种结局：

> 帕尔特呀！那些刹帝利是多么幸运啊，这样的战事不求自来，天堂之门正为他们开启。(48)

比这还要高的层面是为法自身的缘故而持守法，或为职分的缘故而履行职分：

> 你当不计苦乐、得失、成败，为战而战。如此，你便不会造下罪孽。(49)

“为职分的缘故而履行职分”的层面代表一种纯粹的心态，它驱除了求取功果的欲望，乃是《薄伽梵歌》的核心教导之一。不过，它还是在第一层的范围里面，因为它未曾涵括对究竟之善的觉解，根据《薄伽梵歌》，摆脱生死轮回才是究竟之善。抱持这种心态的人达到了第一层的顶端，可以继续向已经属于第二层的下一个阶段升进。下一个阶段拒斥韦陀经的价值，它被认为是对尘世得益的求取，以支持更高的理想——证入大梵：

> 大渊有小池之用；同样，一旦领悟了隐藏于韦陀经背后的宗旨，韦陀经的真义便已不言而喻。(50)

这个阶段也许可以称之为“为至善或大梵而行动”，如此实践的人处于表现为各种瑜伽修法的第二层。他现在可能在业瑜伽里实践，对业果全无兴趣，也许会把业果奉献给无上者，或者，作为另一种选择，可能修炼智瑜伽（Jnana Yoga）、阿斯汤伽瑜伽（Ashtanga Yoga）或巴克提瑜伽（Bhakti Yoga）。不过，这些各色各样的瑜伽有一个共同的归趣：使人出离尘世存在和贪著，契接无上者。“瑜伽的层面”因而具有觉明和舍离的特征：

> 觉者即使在现世，也能舍弃善恶业行，阿周那呀，瑜伽是行动的艺术，努力修炼瑜伽吧！(51)

瑜伽阶段圆成之后，修行者最后就能升入第三层，moksha，解脱，从而凝注于大梵，无论是以诸如商羯罗一派的非人格的方式，还是以诸如罗摩努阇一派的神爱的方式。“梵我一体”的非人格一路，遵从商羯罗：

> 内心自在活泼，不向外寻求快乐的人，是真正的瑜伽士；他在大梵里获得涅槃，最后与大梵冥合。(52)

然而，《薄伽梵歌》具有显著的奉献性特征，跟人格神之间的爱的交流成了在道德阶梯上攀升的动力，也是巴克陀（Bhakta）即奉献者所能达到的最高成就，这是按照罗摩努阇一派的说法：

> 时时想着我，成为我的奉献者，侍奉我、顶拜我，全然凝注于我，以我为究竟，你必到达我。(53)

各个阶段总结如下：单纯的实用主义、法的实用主义、为职分自身的缘故、为了至善或梵而行动、瑜伽修炼阶段、在人格或非人格觉悟里的解脱之境。如是，动机的道德阶梯形成了，行为动机越高明，在《薄伽梵歌》形而上结构里的位置也越高。用这种方式，《薄伽梵歌》力图覆盖存在的全部领域，同时鼓励世人攀登道德阶梯，如是远离生死，冥合大梵，无论其为非人格的抑或人格的。沿循这个结构，我相信，《薄伽梵歌》就能作为一部条理分明、连贯统一的神学－哲学著作而得到理解。

注释：

（1）“毗湿摩分”之第二十三章～第四十章

（2）梵文 Prasthana trayi

（3）德、气性。

（4）《梵歌》4.13

（5）《梵歌》3.35

（6）作为一部哲学性著作，《薄伽梵歌》赞成四种姓或四阶级，而当今印度的经验性现实，虽然可能在历史上导源于吠陀的四种姓理念，却表现为 Jatis，即数以百计的社会分层。

（7）《梵歌》8.15~16

（8）《梵歌》3.17

（9）《梵歌》3.1~2

（10）《梵歌》2.47

（11）Klaus K. Klostermaier, *A Survey of Hinduism*, 2nd edition, Albany, NY: State University of New York Press, 1994.

（12）对《薄伽梵歌》结构的更深入的解析在导读的后面部分。

（13）《梵歌》2.13

（14）梵文：manas

（15）《梵歌》6.24~26

（16）公元前三世纪后

（17）《梵歌》6.20~23

（18）《奥义书》明显也包括人文的或入世的（Pravrtti）部分，张扬法的理念，同样，瑜伽传统也包括劝勉人文道德的理念，比如禁制（Yama）和精进（Niyama）。不过，这些传统总体上都强调和倡导一种出离或出世的（Nivrtti）的态度，因而跟弥曼差（Mimansa）一类的传统相对立，故此，它们可以被链接到“第二层”的概念。

（19）《梵歌》4.16~17

（20）《梵歌》18.66

（21）《梵歌》2.7

（22）《梵歌》4.34

（23）《梵歌》16.1~4

（24）《梵歌》13.7~11

（25）《梵歌》10.9

（26）《梵歌》9.32

（27）《梵歌》3.30

（28）《梵歌》4.4

（29）《梵歌》9.27

（30）《梵歌》4.42

（31）《梵歌》8.7

（32）《梵歌》18.65~66

（33）《梵歌》12.8~12

（34）《梵歌》7.4~5

（35）《梵歌》7.7

（36）《梵歌》9.4~6

（37）《梵歌》7.14

（38）《梵歌》9.34

（39）阶梯的理念是传统的。参见“瑜伽阶梯”，Bhurijana Dasa, *Surrender Unto Me,* New Delhi. 1997. pp. 59-68。

（40）Shlomo Biderman, *Indian Philosophy—The Foundations*, Tel Aviv. 1980. p. 61.

（41）相当于道德和本体论的范畴。

（42）《梵歌》1.41~46

（43）《梵歌》2.10~15

（44）S.S Raghavacar, *Ramanuja on the Gita,* Calcutta. 1991. p. vii.

（45）《梵歌》3.1~3，5.1~2，6.1

（46）“实用主义”一词在此只是取其表层的意思，并不涉及跟诸如 Bentham 或穆勒（Mill）等思想家有关的哲学流派。

（47）《梵歌》2.34~36

（48）《梵歌》2.32

（49）《梵歌》2.38

（50）《梵歌》2.46

（51）《梵歌》2.50

（52）《梵歌》5.24

（53）《梵歌》9.34

《薄伽梵歌》的微言大义

徐达斯

《薄伽梵歌》所代表的思想或许是前轴心期人类所知的纯一原始大道，我在《文明的基因》里称之为史前灵知文明基因。但是，对这样一部历史性文化巨著，中国文化界却茫然失语，不知从何谈起。上个世纪初国学大师徐梵澄先生“挥汗磨血，几近于死”，终于在印度棒地舍利古城译出乃师室利·奥罗宾多的《薄伽梵歌论》，并在序言中予《薄伽梵歌》以极高的评价，谓此书“合于儒，应乎释，通于道”，诚为“人间之宝典，千古之深经”。但梵澄先生的启示，后来却成了绝响，连他自己都没有继续这份筚路蓝缕的研究工作。本文试图接着梵澄先生讲，按照泰奥多教授所总结的《薄伽梵歌》的哲学架构，来会通中国的儒释道三教玄义。

《薄伽梵歌》剖分实在为两层，第一层是经验的、平常的，而第二层是绝对的、超越的；第一层无常而有限，第二层真常而无限。用《薄伽梵歌》本身的术语来说，第一层是“法”的世界，代表了人类的或尘俗的世界；第二层是“解脱”的世界，代表了超越的或绝对的世界。这种对实在的层级化定位，似乎跟华夏哲学传统里对无与有、理与气、道与器、也即本然与自然、真际世界与实际世界的分判颇为契合。“法”的世界追求秩序、规则、美德、正义、公平、繁荣、和谐，有似于儒家所推崇的“礼”的世界；“解脱”的世界自由、空灵、纯粹、平等、不二，洋溢着梵我合一的妙乐，有似于道家所张扬的“逍遥”之境。

这两个完全不同的、互不连属的世界，中间似乎存在着无法跨越的鸿沟。为此，《薄伽梵歌》提出了第三个维度，作为架设在两个世界之间的中间层，以弥缝有限与无限、实际与真际、法与解脱。这第三个维度所呈露的乃是瑜伽的世界，它呼唤对俗世价值的扬弃、对苦乐荣辱的超脱、对躯壳功名的勘破以及为了跳出生死贯通天人而施行的种种修炼，用华夏哲学术语说，它是一个调适而上遂的，涵盖有限与无限、形下与形上、气与理的“道”的世界。由于瑜伽世界的插入，实在再次被分隔为三层，“解脱”的世界现在被上推到了第三层。

对应于三层实在，《薄伽梵歌》蕴含了一个贯穿全篇的“三层楼房”结构。底层代表人类的世间生活；第二层是中间层，在此，人舍弃世俗生活，寻求解脱之境；第三层代表完全凝注于解脱之境。按照中国文化的分判，底层为入世，中间层为出世，顶层为彼岸。这个“结构为生命个体提供了一条渐进的提升之路”。连通“三层楼房”的道德阶梯具有转化心性的作用，能引导居住者从一楼走到二楼，又从二楼走到三楼，让他从较低层的实在上达更高一层的实在。这条逐层上升的解脱之路体现为四种不同的渐进的瑜伽修法，即业瑜伽、智瑜伽、禅瑜伽和巴克提瑜伽。

业瑜伽（Karma Yoga））乃运用人之身体作为，践履“法”所赋定的职分与祭祀，却不执着功利业果。“法”相当于儒家之“礼”，儒家立于礼，行于义，故近于业瑜伽，属于“和顺于道德而理于义”的格物践行一路。

通过修持业瑜伽，在礼义之践履中获得历练、净化，行者之智慧增胜，便可进入智瑜伽之阶段。智瑜伽梵文为Jnana Yoga，Jnana，即理，有知识、智慧、正见的意思。

这种智慧并非世间的智慧，而是指能够认识觉解自我、宇宙，以及至上本体的最高智慧，梵语谓之僧佉（Sankhya），用华夏哲学术语说，就是天人之学。《薄伽梵歌》之僧佉学理主要有三部分，一为灵肉说，一为二十五谛说，一为气化三极说，大致相当于《易传》的性命阴阳三才易数说，属于“穷理尽性以至于命”的致知一路。

僧佉之所谓智慧，亦非仅由逻辑推理可得而证，必待修炼而后有亲切之体认。修炼身心之术即是禅瑜伽。禅，梵文 Dhyana，意为静虑、入定。《薄伽梵歌》第六章提出的禅瑜伽又称为八支瑜伽（Astanga Yoga），禅定只是其中的一支。瑜伽八支包括持戒、精进、坐姿、调息、制感、执持、禅定、三昧，与导引行气、心斋坐忘，追求精神专一、超脱生死的道家如出一辙。

虚静纯粹，自然上通神明。从禅瑜伽的解脱独存之境再进一步，便是巴克提瑜伽。巴克提（Bhakti），或说奉爱，是《薄伽梵歌》的主旋律；它代表了对至上的具有超越性的爱敬之情，在巴克提的语境里，至上一般是以人格性方式被忆念的。深入观察具有巴克提特征的情感状态，可以识别出皈依、忠诚、爱、奉献，以及取悦、崇拜、透过世间职分服务至上、体现天道的渴望。在《诗》《书》所表现的三代明王昭事上帝、祈天永命的内圣外王之道里，似乎蕴涵了巴克提瑜伽的原则。

四种瑜伽修法看似构成了一条不断向上超越、不断向本根逆转的出世通天之路。然而，《薄伽梵歌》对巴克提的独特阐释却开出了另一条从天人之际向下顺成的入世之路。薄伽梵克利须那并没有赞成他的奉献者阿周那为了维护法或追求解脱而逃离战场，相反，他要求后者为了他放弃一切法去战斗。《薄伽梵歌》在印度经学和思想史上占有特殊的地位，原因即在于它调和了解脱与法、出世和入世这两者之间的张力和分歧。一方面，《薄伽梵歌》要求人按照种姓－行期体制守分尽职，以遵行正法。与此同时，通过提出内在舍离而非外在弃绝这样一个独特而又具有突破性的观点，它又支持《奥义书》彻底弃绝世间以求自我觉悟和获得解脱的理念。换言之，相对于抛离伦常日用以便成为一个浪迹天涯的托钵僧或林栖者的外在出离，《薄伽梵歌》推许一种内在的舍离，用这种方法，人虽持循世间正法，但是通过逐渐学会放弃功果并以之奉献至上，又能沿着舍离之途取得心性的提升。对两个本来互相矛盾的观点的有趣弥缝，开出了一个将社会职责、世间作为与深刻的超越性、舍离心相结合的体系。这种即世间而出世间的境界，让我们又回到了华夏文化“极高明而道中庸”的“内圣外王”的传统。

从表面看来，中国哲学所注重的，是家国人群，不是宇宙神明；是人伦日用，不是地狱天堂；是今生行义，不是来世解脱。但其实，中国哲学并非如此简单肤浅。按照冯友兰先生的看法（参看《新原道》），中国哲学所追求的最高境界，是超越人伦日用而又即在人伦日用之中，它是“不离日用常行内，直到先天未画前”。因其不离人伦日用，所以是世间的，是“道中庸”；因其超越人伦日用，所以是出世间的，是“极高明”。不离人伦日用而又超越人伦日用，即世间而出世间，就是所谓“极高明而道中庸”，冯先生谓之“超世间”。中国哲学的根本精神之一就是解决高明与中庸的对立，出世与入世的对立，内圣与外王的对立，玄远与俗务的对立，本与末的对立，精与粗的对立，静与动的对立。在超世间的哲学与生活中，这些对立都已不复是对立。其不复是对立，并不是这些对立都已简单地被取消，而是在超世间的哲学及生活中，这些对立虽仍是对立，但已被统一起来。

然则中国哲学是如何统一这个对立的呢？冯先生认为关键在于觉解，以及由践履此觉解而生成的境界。凡物皆本在天地中，皆本是天地的一部分。本来如是，凡物皆“虽欲自异于天地不得也”，然圣人独能觉解之。觉解之即在天地境界，不觉解之则虽有此种事实而无此种境界。孟子云：“终身由之而不知其道者众”（《尽心上》），《中庸》云：“君子之道费而隐。夫妇之愚，可以与知焉，及其至也，虽圣人亦有所不知焉；夫妇之不肖，可以能行焉，及其至也，虽圣人亦有所不能焉”，圣人并非能于一般人所行的道之外，另有所谓道，所以虽在天地境界中，其所做的事，亦是一般人所做的事，只是圣人对所做的事，有最高的觉解，故能出之以最高的无我同天乃至知天事天乐天的境界。程伊川说：“就孝悌中，便可尽性至命”，“至于洒扫应对，与尽性至命，亦是一统的事。无有本末，无有精粗”（《遗书》卷十八），“尽性至命，必本乎孝悌；穷神知化，由通于礼乐”，按照这个理路，不但尽性至命，即便穷神知化，也不出乎尽伦尽职、克己复礼。这就是孔子所谓的“下学而上达”的君子之道，《中庸》曰：“君子之道，造端乎夫妇，及其至也，察乎天地”，圣人的至道，也就是一般人时时所行不可须臾离的道，所以谓之庸，但圣人能将其行至于极致，也就是说，将其行至于恰好之点，恰好就是所谓中。行中庸之道的圣人，就他的行为说，可以只是“庸德之行，庸言之谨”，但就他的境界说，却是“博厚配地，高明配天，悠久无疆”。显然，跟《薄伽梵歌》一样，儒家的中庸哲学也是一个通过将行与知、外在践履与内在心性，亦即“将社会职责、世间作为与深刻的超越性、舍离心相结合”，以关合有限与无限、实际与真际、世间与出世间的体系。

不但儒家如此，即便向往逍遥出世的道家也一样试图走“极高明而道中庸”的路子。庄子《天下篇》论述老子的学说：“建之以常无有，主之以太一。以懦弱谦下为表，以空虚不毁万物为实”，可谓心住超越，无我执亦无我所执，但又“常宽容于物，不削于人”，故亦不离世间。《天下篇》又论述庄子的学说，说庄子“上与造物者游，而下与外死生无终始者为友。其于本也，弘大而辟，深宏而肆。其于宗也，可谓调适而上遂矣”，已经达到“极高明”的程度，但他虽独与天地精神往来，“而不傲倪于万物，不谴是非，以与世俗处”，故亦可以说是能“道中庸”。下而至于魏晋玄学，亦以和光同尘而不碍经虚涉旷相标举。向郭《大宗师》注云：“故圣人常游外以宏内，无心以顺有。故虽终日见形，而神气无变；俯仰万机，而淡然自若。”僧肇云：“是以圣人空洞其怀，无识无知，然居动用之域，而止无为之境；处有名之内，而宅绝言之乡。”（《答刘遗民书》）“智虽事外，未始无事。神虽世表，终日域中。”（《般若无知论》）圣人之行为不外人事，却无碍于圣人之境界超越世表，可以说统一了有为与无为的对立。但道玄尤有方内方外之分，高明与中庸，还是两橛，未曾打作一片。禅宗乃更下一转语，谓“语默动静，一切声色，尽是佛事。何处觅佛？不可更头上安头，嘴上安嘴”（《古尊宿语录》卷三），以至于著衣吃饭，屙屎送尿，皆是神通；担柴运水、行住坐卧，无非妙用。凡圣二境及一切内外有无诸法，至此皆彻上彻下打成一片。禅者所做的，虽也是平常人所做的事，但却出之以无心、无念、无住，故能无有粘滞，不为物累。黄蘖云：“但终日吃饭，未曾咬著一粒米；终日行，未曾踏著一片地。与么时，无人无我相等。终日不离一切事，不被诸境惑，方名自在人。”无心、自在，有似于《薄伽梵歌》所谓的内在舍离、内在超越，正是转业行为妙用的关键。

禅宗更进一步，统一了高明与中庸的对立。但如果担水砍柴、行住坐卧，就是妙道，何以修道的人，仍须出家？何以事父事君尽伦尽职就不是妙道？于此再下一转语，便又转回到了儒家，演化为宋明道学。王阳明《传习录》云：“先生尝言，佛氏不著相，其实著了相。吾儒著相，其实不著相。请问，曰：佛怕父子累，却逃了父子。怕君臣累，却逃了君臣。怕夫妇累，却逃了夫妇。都是为个君臣父子夫妇著了相，便须逃避。如吾儒有个父子，还他以仁。有个君臣，还他以义。有个夫妇，还他以别。何曾著父子君臣夫妇的相？”禅宗说：于相而无相，于念而无念。如果如此，则何不于父子君臣父子夫妇之相，亦于相而无相；于事父事君之念，亦于念而无念？实际上，在道学体系里，事父事君即是侍奉天地，君臣父子夫妇无非天地一气之聚。张横渠《西铭》云：

> 乾称父，坤称母。余兹藐焉，乃混然中处。故天地之塞吾其体，天地之帅吾其性。民吾同胞，物吾与也。
>
> 尊高年所以长其长，慈孤弱所以幼其幼。圣其合德，贤其秀也。
>
> 知化则善述其事，穷神则善继其志。
>
> 富贵福泽，将厚吾之生也。贫贱忧戚，庸玉汝于成也。存吾顺事，殁吾宁也。

我的形体与天地万物，都是一气之聚；我的性就是我所得于“天地之性”者。尊高年，慈孤弱，是尊天的长，慈天的幼。穷神是穷天的神，知化是知天的化。人述天的未述之事，继天的未继之功。合天心者做此等事，亦如子继其父之志，述其父之事。透过身心人伦契接至上（乾坤、天地），时时生活在至上里面，把一切变化都视为至上的恩典，这似乎已经在《薄伽梵歌》的第三层——解脱（moksha）之境了。人与天地的关系犹如子之于父母，表现出同体之爱、侍奉、顺服、皈依、感恩，更使《西铭》的解脱之境呈露出某种奉献性或巴克提（Bhakti）的特征。在此，天地之情成了贯通天人、圆融知行的动力。这正是儒家与道玄禅相区别的根本点，后者更接近在理上觉悟“梵我一体”（中国哲学谓之“浑然与天地万物同体”）的非人格性解脱一路。然而，由于本体向非人格性的倾斜，天地之情在宋明道学里并没有得到充分的展开和释放，因此宋明道学虽然在理上统一了极高明与道中庸的对立，却未能在情的维度实现这种统一，反而落入道玄禅一味混同天人颛顼笼统的窠臼，终于无法完成从内圣开出外王的圣贤事业。可以说，理的同一性和超越性为打通天人提供了可能，但真正要在世间落实透显天道，却需要情所内涵的张力和强大动力。与道学相比，原始儒家似乎对于情的升华感通作用有深刻的体悟，《孝经》云："昔者明王事父孝，故事天明；事母孝，故事地察……天地明察，神明彰矣"，"孝悌之至，通于神明，光于四海，无所不通"。孝，作为本于性命的爱敬之情，已经上升为天之经、地之义、人之行，具有了超越性的特征，成为天地之情、超越之爱，故能上而逆转与天地神明相感通，下于人伦日用间作顺成的表现。推而广之之于礼，《礼记》云："礼负天地之情，达神明之德"，天地之上，还有神明的维度，成为超越之爱的对象和源泉。由此透显出了原始大道的全体和究竟，庄子于《天下篇》总论"古之道术"曰：

> 古之人其备乎！配神明，醇天地，育万物，和天下，泽及百姓，明于本数，系于末度，六通四辟，小大精粗，其运无乎不在。

醇通准，醇天地即准天地，即"天地与我并生，万物与我为一""浑然与天地万物同体"的理的境界，此上是"配神明"，也就是以超越之爱感通神明、述神明之事、继神明之功。配神明、准天地是内圣的两层工夫，育万物、和天下、泽及百姓等等是外王的事业，从根本上来说，都是配神明往下所做的顺成的表现，而其运至于无乎不在。这里的神明，在战国晚期的语境里，指涉无所不包的宇宙至上本体，实际相当于太一或道。（《天神与天地之道》）

故此，如果从宋明道学再下一转语，在情的层面实现极高明与道中庸的统一，我们就回到了原始儒家乃至三代以来之“古之道术”。也就在这里，《薄伽梵歌》所推扬的巴克提瑜伽与中国哲学的源头相遇了。按照《薄伽梵歌》，巴克提是主要的，甚至是最主要的提升力量，在迈向自我超越的转化之旅中，它推动，或者说，提升了修行者。尽管在转化之梯上存在其他的攀升动机，比如获得真知的欲望（致知穷理）、追求瑜伽圆满的欲望（准天地），巴克提仍然是激励人追求即世而出世，或在人伦日用中实现舍离和超越、彰显天道和天命的核心动力，犹如《薄伽梵歌》第三章结尾，克利须那催促阿周那怀着向他皈命的心态战斗：“是故，阿周那啊，你要将一切工作奉献给我，全然认识我，不求任何得益，不声称拥有什么，振作起来，作战吧！”这种形式的统一，是人文的、理性的，但同时也是宗教的、神圣的，陈来先生注意到了它在礼乐文化中的体现：

> “理性化”的框架不足以完全把握中国文化的演进的特殊性，从前轴心时代到轴心时代，中国文化演进的突出特色是人文性和人间性，从而，它的理性更多地是人文的实践的理性，其理性化主要是人文实践的理性化，这在春秋时代更为明显。不管文化形态上的“以道德代宗教”（梁漱溟），或在民众生活中体现的“实用理性”（李泽厚），其根源皆在于此。而尤当指出的是，这种人文实践的理性化，并不企图消解一切神圣性，礼乐文化在脱巫的同时，珍视地保留着神圣性与神圣感，使人对神圣性的需要在文明、教养、礼仪中仍得到体现。礼乐文化所提供的这种文化结构及其功能，是很难用现代社会学的分化观念加以衡量的。（《古代宗教与伦理》）

《薄伽梵歌》第十二章所论述的“奉爱阶梯”，为我们揭示了内圣的次第：

> 只要一心凝注于我——至上人格神，将你的全部智慧奉献给我，如此，你必常住于我。檀南遮耶呀！若你不能一心凝注于我，无有偏违，就持守巴克提瑜伽的戒律吧。如此，你会培养出想达到我的愿望。如果你不能修持巴克提瑜伽的戒律，那么，就努力为我做工，如此，你也能够达到圆满之境。然而，若你不能在此觉性里面为我而作，那么，就舍弃一切业果，争取安处自我。如果你无法如此实践，那么，培养知识吧。然而，比知识更好的是观修；比观修更好的是舍离业果，透过舍离，便能获得心灵的宁静。

“在此觉性里面为我而作”以上都是“配神明”，自此以下的舍离、观修、致知，是“准天地”的工夫；心灵宁静、安处自我，相当于老子所谓“致虚极，守静笃”的虚极、静笃，是“准天地”生成的境界，但却可以成为“配神明”的前行或准备阶段。而“在此觉性里面为我而作”本身，似乎已经蕴涵了“内圣外王之道”的全部精髓。作为内圣的两个阶段，准天地和配神明，非人格性的天人合一与人格性的神人感通，互为补充支持，显示出一种打通一元论和二元论的圆融精神。当代韦檀多大师雷蒙·潘尼卡论梵之人格性与非人格性的融通互补，代表了韦檀多哲学在这方面的思考：

> 梵不仅是不确定的基础，是内在的、无意识的、而且是至上的意识，是超越者。智者（Jnananis）可能发现了梵，奉献者（Bhaktas）可能发现了上帝；但接着就发现梵和上帝的关系，这一关系在某种意

义上和阿特曼（引者按：即灵魂、真我）与梵的认同一样重要。被理解为具有人格的上帝，若得不到梵的概念的纠正，就会有成为神人同形同性之偶像的危险。超人格的梵，倘若丧失梵作为上帝的互补，就可能变成完全抽象的共同本质。然而，我相信印度智慧为深化绝对者的概念提供了极大的可能性。帕斯卡尔关于哲学家的上帝与亚伯拉罕、以撒、雅各的上帝之间著名的二分法正是印度思想一直试图克服的。很久以前，诸《奥义书》就开始讨论统一的问题。中世纪印度诸思想流派又以新的思辨活力探讨这一问题。事实上不可能对虔信者有一位上帝，对哲学家又有一位上帝，也即世界基础。人不可能满足于一个无定形的梵；他们也要一个活生生的梵，纯粹的意识，完美的喜乐和至上的存在——不是作为所有存在物的某种总和，而是虽处于一切之中但不能简单地被化成“一切存在物”的东西。（《印度教中未知的上帝》）

二元论制造了不可逾越的鸿沟，使上帝和人疏离。上帝一旦退缩到超越性中，就被人所放弃。人就集中于外物，不惜代价把他自己转变为主宰者，成为万物之主；一元论被同一性的深渊所吞没，人格和“天上之城”消隐，对真理的朝觐变成了“从独一者走向独一者”的自娱。在两种情况下，动力和探索都已经终结。随着朝觐的终止，生命也终结了。在第一种情况下，人开始只寻找他自己，只要成为一个“好人”就是成功。于是伦理道德代替了宗教。在第二种情况下，人把自己转化为上帝，以这样的信念慰藉自己：“（最终的）慰藉者没有必要”，因为他已经把他自己转变为上帝。如果说华夏原始大道体现了一元论和二元论的圆融，那么后来儒道释三教的兴起和衰变似乎就源于这种圆融精神的失落。儒逐渐以纲常礼法取代了对超越性天命的追问，道终结于融入同一性的审美游戏，而释在当下成佛的迷狂下中风。失去超越性、个体性和神明维度的中国文化精神，一方面越来越向物质化、功利化的所谓“实用理性”的方向滑落，另一方面却变得冥顽狂暴、独断专横，结果人性萎丧，以至连伦常都难以维系。极高明而道中庸的大道破碎沉沦，“天下各得一察焉以自好”，其根本原因即在于天人张力的消解。然而中国思想史的问题却在于，至今思想界甚至还未曾考虑这个天人之际的大问题。所以还没有触及到中国思想史里最核心的、左右了中国思想史之演变的根本性问题。实际上，这个问题不但是中国哲学的问题，也是东西文化冲突的根本原因，诚如雷蒙·潘尼卡所指出的：“这一张力穿透了整个灵性史：要么人要么上帝，要么人文主义的和无神论的显圣，要么一神论和非人格的神显圣。”（《人的圆满》）

地下出土的简帛文书表明，在儒道的起源处，中国文化曾经达到过“配神明”的极高境界。就儒的内圣一面说，马王堆帛书《德行》篇云：

> 圣之思也轻。思也者思天也，轻者尚矣。轻则形，形者形其所思也，酉（柳）下子轻思于翟，路人如斩，酉（柳）下子见其如斩也。路人如流，言其思之形也。形则不忘，不忘者不忘其所（思）也，圣之结于心也者也。不忘则聪，聪则圣之藏于耳者也，犹孔子之闻轻者之鼓而得夏之卢也。聪则闻君子道，道者天道也，闻君子道之志耳而知之也。则君子道则（缺七字）而美者也，圣者闻志耳而知其所以为物者也。玉音则（缺十二字）圣。

“圣之思也轻”“轻者尚（上）矣”，是说圣人在极深的冥思中，心体澄明通透，故能凭借纯粹精神之力量（Atma-Shakti），彻底脱离小我之拘制，上与天道相接。“思”

的结果是，天道在内心呈露（思则形）。而圣人犹持续结念不忘，久之乃与天通，听到了来自上天的启示。为了说明“轻思”和“圣聪”的奇妙力量，文中举了柳下惠断案如神，孔子闻声而得夏鼓的例子。帛书《五行》言圣者闻而知天命：“见而知之，智也。闻而知之，圣也。明明，智也。赫赫，圣也。‘明明在下，赫赫在上’，此之谓也。”“明明在下，赫赫在上”，指无处不在的天命、天道。

“思天”，表明对“天”产生了思慕爱著之情。马王堆帛书《四行》云：“和谓之德，其要谓之一，其爱谓之天，……”爱即思慕。言入圣者其德中和，其精神专一，其爱超越，爱者，思天也。《论语》的只言片语里透露出，孔子常处于这种结念“思天”的圣人之境：

> 子疾病，子路请祷。子曰：“有诸？”子路对曰：“有之。”《诔》曰：“‘祷尔于上下神祇。’”子曰：“丘之祷久矣。”

《论语注疏》曰：“孔子素行合于神明，故曰‘丘之祷久矣’也”，其实孔子亦非刻意要合神明，只是“不忘其所思”，念念不离天道，而天道里自有“上下神祇”，所以才有这样的说法。由思慕而至于见道，遂出之以颂赞祈祷，《论语》载孔子之言：“天何言哉！四时行焉，百物生焉，天何言哉！”，这是对“天”的赞美之辞。《诗·蒸民》曰：“天生蒸民，有物有则”，昔孔子读诗至此而赞之曰：“为此诗者，其知道乎！”可见是对天道的赞辞。又如《诗.皇矣》曰：“皇矣上帝，临下有赫。监观四方，求民之莫。”莫，定也，使民安定，也是对上帝之德的颂赞。《诗·天作》曰：“成王不敢康，夙夜基命宥密。”言成王于天命，夙夜凝思，宏深而静密。按此句犹能表现出“思天”的境界。《诗》《书》于圣人受命于天可谓一以贯之。《尚书·召诰》曰：

今天其命哲，命吉凶，命历年……王其德之用，祈天永命。

《诗·文王》曰:

文王在上，於昭于天。周虽旧邦，其命维新。有周不显，帝命不时。文王陟降，在帝左右……

《诗·皇矣》且以“帝”之口吻，述文王受命之事:

帝谓文王，无然畔援，无然歆羡，诞先登于岸……

帝谓文王，予怀明德，不大声以色，不长夏以革。不识不知，顺帝之则……

圣王之受命，不但显于吉凶平治之外王一面，而且也从“天”那里领受智慧，分有美德。因此圣王对“天”始终抱持着诚敬顺服之心。如是通过思慕、赞祷、结念、皈依、受命、奉献与至上者感应沟通，无疑已经进入了巴克提的范围。

郭店楚简《性自命出》篇提出：“性自命出，命自天降，情生于性，道始于情”，为天人间的超越之爱或巴克提建立了形而上根基。此说下启儒家之性命说，《中庸》开篇就讲性、命:

天命之谓性，率性之谓道，修道之谓教。

“性”为天命之下贯，从在我一面，谓之性；从得之于天一面，谓之命。故性与命为一体之两面，《大戴礼记》

所谓："分于道谓之命，形于一谓之性"。天与命之间，命自天降，命是天之所命，天具有发命或施命的特权。性来自天命，是属于天赋、不自人为的东西。故授命是天之性，禀命是人之性，授命与禀命把天、人联结贯通起来。又此"性"超越，本属先天，绝非由阴阳五行之气化而来，牟宗三先生于此剖判甚明：

> 《庄子·知北游》篇所谓"性命非汝有，是天地之委顺也"，似乎就是只从天地气化来说委顺之性，这也似乎就是"天命之谓性"了。然而在儒家，根据天命、天道下贯而为性这一老传统而说的"天命之谓性"，却不是只就气化委下来而说的性。这个性当然是偏重"道"方面说的，偏重"天命流行之体"、创造真几方面说的。此是道边事、神边事、不是气边事。此是道之一，神之一，而不是气之多。此决不可误会。我们可以说，从气化提起来，而说寂感真几、说天命流行、说天命流行而为性，那便是中庸所谓"天命之谓性"了。（《中国哲学的特质》）

牟先生认为，"天命之谓性"之"性"体现了"性"的着重"天人之际"的客观性原则，而由"尽心知性知天"之"性"直接开出了"性"的强调"天人合一"的主观性原则一面。这两个原则看似矛盾，实则互相摄持、彼此依存：

> 儒家的尊严以及其所以为正宗处，完全靠这一传统中的"客观性原则"来提挈、来纲维。当然孔孟别开生面，由仁、智、圣及性善开出"主观性原则"，其价值尤大，它可以定住那老传统中的纲维于不坠，不至于坠落而为"气命"。如果没有一种真实的道德生命与超越感，那坠落是

很容易有的。这也好像没有耶稣，那上帝也是很容易坠落的。上帝的光辉是放不出来的。（《中国哲学的特质》）

从《薄伽梵歌》的角度来看，“性”即灵魂所本具之属梵真性，梵语称 Svarupa。“命”即极微（Anu）之个体灵魂（Atma）相对于极大（Vibhu）之至上灵魂（Paramatma）或至上梵（Parabrahma）之从属性关系。《薄伽梵歌》力阐此性命说，以确立个体作为灵性存在或属梵之本质，以及个体灵魂作为至上梵之部分与微粒的地位。个体灵魂与至上灵魂即一体又相异，从而为巴克提或天地之情的展开提供了张力和形而上根基。郭店楚简“道始于情”的说法，为《中庸》所无，这里的情，绝非人欲私情，而是植根性命、导向超越的天地之情。情的根源出于天，礼乐或道的作用就是返情以报本，《礼记·乐记》云：

乐章德，礼报情，反始也。

君子反情以和其志，广乐以成其教。

返归于初始的情，开启了天道，促成天人之间的感通相应。《礼记·礼三本》云：“复情以归太一”，通过“复情”的历程，“情”恢复了纯粹、超越的本性，在太一即万物的源头处得到圆满的实现和终极的归宿。

原始儒家严于天人之别，因为这是礼教的基础。例如属于早期儒家作品的郭店楚简《穷达以时》篇说：“有天有人，天人有分。察天人之分，而知所行。”华夏传统向来以天为本，敬天法祖，未敢陨越，《尚书·召诰》曰：

呜呼！天亦哀于四方民，其眷命用懋。王其疾敬德！相古先民有夏，天迪从子保，面稽天若；

今时既坠厥命。今相有殷，天迪格保，面稽天若；今时既坠厥命。今冲子嗣，则无遗寿耇，曰其稽我古人之德，矧曰其有能稽谋自天？

《召诰》为召公奭告诫成王之辞。王国维先生以为“文、武、周公所以治天下之精义大法，胥在于此”（《殷周制度论》）。以上引文，召公回顾了华夏祖先的人文教训、历史经验。文中讲到夏朝，“天迪从子保”；讲到殷朝，“天迪格保”。保即保养、佑护。从子即旅，旅为祭上帝之尸。古者祭天有尸，尸是用来象征神明、与天感通的媒介。意为夏、殷两朝皆赖神明之力得以保有大命。文中又两次讲到“面稽天若”，谓借神明之力，可以察知天意而得天之顺佑。《尚书》之《尧典》《皋陶谟》皆以“粤若稽古”起句，《尚书纬》训“稽，同也；古，天也”，稽古即稽天。召诰再三言“稽天”，表明夏、殷之大命皆在同天合德，天人相应，否则必“坠厥命”。坠天之命，则必不获天之临照扶翼。由此召公告诫成王：“眷命用懋。王其疾敬德”，上天的眷顾对应于“德”，天命要靠“敬德”来定住，此“德”指的是使天人关系得以确立的性德。

按“天”为周遍义，“帝”为主宰义，“上”为超越义，皆指至高无上之绝对本体。“面稽天若”，即是承天之教。“天命不可错”，三代以来，莫不惶惶汲汲于是。《周诰》于格知天命，语尤恳挚。《周书》云：“祈天永命”“惟天明畏”“时惟天命”，《大雅》云：“昭事上帝，聿怀多福”“敬恭明神，宜无悔怒”。孔子对于“天”的态度，也是从这个三代的传统延续下来，表现出强烈的信仰和皈依，《论语》记孔子言及“天”者：

王孙贾问曰：“与其媚于奥，宁媚于灶，何谓也？”子曰：“不然，获罪于天，无所祷也。”

子疾病，子路使门人为臣。病间，曰："久矣夫由之行诈也，无臣而为有臣，吾谁欺，欺天乎？"

子曰：不怨天，不尤人；下学而上达。知我者其天乎？

孔子显然对超越之"天"有真切的体验，故又说自己知天命，且自认受有天命，其言曰：

五十而知天命。

道之将行也与，命也；道之将废也与，命也，功伯寮其如命何！

君子有三畏：畏天命，畏大人，畏圣人之言。

然则大人、圣人之言，皆出乎天意，而为天命之体现。故孔子安身立命之处，全在天与天命。牟宗三先生从"知我者其天乎"一语，判定："孔子的生命与超越者的遥契关系实比较近乎宗教意识""孔子所说的天比较含有宗教上人格神（personal God）的意味"。（《中国哲学的特质》）当然，孔子论天也有非人格性的一面，比如"天何言哉？四时行焉，百物生焉，天何言哉？"。但这绝非是对作为本体之天的人格性一面的否定，毋宁说是对天之相用也即天道默运一面的充分认知。前者为"赫赫在上"，后者为"明明在下"。

孔孟以后，儒家失去了与天感通的能力，变而为荀子之重人重利，"不求知天"，但"治天时地财而用之"。董仲舒以阴阳五行说天，重祥瑞感应，基本上还是在气化的层次，尚未"经虚涉旷"，达到"准天地"的觉位，故而虽然重新提出儒家"配神明"的一面，但对天人关系之超越性的觉解深度已大为减退。一直到宋明儒，理学用一个“无情意、无计较”（朱子语）的抽象的非人格性之“理”取代了具有生成化育作用的“天”的位置，从本体论的层面切断了“配神明”的取向；心学则自称“吾心即是宇宙，宇宙即是吾心”，一味偏滞于“准天地”之境，以至错认个体心性为宇宙大我，将两者混为一谈，结果是以人代天，趋入狂路。

道家的一面，从出土简帛文书来看，道里面确实有天地，也有神明。郭店楚简《太一生水》篇云：

> 阴阳者，神明之所生也。神明者，天地之所生也。天地者，太一之所生也。是故太一藏于水，行于时。周而又（始，以己为）万物母；一缺一盈，以己为万物经。此天之所不能杀，地之所不能埋，阴阳之所不能成。君子知此之谓（圣人）。

该篇与简书《老子》丙组同抄一卷，李学勤以为是老子后学对《老子》的解说和发挥，李零认为两者有思想上的关系，但老子只讲“大”“一”，《太一生水》却讲“太一”，前者是哲学层面的讨论，后者是宇宙论的描述。《老子》比《太一生水》抽象，《太一生水》比《老子》具体。但毋庸置疑，这篇简文是理解老子真义的第一手资料。简文中“太一”周而复始，创生天地、神明、阴阳、四季、寒热、湿燥，“以己为万物母”，与老子所谓的道“可以为天下母”的说法是一致的，可以说是“周行而不殆”，显示出太一内在性的一面；另一方面，太一“以己为万物经”，天不能使之减损，地不能使之埋没，阴阳不能使之生成，可谓“独立而不改”，显示出太一超越性的一面。太一即内在又超越，生成万物，弥纶万有，却又独立于天地之表，这简直与《薄伽梵歌》对无上的洞见若合符契：

> 我以无形之身，充塞于天地之间。众生皆在我里面，我却不在他们里面。然而一切受造之物又不住我之中。看哪，这就是我的玄通大用！虽然我是一切有情的养育者，虽然我无所不在，我却在天地之外，因为我是天地之根。要知道，就像强风处处吹遍，却仍在天穹之内，一切受造之物皆住我里面。

两段话都是超越逻辑辩难的见道文字。正是对无上即超越又内在之本性的洞见，使极高明与道中庸的统一成为可能。

“我”之为一切有情的养育者、天地之根，无异于太一之为万物母。庄子总结老子的学说，说老子之学“主之以太一”。实际儒家之宇宙本体，也是上推到太一，比如《礼运》曰“是故夫礼，必本于大一”。大一即太一，相当于《诗》《书》之“天”“上帝”。上古神学与义理结合，故作为宇宙本体的太一也是至高主神，对太一有实际的崇拜祭祀。直到汉《郊祀歌》中还有对太一神的礼赞。在武帝诸祠中，祭祀太一的甘泉宫最尊。太一生水的说法，颇类似《梨俱韦陀》之《有无歌》中“金胎”创生宇宙混沌大水的神话。李零教授认为“太一”与基督教的“God”（上帝）有一定的相似性，在先秦时代就已经是一种兼有星、神和终极存在三重含义的概念。（参考《中国方术续考》）

《鹖冠子》，以前学者多认为是伪书，但现在根据出土的简帛文书，可以判定出于较早的黄老派学说。其《泰鸿》篇有论及泰一（即太一）：

> 泰一者，执大同之制，调泰鸿之气，正神明之位也。故九皇受傅，以索其然之所生。……泰

皇问泰一曰："天地人者，三者孰急？"泰一曰："爱精养神内端者，所以希天。天也者，神明之所根也。醇化四时，陶埏无形，刻镂未萌，离文将然者也。地者，承天之演，备载以宁者也。吾将告汝神明之极，天地人事三者复一也。"

其中对泰一、天地、神明的论述，跟《太一生水》篇一脉相承。而泰一之为至高人格神一面，尤为突出，以至开示垂训，有似于薄伽梵克利须那之演说《梵歌》。

老子"贵食母"，对于天人间沟通依存的体会，犹契《梵歌》之性命说，其言曰：

天下有始，以为天下母。既得其母，以知其子。既知其子，复守其母，没身不殆。塞其兑，闭其门，终身不勤。开其兑，济其事，终身不救。见小曰明，守柔曰强。用其光，复归其明，无遗身殃。是为习常。

"天下母"即是太一、宇宙大我，老子也称之为"玄牝"，乃至上本体、万有根本，所谓"谷神不死，是谓玄牝。玄牝之门，是谓天地根。绵绵若存，用之不勤"。"子"即是个体、阿特曼、灵魂、真我。由知天而真我得明，此即"既得其母，以知其子"；真我独存，精神内敛，故圣人动不离根本，从容中道而没身不殆，此即"既知其子，复守其母"。"塞其兑，闭其门"，收摄身心，故视听言动，不离本性，外物妄想不能干扰灵明知觉。"见小"意谓知自我为微小，故曰明；"守柔"即谦下顺服，归命大我，心无嫉妒恐惧，故曰强。"用其光"，则灵觉内生，上通于天；而"复归其明"，不离真我本性。否则，若放纵人欲，为外物所转，必终身不救。如此天地密义，固然神奇，然亦平常，虽人伦日用不可离，故谓之"习常"。

中世纪基督教神秘主义者阿维拉的圣特蕾莎（St.Teresa of Avila）有诗曰："灵魂，你一定要在我里面寻找你自己，又一定要在你自己里面寻找我"，这里的"我"意指上帝，其中意味，近于老子所谓"既得其母，以知其子。既知其子，复守其母"，它既是对神人关系的描述，也是神人感应的玄秘体验。不过，基督教的上帝偏于实体（entity），而中国哲学的泰一、神明则是兼体用而言，相对更注重在功用（function）层面上的体证。

庄子《天下篇》劈头就说："神何由降？明何由出？圣有所生，王有所成，皆原于一"，圣王与神明并称，而皆原于一，一即太一，乃整体大全（complete wholeness）。这里的神明概念，更接近其古义，神指从天或太一降下的神光，地载神光乃生明。在庄子看来，百家之前，有能"备天地之美，称神明之容"，彰显"天地之纯，古人之大体"的"古之道术"存在，然而，"天下大乱，贤圣不明，道德不一，天下多得一察焉以自好"，一曲之士"判天地之美，析万物之理，察古人之全"，致使百家往而不返，"天下之人各为其所欲焉以自好"，造成的结局是"内圣外王之道，暗而不明，郁而不发"，而"道术将为天下裂"。

与西方文化的直线型无限进步的时间坐标不同，中国文化似乎从一成型起就开始往根源返回，浓重的思古幽情以及对远古之道的缅怀弥漫于文明的霞光之中。一部中国哲学史的开篇，从孔子到诸子百家，除了法家之外，无不托古以立言，以法古述古为能事。孔子"述而不作，信而好古"，不但"从周"，甚且欲以圣心遥契尧舜之志；黄老道家一派认为三代、尧舜还不够古，黄帝所向往的华胥国才是精神的家园。直到继佛教征服中国之后，复兴儒学的南宋大儒朱熹尚且感叹：

> 千五百年……只是架漏牵补，过了时日。其间虽或不无小康，而尧、舜、三王、周公、孔子所传

之道，未尝一日得行于天地之间也。若论道之常存，却又初非人所能预。只是此个，自是亘古亘今常在不灭之物。虽千五百年被人作坏，终殄灭他不得耳。

可以说，从孔子到清末的中国学术，无非是以各种手段、从各个角度去探寻、求证、界定这个犹如谜一般的“远古之道”。其中涉及对文献之删述、考订、训诂、注疏，对器物、制度、历史的考据，以及身心的实践和体证。但遗憾的是，那个传说中配神明准天地、极高明道中庸，纯粹精醇、包罗万象的原始大道却从不曾再次浮现于中国文化史的地平线上，倒是儒释道拼凑成的“酱缸”，把中国文化熏得阴气森森、浊气扑鼻。

今天我们讲国学，如果还是按着“酱缸文化”的老路一路搅拌下去，恐怕是没有前途的。垂垂僵死的中国文化需要正本清源，上契神明，下接心性，与文明之源相贯通，才有希望复苏更生，重新找到源头活水。否则，无根无血的国学热只能造就虚浮的文化泡沫。

自二十世纪开始的考古研究为中国文化的追本溯源工作开启了新的希望。海宁王国维氏的“将地下考古与传世文献相印证”的二重证据法，让三代的人文制度从文字、传说中跃然而出，令人耳目一新。但是，考古的局限在于，它只能在“器”的层面上盘旋，很难上透至“道”的层面。故此，我在《文明的基因》里提出，第三重证据来自比较文化学，即把中国文化的起源放在世界性的文明演化的框架之内来考察，具体来说，就是以史前韦陀灵知为文明的原始基因，并以此为参照，对中国文化进行重新诠释、评估、定位，进而勾勒出华夏大道的本来面目。而史前韦陀灵知的精要，皆凝聚于《薄伽梵歌》。是故，对《薄伽梵歌》的学习研究，将是中国文化融通东西、返本开新的一大事因缘。

第一章

设定场景

两军对垒

1. 狄多罗·史德罗说：桑遮耶呀！我的儿子们及般度诸子两方陈兵圣地俱卢之野，跃跃欲战，他们怎么样了？ 2. 桑遮耶答道：回禀我王，杜瑜檀那王子视察了般度诸子摆下的阵势后，便回到老师跟前，说了下面一番话。3. 阿阇黎！您看哪，般度诸子的阵列法度森严，这可是您那聪颖过人的高徒——图鲁波陀之子的杰作啊。4.军中英雄无数，其中有庾庾檀那、维罗闼与图鲁波陀等，无不骁勇善射，与毗摩、阿周那不相上下。5. 还有英勇无敌的伟大战士如特黎史特闾图、车奎丹那、弗卢支与琨缇波遮诸将。6. 还有刚强勇毅的尤坦曼羽，孔武有力的乌闼摩遮，以及不可战胜的图鲁波提与须跋陀罗之子。7. 婆罗门中之至圣啊！现在让我向您禀报我军之精锐良将。8. 著名的有您本人，毗史摩、喀尔纳与喀利波，还有阿史华闼摩、维喀尔纳与布尔斯华勒，都能征惯战，战无不胜。9. 还有很多其他的英雄，准备为我战死沙场。他们装备了各式各样的兵器，而且全都精于兵家之道。

10．我军实力强大得难以估量，何况还有老祖父毗史摩全力护持。敌军虽有毗摩小心护卫，力量毕竟有限。11．诸位将士！现在你们要在阵中各就其位，全力支持老祖父毗史摩。12．于是，俱卢王朝英勇的元勋、武士之祖毗史摩吹起海螺，声音雄壮，犹如狮吼。杜瑜檀那听得满心欢喜。13．顷刻间，海螺与鼓角齐鸣，声震天地。14．在另一方，克利须那和阿周那同乘一辆白马拉的战车，也吹响起超然的海螺。15．感官之主克利须那吹起了他的“巨人骨”海螺；财富的征服者阿周那吹起了“天施”海螺；饕餮力士毗摩也吹响了他那慑人心魄的巨螺“匏荼罗”。16~18．贡蒂之子尤帝士提尔吹起海螺“胜无涯”；那拘罗与萨贺提婆分别吹响宝螺“妙声”与“珍珠花”。伟大的射手伽尸之王、无敌的战士施康蒂、特里士多摩那、维罗阏、与萨底亚基、图鲁波陀、图鲁波提诸子，以及臂力强大的须跋陀罗之子，都吹响了各自的战螺。19．这些各式各样海螺的声音，震撼天地，响彻云霄，令狄多罗·史德罗诸子心魂俱裂。20．王啊，般度之子阿周那此时正坐在飘扬着仙猿哈努曼旗号的战车上，弯弓搭箭，引满待发。21~22．遥望敌阵中挥戈欲进的狄多罗·史德罗诸子，阿周那对感官之主克利须那说道：不败者呀，请驱驰我的战车至两军之间！让我看看，谁在这里？谁跃跃欲战？谁在这场大战中与我为敌？23．狄多罗·史德罗诸子心肠毒如蛇蝎——让我看看，哪些人想讨好他们，来这儿参战。24．桑遮耶道：婆罗多之华胄呀！睡眠的征服者阿周那说完后，感官之主克利须那便将那最精丽的战车驶入两军之间。25．面向毗史摩、陀拏及敌方的诸邦君王，感官之主克利须那说道：“看哪！帕尔特！所有俱卢族人都在此集结！”

解读：

《薄伽梵歌》的开篇场景是《摩诃婆罗多》不可或缺的一部分，它一开始就描述了相互对峙、跃跃欲战的两支军队。随着故事的展开，目盲的狄多罗·史德罗，整个王朝的国君，俱卢诸将的父亲，就战场的情况，询问他的侍从桑遮耶。虽然远离现场，桑遮耶，凭借他的上师毗耶娑（他也是《摩诃婆罗多》的撰述者）赐予的神通力，看到、听到了正在发生的事情。作为狄多罗·史德罗和般度两兄弟的父亲，毗耶娑也是战场上一些主将的祖父。在开篇场景里，杜瑜檀那把军队交给他的师父陀拏，按照他的看法，他的军队更为强大。此时，阿周那，般度军队的统帅，转向他的御者克利须那，后者是他的表兄、朋友，请求他把精美的战车驾驶到战场的中心，这样他就能在开战之前观察他的对手。

阿周那拒战的论据

26. 在两军之间，阿周那看见祖叔伯、叔伯、老师、舅父、兄弟、子侄、侄孙、朋友，还有他的岳父和祝愿者全都在场。27. 贡蒂之子阿周那看到了所有朋友和亲人之后，不禁满怀悲恻，于是这样说道：28. 亲爱的克利须那呀，看见朋友和亲人全在我面前，准备互相厮杀，我感到四肢颤抖，口涸唇焦。29. 我全身震颤，毛发直竖，甘狄筏弓从手里滑落，皮肤也在发烧。30. 我再不能够站在这里。我恍然若失，心乱如麻。闾摄魔之屠者哟！我看到的只是种种不祥之兆！ 31. 在这场战争中，杀害族人，我不觉得有什么好处。亲爱的克利须那呀！我也不希求这样得来的胜利、王国和快乐。32~36. 哥宾陀呀！王国、快乐，甚至生命本身对我们有什么用呢？我们希望得到这些岂不都是为了战场上这些列阵以待的人吗？而他们正站在我们眼前，准备豁出性命财产与我们战斗。他们是我们所爱的老师、祖叔伯、叔伯、舅父、岳父、姻兄弟、子侄、侄孙以及亲朋至交。即使他们会杀我，我也不想杀他们。不要说给我这个世界，即使给我三个世界做交换，我也不准备跟他们交战。众生的养育者呀，杀了狄多罗·史德罗诸子，我们怎么会有快乐？37~38．众生的养育者呀！尽管这些人利欲熏心，看不到弑杀亲友的罪过，可是，我们分明知道毁灭家族的恶果，为什么还要这样做呢？39．王朝一旦崩溃，家族传统随之瓦解。剩下来的家族成员便会做出种种违背礼法的事情。40．克利须那呀，当邪法在家族里盛行的时候，妇女就会堕落。毗湿尼的子孙啊，妇女堕落，便会生出劣种。41．劣种繁殖，必为家族和那些破坏家族传统的人带来地狱般的生活。这些堕落的家人不会供奉食物和水给祖先，他们的祖先将无法得到超生。42．破坏家族传统的邪行带来劣种，造成社会等级紊乱，致使所有公益事业及家族利益一皆化为乌有。43．众生的养育者呀，我听说破坏家族传统的人会永远沉沦于地狱。44．唉！为了享受王者的快乐，我们竟然不惜杀害族人，犯下弥天大罪，这是多么奇怪啊！45．我宁愿放下武器，不做抵抗，任由狄多罗·史德罗诸子在战场上用利剑杀死我。46．桑遮耶说：阿周那在阵前说完这番话后，抛下弓箭，颓坐战车，心中充满悲苦。

解读：

阿周那面临严峻的危机，由于价值冲突，他已经瘫作一团。一方面，对法（Dharma）的承担引导他走上武士之路，不惜背水一战，而另一方面，出于不言自明的原因，战似乎也是不可能的。自然，阿周那想要避免弑杀亲师、毁灭社稷、悖法造业，这些行为不但会造成天下大乱，而且会让他来世受苦。阿周那不想要胜利、国土或由此而来的快乐，也看不到杀戮亲人的益处；显然，即便胜利落到他这边，或许也不会有亲友活下来，跟他一起庆祝胜利了。因此，甚至赢得三界也不能当作为这样一场屠杀辩护的充足理由，更不必说国土了。考虑到以上所列举的原因，阿周那情愿被他的敌手所杀，也不愿杀他们。阿周那道出了他拒战的论据，这样一来，也为他与克利须那的对话打下了埋伏，正是这番对话构成了整部《薄伽梵歌》。他的论据可以分为四条：

1. 实用的观点：对得失的算计显示战是失而非得；这条论据可以进一步区分为简单的实用主义和法(Dharmic)的实用主义。前者直接计算得失，比如他说如果族人不在，就没有人跟他一起庆祝胜利了。后者是在来世这一更广延的语境里来计算得失的，例如阿周那说，若悖法而战，将使他来世受地狱之苦。

2. 造下罪业：若起而战斗，阿周那将造下罪业；罪业会附着在阿周那身上，而他将无法脱身，如是他于此生或来生都将不得不承受因果报应之苦。

3. 保护正法(Dharma)：战争会弱化正法；法护持世界，法的弱化将造成种姓淆乱，从而引起社会秩序的恶化，世界将由此陷入混乱和苦难。

4. 出世的优越性：阿周那相信，他面临两个选择；一种是积极入世，另一种是放弃积极入世，以便独居内省、发明性灵。因为灵性之途优于尘世存在，阿周那宁愿完全放弃战斗。

举出论据之后，阿周那等待着克利须那对他的拒战之辞做出回应。

按：

战场或许是演绎人性和天意的最富戏剧性、最有震撼力的地方。作为世界第一玄理诗的《薄伽梵歌》不是成于菩提树下、妙高峰头，却横空出世于俱卢之野的金戈铁马、鼓角战螺之间，其中的深意，已经足够令后代无数哲人玄圣低首吟味了。

大约三千多年前，华夏大地上也发生了一场影响中国历史进程至为深远的具有革故鼎新意义的战争。这场战争，史称“鸣条之战”，这次革命，史称“汤武革命”。作为华夏六经之一的《尚书》，为我们留下了这次战争的动员令，华夏第一“革命檄文”《汤誓》。在这篇檄文里，身为臣子的商汤论证了攻打天子的正当理由。要之，在既有的君臣关系、道德法则之外，商汤从天命的角度，引进了另外一重关系，亦即天人关系，作为打破现实秩序的超越性原则。这就从根本上改变了战争的性质，一场诸侯叛乱由是变成了天人革命，一次历史事件由是获得了形而上的意义。为此，《易》“革”卦彖辞郑重声明：“汤武革命，顺乎天而应乎人”。相传问世于五千多年前的《薄伽梵歌》，也是从天人之际突破名利道德、世出世间法设下的重重罗网，为灵魂和神明、现实和天命的结合打开了通路。《薄伽梵歌》将要揭示的，是天人关系背后隐含的一套“至广大而尽精微，极高明而道中庸”的天人学说。

第二章

灵魂、法和解脱

克利须那训斥阿周那，阿周那请求指导

1．桑遮耶说：看到阿周那满怀悲恻，哀伤不已，泪水充盈双眼，摩度魔的屠者克利须那说了下面这番话。2．薄伽梵克利须那说：亲爱的阿周那，你从哪儿染上这些污秽？这些污秽与了解生命价值的人极不相称，它们不会让人升转高等星宿，却只会给人带来恶名。3．帕尔特呀！不要自委于优柔，这跟你的身份不相称。抛开心里猥琐的脆弱，站起来吧，惩敌者！4．阿周那说：摩度魔的屠者呀！阿利魔的屠者呀！陀拏与毗史摩等都是我所尊敬的人，我怎能在战场上以利箭反击他们？5．我宁愿在世上求乞为生，也不愿杀害像我师父一样的伟大灵魂。他们即使贪得无厌，毕竟还是长辈。杀了他们，我们所享有的一切，都会沾上血腥。6．我们不知如何是好——征服他们呢？还是让他们征服？杀了狄多罗·史德罗诸子，我们会痛不欲生。可是现在，他们就在这战场上，正站在我们面前。7．对责任我感到迷惑，脆弱让我失去平静。情况如此，我求你明确告诉我，怎样做最好。现在我归依你，做你的弟子，请你给我开示。8．我无法驱除这让我感官焦枯的悲伤。

即使赢得盖世无双的王国，拥有天神般的权柄，这悲伤也不会消除。9．桑遮耶说：惩敌者阿周那说完这番话，长叹道：“歌宾陀，我不愿作战。”便沉默下来。

解读：

克利须那嘲讽阿周那，说他的行为不符合其高贵的身份。而阿周那，起先考虑撤离战场以避免与亲朋师友开战，但后来镇定下来，表达了对自身职责与正确行为方式的困惑。现在，一直把克利须那当作朋友、亲戚的阿周那，请求克利须那成为他的上师，并以皈依的方式强化了他的请求。这决定性的改变设定了此后这场对话底下的关系，即克利须那为师、阿周那为徒的关系。不过，阿周那仍然困惑，拒绝出战，就在此时，克利须那开始说话了。

无常与永生

10．婆罗多之华胄呀！这时，克利须那微微一笑，于两军阵前，向满怀悲苦的阿周那说了下面的话。11．薄伽梵克利须那说道：你的言语流露出学识，可是，你竟为不值得悲伤的事情悲伤。智者不为死而悲、不为生所苦。12．过去，从没有一个时候，我、你、所有这些国王，不存在；未来，也如是。13．躯体化的灵魂，在身体中，经历童年、青年，终至老年，死后离开这个躯体，到另一躯体去。自觉的灵魂不会为此变化所眩。14．贡蒂之子呀！苦乐相随，犹冬夏嬗递，变化不居，并无恒性。婆罗多之华胄呀！凡此皆从感官知觉而来，人须学会忍耐，不为其所扰。15．人中之杰呀！稳如磐石，不为苦乐所扰，必获永生。

解读：

尽管阿周那似乎言之凿凿，但他实际全无智慧，竟为了那不必悲伤的，即死亡的到来，而悲伤。其中的原因在于，灵魂在肉身中经历童年，终至老年，死亡时又进入另一个躯壳。作为例证，克利须那指出，他自己、阿周那以及集结于战场的众君王始终存在，并将继续存在下去。通过描述灵魂如何在此生就已经从一种形体转换到另一种，即灵魂从儿童的形体转入成人的形体，最后离开，受取新的躯壳，克利须那阐明了从一个身体到另一个身体的灵魂转生之途。一位真正的智者对此明达无疑，因而不会为死亡的来临而烦恼，那不过是受拘限之状态的自然结果。在阐述形—魂关系时，克利须那通过一套与阿周那截然不同的术语表达了自己的观点；他讲到种种身体的形态覆蔽了被囚禁于躯壳内的灵魂，这是以“第二层术语”说话，这种说话的方式只将主体性与个体性真实归属于灵魂，而非作为整体的人。克利须那深观让阿周那颠倒缠绵的苦乐，看出这些不过是无常的感官知觉，它们是能知觉的身体所经验到的，而不是灵魂的感受。如是，阿周那受到开示：他应养成对感官知觉的超脱，进而获得永恒的生命。在对阿周那的回应里，通过指出其辩辞下隐藏的假设，克利须那证明了这些辩解全都站不住脚，并把讨论提升到了更高的层面或维度。用三层模式来分判，阿周那的各种辩解皆可归类为“第一层境界”，它们把人类视为一个完整的具主体性的个体，其目标是世间的荣华。由此，阿周那认为他自己是一个武士，其职责是为了世界的改善而服从法。然而，克利须那的驳斥却是从“第二层境界”阐发的；与此相应，具主体性的个体乃是真常、觉明的灵魂，其目标是通过承受苦乐而获得从此世的解放。克利须那的这段开篇词在很大程度上拈出了全篇的线索，这些目下作为端绪被介绍进来的观念，需要进一步的延伸和澄清。永恒的灵魂，从身体到身体的转生，苦与乐，感官与躯体，所有这些都将出现在后面的讨论中。故此，第二章在很大程度上可以说是整部《薄伽梵歌》的概要，它以简明的方式，指涉了将在以后章节里展开的各种观念。

灵魂的本性

16. 掌握真理的先知有言：非存在者无恒性，永恒者无断灭。先知深究二者的本质，才下此结论。17. 你要知道：遍漫躯体者不会毁灭——谁也无法毁灭不朽的灵魂。18. 灵魂永恒、无法测度，不生不灭；坏灭的只是物质躯壳。作战吧，婆罗多之华胄！19. 小智之人认为生命体能杀害其他生命体，或会为其他生命体所杀害；澈悟真知者则了解，真我不能杀害其他生命体，也不会为其他生命体所杀害。20. 灵魂永无生死，既非过去形成，也非现在形成，更非将来形成。灵魂不朽常存，源于无始。肉体可杀，灵魂不可杀！21. 帕尔特呀！既然了知灵魂不会坏灭，无生长存，永无变易，又何来杀与被杀？22. 仿佛除去旧衣，换上新装，灵魂离开衰老无用的旧身，进入新的躯体。23. 灵魂刀剑不能戮碎，烈火不能焚毁，水不能浸腐，风不能侵蚀。24. 个体灵魂无法分割，不能溶解，烧不掉，干不了。灵魂永在，遍入万有，不变不动，始终如一。25. 据说，灵魂目不得视，心不得思，不变恒常。了解这点，你便不该为躯体悲伤。26. 即使你认为灵魂恒生恒死，仍没理由哀怆。啊，臂力强大的人！27. 有生必有死，有死必有生。因此，践履无可避免的职分时，你不该悲伤。28. 受造万物初为不显，中而显现，末则遭毁灭复归不显。如此，又何需哀怆？29. 灵魂叫人惊叹：有人如此认为，有人如此形容，有人如此听闻。也有人尽管听说，对之仍懵无所知。30. 婆罗多之华胄呀！居于躯体的灵魂是永恒的，杀不了的。因此，你无须为任何生命哀伤。

解读：

灵魂的本性与肉身的本性截然对反。灵魂无始永恒，不受制于生死。灵魂更换肉身，犹如人更换衣装。灵魂奇妙，难以理解。灵魂有常，不变不迁。灵魂不能为火、水、兵器所伤害，而肉身正好相反，其性无常有终。灵魂与肉身之间的尖锐差别也表现在将灵魂定义为“有身者”(1)，这种表达暗示了拥有者所处的一种“无身”的存在状态，亦即永生或解脱的状态(2)。

作战的三个理由：功利主义、法的实用主义、为法自身的缘故

31．想一想你作为刹帝利的特定职责，你该知道，对你来说，再没有什么任务比为宗教原则而战更好。所以，不要再犹豫了。32．帕尔特呀！那些刹帝利是多么幸运啊，这样的战事不求自来，天堂之门正为他们开启。33．如果你不参与这场战争，便是漠视礼法，你必罪恶盈身，而且丧失武士的美名。34．世人会常常提起你的臭名。受人尊敬的人，与其声名被污，不如死去。35．对你的声名异常尊崇的将领，会认为你因胆怯才临阵脱逃。他们必视你为懦夫。36．你的敌人将用恶毒的言语诋毁你，讥笑你无能。还有什么比这叫你更痛苦呢？37．贡蒂之子呀！战死，你将晋升天堂；战胜，你享有地上的王国。快快起来，下决心作战吧！38．你当不计苦乐、得失、成败，为战而战。如此，你便永无罪恶。

解读：

用“第二层话术”破斥了阿周那的立论之后，克利须那现在又下返到“第一层”，从似乎稍显世俗的角度，开导阿周那。现在克利须那把阿周那当作一个通晓礼法的武

士，并据此系统性地摆出了各种为什么阿周那应该作战的理由。看到不祥之兆，阿周那认为杀亲灭友根本不可能有任何好处[(3)]；对此，克利须那辩说，战斗只会对阿周那有益，因为他若战胜，将赢得地上的王国；他若战死沙场，等待他的是天堂[(4)]。阿周那声称，战将招致罪业[(5)]，但克利须那却回答，反面说才对，因为他若撤离战场，置职分于不顾，那才是犯下罪业[(6)]。阿周那问，亲友之死怎么会带来快乐[(7)]，克利须那答道，天赐义战，能得到如此良机的刹帝利是快乐的[(8)]。阿周那认为此战与法（Dharma）对立[(9)]，但克利须那认为逃避战斗才是对法的背离[(10)]。阿周那害怕最终落入地狱[(11)]，但克利须那却向他许诺了江山和天堂[(12)]。克利须那大致列举了三个理由：

1. 若避而不战，将士们会认为他因为贪生怕死而临阵脱逃，阿周那必将名誉扫地。荣名胜于受辱，阿周那理应战斗。隐伏在这条理由下面的是一种对得失的简单计算，因而，它或许可以归于“简单的功利主义”；这是“自我超越之道德阶梯”的最低阶次。

2. 根据法的原则，死于义战的武士超升天堂。所以，若阿周那胜出，将赢得江山社稷；若战死，将赢得天堂。无论哪种情况，阿周那都是赢家。这个理由比前面的更精致一些，它需要对法的信心，比如相信死于义战者能超升天堂。但它还是建立在功利主义的基础上，所以或许可以认为是一种“法的实用主义”。这构成了“道德阶梯”的第二阶次。

3. 阿周那必须为职分而服从职分，不计功利，坚守法所赋定的职分。他应该超脱于胜负之外，不求任何得益。若在这种心态下战斗，他就不会造下罪业。这个理由超越了实用主义，因为无论表面是胜还是负，践履职分本身就包含了成功。这个阶次比前一个更高，可谓“为法自身的缘故而持守法”。

从世间法（Dharma）到解脱（moksha）

39．至此，我已向你讲述了数论哲学。现在，请再听菩提瑜伽。帕尔特呀！你以这智慧行动，便能脱离业力的桎梏。40．做这种努力，并无损失。沿这道路前进少许，也可免于最危险的恐惧。41．在这条道路上的人意志坚定，目标专一。俱卢族的宠儿啊！犹豫不决的人，其智慧枝蔓丛生。42~43．见识浅薄的人过分执着韦陀诸经的夸饰文字。因为他们渴望感官快乐、荣华富贵，就说除了这些，再无其他。这部分内容教人如何通过种种献祭和业行，往生天堂星宿；或者如何得到好的出生，获取功名利禄。44．心意过分执著感官享受和物质富裕，便会为其所眩惑，如此定慧和三昧也无从生起。45．韦陀经主要讨论物质自然之三极气性。阿周那呀！你要超越三极气性，安住于自我之中，摆脱一切二元性，不为利益和安全而焦虑。46．大渊有小池之用；同样，一旦领悟了隐藏于韦陀经背后的宗旨，韦陀经的真义便已不言而喻。47．你有义务履行赋定职分，但无权享有业果。千万不要以为自己是业果的原因，也不可不去履行责任。48．阿周那呀！对职分，你要担当；对成败的执著，你要摒弃。这样的平衡，谓之瑜伽。49．财富的征服者呀！凭借菩提瑜伽，摆脱一切业行。在这种觉知中皈依至尊主吧，想享受业果的人是吝啬鬼。50．践履奉爱服务，即使在现世，也能摆脱善恶果报。阿周那呀，瑜伽是行动的艺术，努力修炼瑜伽吧！51．透过践履对主的奉献服务，伟大的圣哲和奉献者挣脱了尘世业果的缠缚，如此，得以远离生死轮回，超转无悲无苦之地。52．当你的智慧穿过假象的密林后，对耳闻之言，过去的或未来的，都会无动于衷。53．当心念不为韦陀诸经的浮华文字所扰，稳住于三昧，你已悟入神圣之觉性。

解读：

在这一段里，克利须那首先指出，他已经通过讲述数论或说僧佉（Sankya），开示了自我觉悟的义理，其中包括对灵魂的解说以及对解脱理念的隐约提示。该论说大抵属于本体论范畴，贯穿始终的问题是："存在着的是什么？"答案是，那存在着的，乃是被囚禁于躯壳中的不朽的灵魂。

现在，讨论似乎还是没有离开同样的自我觉悟这个主题，但这次却是从另外一个角度，亦即行动的角度。如是，论题转成了道德论，关涉到履行职责或说行动的方式。现在讨论的问题是："该如何行动？"这两条进路在《薄伽梵歌》里是相依共存的，它们的目标只有一个——解脱。很明显，对这两条进路进行比较是必要的。这样的比较在后面确实发生了，并且有两次，其中提出并讨论的问题涉及这两条进路——知与行，哪一条更殊胜[(13)]。两种类型的人被勘别出来，他们的心智状态受到考察。另一方面，有追求自我觉悟者，也有那些追逐今生或来世的世间荣华的人。追求自我觉悟者拥有内在的决心，他们在自觉之途上所付出的努力绝不会白费，因为他们累世精进，从前世所修到的境地起步不断前行。相对于追求自我觉悟者，还有那些透过奢华的韦陀祭祀以追逐世间功利的人，这类人的目标是求取天堂、美好的来生，以及感官欲望的满足。此辈对法（Dharma）的持守乃出自利用与求取的动机，对于他们，法不过是达到俗世目标的手段。这些人缺乏内在的决心，因为他们的智慧已被庞杂的欲念所困扰。何况，他们宣称，满足欲望高于一切。

表面看来，虽然克利须那回应了阿周那的各种考虑，"罪"这个问题却始终未曾解决。克利须那提出了战的两个原因，一为"简单的实用主义"，一为"法的实用主义"；但这两种定位都被认为有缺陷，即用这种方式行动卷入了罪业，将招致未来的痛苦。克利须那也为阿周那举出了第三个更高明的开战理由，即“为法自身的缘故”；这个定位确实为问题提出了解决的办法，因为用这种方式战斗，不受罪缚。显然，这种主张需要加以进一步的详尽阐明，这更详尽的阐明展开于本节：罪的领域属于“第一层境界”，其指向为世俗荣华，但罪不涉及“第二层境界”的领域，其指向为解脱。由于“第一层境界”涉及罪业，故而此境界中人势必持循“法”的训诫，以避免罪业。然而，“第二层境界”无涉罪业，故此，此境界中人不必持循“法”的训诫，虽然他或许为了给大众树立榜样而依然循规蹈矩[14]。这段议论的结论是，若带着对业果的兴趣而行动，罪业不可避免，因此，摆脱罪业的唯一途径是行动而不牵挂业果。

本节讲到了解脱后的觉明之境：对梵的觉证、从世间生死轮回的解脱，这与旨在求取今生或来世欲乐的韦陀祭祀形成了鲜明的对比。这里所描述的新境界是瑜伽的境界、觉明[15]、三昧和梵理。本节并没有对这四个概念加以辨析，似乎只是做了一个初步的讨论。它们或多或少被视为是同义的，重点强调的是，通向它们的那条路是有价值的，能使人摆脱生死轮回。觉明之境关涉到脱离业报的羁缚，被认为已然超越了三极气性（guna，旧译三德）的范围。入此境界需要对现世以及随之而来的好与坏保持超脱。谁若证入此境，便是一位行道的大师，这境界让人打破生死之结，远离一切烦恼苦痛。对韦陀经的攻击或许令人惊讶：为什么克利须那对韦陀经如此挑剔？为什么是在这一节里？这种批评可能指向诸如弥曼差（Mimamsa）一类的韦陀学派，对于解脱、觉悟之类的问题，这些学派多少有点玩世不恭。看来，韦陀经不仅代表了神圣性，也认可并支持了法的经世理念；还有，韦陀经被框定在三极气性的范围，因而成了另一个超越它们的理由。由于阿周那受到舍弃实用主义心态的激励，故此他被要求抛开韦陀经，至少里面那种从求取各种业果的欲望而来的对仪礼的过度强调。

作为替代，克利须那提出了一个不同的非人格性的神圣理念，也即是梵（Brahman），一个与奥义书式世界相关的术语。韦陀式世界（Vedic world）与奥义书式世界（Upanisadic world）之间的张力，对于《薄伽梵歌》来说是根本性的。因为《薄伽梵歌》倾向奥义书式的世界观，所以它有时也被称为《梵歌奥义书》（*Gitopanisad*）。

本节包括一些诫命，其中最有名的是第47颂：人仅只被赋予了履行法（Dharmic）的权力，但无权享有业果；业果不应成为激励人去行动的根源，但同时人也不可一概放弃作为而无所事事。要做到这一点，必须找到另一种行为的动机，那就是自我觉悟。如是，以自我觉悟为目标的人应当在一种无所执著、不计业果的心境下，践行法所赋定的职分。这表示了法只是外表的框架，而内在的，是践行者对觉明和解脱的追求。

为了避免罪业而服从“为法自身的缘故”这一主张，其本身也包含了一个矛盾。毕竟，避免罪业的原因是为了逃避随之而来的痛苦，很明显，用这种方式行动的人并不曾超脱苦乐。因此，另一种截然不同的超越苦乐计较的境界被彰显出来，它不在“第一层境界”的范畴里面，而属于“第二层境界”(16)。这便是“安立于菩提瑜伽（Bhuddhi Yoga）”(17)。唯独在这个位置上，才能真正做到行动而不计较业果。它所成就的是一种新的、更高级的存在状态，即，行动，怀着至善的动机，诸如自我觉悟或证入梵境。这是比“为法自身的缘故”而服从法更高的境界，它可以划入阶梯的第四层。

坚稳的智慧

54. 阿周那问：人在超然觉性中有何表征？他怎样说话？用什么语言？他坐时的姿态如何？行走时又怎样？

55. 薄伽梵克利须那说：帕尔特呀！种种感官欲望，全是情识虚构。放下这一切，心意只在自我之内寻找满足，如此可谓安住无染觉性。56. 面对三重苦，仍湛然自处；快乐时，也不会洋洋得意；远离执著，不惧不怒；如此即是志坚意稳的牟尼。57. 无所执著，不为吉喜，不为凶悲，如是专注于般若之智。58. 一如龟鳖将四肢缩回壳内，能从感官对象中撤回感官，才算安住圆满觉性。59. 躯体化的灵魂也可能抑制住感官享乐，但对感官对象的嗜好依然还会存在。灵魂若借着体验更高的品味，放弃追逐感官之乐，便能坚处于其觉性之中。

解读：

克利须那把坚稳的智慧判定为除灭罪业的途径以及应当追求的目标。现在阿周那希望能对这种境界有更多的了解，于是便问修到这等境界之人的表征。按照克利须的描述，觉者对外部世界毫不关心，但却体验着一种内心的满足和对无上者的觉知。对外界的超脱来自收摄感官，觉者从感官对象中撤回感官，一如龟鳖将四肢缩回壳内。随着感官的收摄和对无上者的觉知，对感官体验的嗜好渐渐断除。阶梯的更高一层显露出来了：一种在收摄感官和超脱外部世界之后到来的，体验到内在满足的境界。这显然属于“第二层境界”，修行者已经深入专定于解脱之道。后面的部分对此还会作进一步的阐发。下文接着就感官的问题展开了讨论。

暴烈的感官与圆满之境

60. 诸根强猛暴烈，阿周那呀，甚至睿智的人，努力控制，也抵受不住冲击，心意终为其攫去。61. 遏制诸根，将其调伏，如此意念专注于我，乃定于般若。62. 存思感官对象，于是产生执著。有执著乃有欲望，有欲望乃有嗔怒。63．有嗔怒乃有幻念；有幻念记忆乃迷乱；记忆迷乱，智慧乃失。智慧一失，重堕物质泥潭。64．以戒律控制诸根，对感官对象不执著也不厌离，就能够获得神的恩赐。65．如此自足于神圣觉性，心乐智定，物质存在之三重苦不复生起。66．不与至尊者相应，心念纷驰，智慧不定。如此，绝无宁静可言。没有宁静，又何来喜乐？67．心意若集中于飘荡不定的感官上，智慧便会为其攫去，如水面的船，被强风卷走。68．所以，臂力强大的人呀，遏制诸根，不使其追逐感官对象，即是定于般若。69．众生在暗夜中沉沉睡去之时，克己者正炯然醒觉。而众生苏醒之时，却是内省圣哲之暗夜。70．不为欲望滔滔不尽之流所扰，一如海洋纳百川之水，依然波平浪静，人而如是，方能达到宁静，而追求欲望满足之人则不能。71．放弃满足感官的欲望，不为欲望所扰，抛开拥有之念，涤除我慢——始能达到真实的宁静。72．这便是灵性的、神圣的生命之道。证得后，疑惑全消，即使临终时才处于这样的境界，也能进入神的国度。

解读：

本章从阿周那立论反对作战开篇，渐渐演化为一套完整世界观的呈现，其中包括对受拘限之灵魂的描述、对行动之实用性动机的破斥，以及对该当追求之目标（解脱于生死轮回）的确立。现在，理念已被设定，但还须探究实现理念的主要障碍，这就涉及到感官（梵语 indriya，即诸根）与感官诱惑的论题。如是，本节详尽论述了收摄感官及其与觉悟的关系。关于收摄感官的重要性，核心观点列举如下：

1. 安住般若者能从感官对象中撤回感官，一如龟鳖将四肢缩回壳内。[18]

2. 感官攫走人的心意，即便此人聪明，而且力图控制它们。[19]

3. 欲念来自心思感官对象。[20]

4. 一旦心意服从飘荡不定的感官，智慧便会为其掠去，如水面的船，被强风卷走。[21]

5. 觉明之境有待于受克制的感官，以及对欲念的超脱。[22]

6. 远离情欲者获得宁静。[23]

尽管本节表面上并未论及灵魂，但其临在是不言而喻的。灵魂应被添入各种或粗糙或精微的、用以建构瑜伽一奥义书式生命概念的生命成分里面。诸根之缠斗如是可以分解为各种生命成分之间的一场“拔河”，每一方都在朝自己的方向拉扯；感官移向感官对象，拖动心；心拖动智，智拖动躯体化的灵魂。而从另一边，意欲解脱的主体是灵魂，灵魂牵引智，智牵引心，心收摄感官，让灵魂迈向解脱。这种观点在奥义书的“车喻”里有很好的表述[24]。如是，车象征躯壳，乘客象征本我或灵魂，车夫象征智，缰绳象征心，驾车的五匹马象征五种感官（五根）。若乘客在指挥车夫，车夫紧把缰绳，控住辕马，马车便能安全驶向目的地。反之，若辕马失控，毫无方向地拉车狂奔，而缰绳却从车夫的手中滑脱，乘客必随马车一起面临险境。若感官胜出，一系列事件随之衍生，导致出离世间的努力丧于一旦[25]，使人重堕生死之途。这是一条因果之链，链条中的一个事件引发另一个事件，共有八个阶段[26]；它始于存思感官对象，接着执著外境，然后欲念生起，转化为嗔怒。嗔怒产生幻念；幻念造成记忆迷乱；记忆迷乱，智慧乃失，如是跌入轮回，沦落生死。这让人想起佛教所说的十二因缘（Pratitya samutpada），它始于无明，终于老、死。

跟归于沦丧的放纵者相反，能降伏诸根、心意和欲念的灵魂变得无欲无求、冲和澹泊。克利须那鼓励阿周那求取自我觉悟、舍弃情欲，并提议将他本人作为冥思的对象[27]。

现在，“道德阶梯”的第五阶次显露出来了：那是内心的安宁和乐之境，出现在调伏诸根和注心于无上者之后。这个阶段比前一个阶段更高，因为前一个阶段还在修持位，而在目前的阶段，行者已更趋近梵，这表现为对内心妙喜的体验。阿周那先前提出过：“杀了亲人，我们还会有快乐可言吗？”(28)，内心妙喜的说法或许是对这个问题的回应。答案是，这里所描述的内心妙喜将留给阿周那，他已经有了内在的进步，达到了和乐之境。

到此已经讲了很多，总结本章，全部《薄伽梵歌》的议题已然设定；第一、第二层境界浮现，“道德阶梯”的五个阶次被标出。本章大致是对全篇的一个概述，很多被简单提到的问题将在后文有进一步的展开。此后文本的阅读会相对比较容易、轻松。

按：

本章依次揭示了本体、功夫和效验。作为本体的灵魂在数论哲学（梵文 Sankhya，或译僧佉）里只是逻辑上的存在，只有通过功夫，也即瑜伽的修持，才能得到体证。僧佉致力于义理之研究，瑜伽专指实行之功夫。功夫是证验本体的必由之路，如此生发出功夫的路线和阶次。功夫无外定、慧，但路线取向会有不同，《薄伽梵歌》提出了四条主要路线：业瑜伽、智瑜伽、禅瑜伽和巴克提瑜伽。功夫之修证要在破除对“我”与“我所”的执著，放下私己与私利，如此才有实际的受用或效验，儒家谓之“克己”，道家谓之“无己”“坐忘”，按《薄伽梵歌》的话来说即是：“放弃满足感官的欲望，不为欲望所扰，抛开拥有之念，涤除我慢——始能达到真实的宁静”。

在由本体而功夫的修炼历程中，人的身心发生了重大的变化和改善，外露为冲和玄默的圣人气象，以及为人处世的练达自在，此即是受用或效验。阿周那问：“人在超然觉性中有何表征？他怎样说话？用什么语言？他坐时的姿态如何？行走时又怎样？”，就是从效验处发问。老庄最善形容圣人气象，比如老子曰：

> 荒兮其未央哉！众人熙熙如享太牢、如春登台。我独泊兮其未兆，如婴儿之未孩；累累兮若无所归。众人皆有馀，而我独若遗。我愚人之心也哉！沌沌兮。俗人昭昭，我独昏昏；俗人察察，我独闷闷。澹兮其若海，飂兮若无止。众人皆有以，而我独顽且鄙。我独异于人，而贵食母。

摹写圣人遗世独立，大智若愚；心无执著，淡定冲虚，与本节第69、第70颂般若大定之境若合符节。

就儒家来看，功夫为礼，受用为乐，礼乐构成了儒家的核心。《礼记·乐记》：“乐者乐也，君子乐得其道，小人乐得其欲。以道制欲则乐而不乱，以欲忘道则惑而不乐。”

西方哲学有本体论、认识论，但却没有功夫和受用。这是注重觉知转化的东方义理与注重理性推理的西方哲学之间一个根本性的差别。韦檀多体系涵摄理谛（Sambanda-tattva）、事谛（Abhideya-tattva）、圣谛（Proyojana-tattva），实即本体、功夫、受用或境界，佛家密宗谓之基（根）、道、果，应该都属于同一种诠释架构。

《薄伽梵歌》之义理属于韦檀多体系，其理谛或本体论涵盖了isvara（自在主，即至高主宰者）、prakrti（自性，即物质自然）、jiva（命我，即生命个体）及其相互间之关系，用华夏哲学术语来说，即是天、地、人，即是天人之际、天地之道。

本章拈出本体、功夫、效验三条线索，实为《薄伽梵歌》之总纲或概要。根据这三条线索，后文将逐渐在不同层次上展开对天、地、人一体圆融之道的阐述。就本章而言，重点在灵魂（梵）、菩提瑜伽（无欲业瑜伽）、内心的解脱，但更高层次的本体：超灵、薄伽梵；更高层次的功夫：智瑜伽、禅瑜伽、巴克提瑜伽；更高层次的圣境：与超灵相应而产生的宇宙大爱、对至上神薄伽梵超越性的服务奉献，也已隐约呈露。

第三章是对业瑜伽之道更深细的阐释。

注释：

（1）Dehin，见颂 22。

（2）已在颂 15 提到。

（3）《梵歌》1.30~31

（4）《梵歌》2.37

（5）《梵歌》1.36~37

（6）《梵歌》2.33

（7）《梵歌》1.35~37

（8）《梵歌》2.32

（9）《梵歌》1.40~44

（10）《梵歌》2.33

（11）《梵歌》1.44

（12）《梵歌》2.37

（13）《梵歌》3.1~8，5.1~6

（14）《梵歌》3.21~26 对此有更深入的讨论。

(15) Bhuddi，菩提。

(16) 颂 51 暗示了一个比第二层境界更高的位置，“无苦之地”，按照我们的模式，或许指的是解脱（moksha），即第三层境界。

(17) Bhuddhi：觉明、智慧。Yoga：连结，或与更高的存在状态相应。

(18) 《梵歌》2.58

(19) 《梵歌》2.60

(20) 《梵歌》2.62

(21) 《梵歌》2.67

(22) 《梵歌》2.70~71

(23) 《梵歌》2.71

(24) 《羯陀奥义书》3.3~9

(25) “丧于一旦”，源出梵文 Pranasyasi（2.63），原意为丧失。

(26) 《梵歌》2.62~63

(27) 《梵歌》2.61

(28) 《梵歌》1.35~37

第三章

智慧指引下的行动（第一部分）

何者较胜——智慧还是行动？

1．阿周那说：“瞻纳陀那啊！你既认为智慧比业行好，又为什么力劝我参加这场可怕的战争呢？2．你模棱两可的开示迷惑了我的心智。因此，请明确地告诉我，什么对我最有益？3．至上人格神说道：“无罪孽的阿周那呀！我已解释了，世间觉悟之途有二：好智者倾向智瑜伽；善行者偏修业瑜伽。”4．单单终止活动，并不能免除业报；只靠出离，亦无法达到圆满。5．世人皆被逼以物质气性所赋予的本能活动。因此，谁也休想停止活动，哪怕一刻钟。6．遏制诸根和活动的器官，但心念不离感官对象，是为自欺。谁若如此，便是伪善者。7．相反，谁以心念收摄感官，以诸作根践履业瑜伽，而且一无所执，便崇高得多了。8．履行赋定给你的职分，因为做比不做好。无所作为甚至不能维系物质躯体。

解读：

第三章以阿周那的问题开篇：智慧与行动，何者较胜？阿周那深感困惑：当阐述灵魂时，克利须那从致知的路数说话[1]，但随之他又从践行的路数说话[2]，一如前文所论[3]。

然而，主旨似乎还是模糊不清。克利须那说梵理胜于带来行动的韦陀祭祀[4]，又把行动的理想状态描述为智慧或菩提之境[5]。此外，他还强调，完美之人超脱于善恶业行[6]。看起来，克利须那不过是用种种说辞，建议阿周那出离世间，成为一名出世僧（Sannyasin），而这正是阿周那本人先前所提出的想法[7]。阿周那与克利须那同时立马沙场，克利须那催促阿周那领军开战，而这场战争无疑会引起一场大屠杀。因此，阿周那要求克利须那毫不含糊地明确他的态度：灵修还是战斗。潜伏在阿周那问题底下的假设是，践行之途指向积极进取，为建立繁荣有道的人类社会而持守正法（Dharma），而致知之途则似乎完全不同。如是，阿周那认为致知之途指向对积极入世的否定，以利于旨在彻底解脱（moksha）于世间的沉思和苦修。然而，在对答当中，克利须那似乎是以不同的模式在思维；他似乎并不接受把智慧与行动、法与解脱截然二分的看法，相反，他认为行动与智慧两者都是通向解脱的途径。按照他的观点，两者都是引人趋向无上者的瑜伽之道，只不过前者强调有为，而后者强调默观。践行之途通过积极有为、持守礼法，引导人走向超越；而致知之途通过研索形而上学、培养对灵魂及其与大梵之关系的真知，致人于究竟解脱。是故克利须那称这两条进路，一为践行之途或业瑜伽，一为致知之途或智瑜伽。他拿致知之途对比践行之途，在称扬致知之途的同时，又说践行之途更为可取。克利须那辩说，由于受阴阳气性（guna）之鼓动，人无奈被迫作为，因此在业瑜伽中行动对他更为可取，这样就能把他健动不已的状态转化为瑜伽修炼。比起出世苦修或冥思穷理，但内心却因为受情识的不断催迫而牵挂感官对象，业瑜伽显然更佳。

克利须那提出各种理由，为他看重业瑜伽做出解释。他认为人不可能停止作为，人最终是无奈的，因为阴阳气性会逼迫他去造作。更何况，若毫无作为，甚至连生活都无法维持。故此，他辩称，若人不管怎样得有所作为，那么他或许可以在业瑜伽中践行，将他的业行用于心性的提升，而不是在阴阳之气的操控下被迫造作。如此立论之后，克利须那又提出了一个新的理念——无作。不作与无作不同，因为作与不作跟身、心之活动或不活动有关，而业行与无作跟造业或不造业有关。业行造成一系列的业报，使人落入持续不断的生死轮回。相反，在无作之境，尽管有真实的行动，却不会有一系列的业报产生。举出的例子是，有人追求无作，但却想用错误的方式做到：他外表拒绝造作，看上去像一个苦修者，但与此同时，他的思想移向了他所贪执的感官对象。这类人被目为伪善者、迷惘的灵魂。与此相对，在业瑜伽中践行的完美之人则树立了积极的榜样。这等完美之人身体力行，践行礼法，并非出于想要获取业果的欲望，而是作为一种按照礼法运用身、业的方法，凭借心意之助，他控制了知根与作根。这种控制并不是力图一概停止知根与作根的运作，而是一种让诸根走上正路的行为，就像驯马师调御他的马，好让它们一直向正确的方向前行。这种态度是克利须那所看重的，其中也包括了一些通常跟智瑜伽相关的因素。它让人返身内照，因为身体在此被视为与自我截然不同的工具。还有，身体得服从某些外在的规则，也即阴阳之气的影响，而这些规则未必直接地表达出灵魂的意愿，故此身体被认为有别于灵魂。这个态度是对克利须那在第二章里所提出的见解的扩充，在那一章里，克利须那阐述了灵魂或自我有别于身体(8)。总之，知行之间的分别在第二章里已经有初步的论述，本章则对此作了进一步的展开。两条进路被加以比较，践行之途或说业瑜伽被认为更为可取，并且比致知之途或说智瑜伽更为应机。如是，克利须那的态度是，阿周那必须战斗，视之为业瑜伽的一种修持。

祭祀的重要性

9. 业行必须作为祭祀[(9)]，献给毗湿努，否则，业行只会将人束缚在物质世界。所以，贡蒂之子呀，为满足他，履行法所赋定给你的业。如此，你便能常离束缚。10. 创世之初，众生之主遣来一代一代的人类和天神，连带崇拜毗湿努的各类祭祀，并且祝福他们说：祭祀会给你们欢乐，举祭带来幸福生活所需的一切，还让人获得解脱。11. 祭祀满足了天神，天神亦会满足你们。如此互惠，万物蕃庶竞滋。12. 诸天神司掌生灵各种需要。祭祀满足了他们，他们就会赐予人类各种祝福。享用诸神的恩惠而不答以祭祀，其行径与窃贼无异。13. 君子吃先供奉给神的食物，便脱离一切罪业。小人为个人享受而吃，吃下去的，其实是罪业。14. 众生吃五谷以活，五谷赖甘霖以长，甘霖俟祭祀以降，祭祀源于践履法所赋定的业。15. 法所赋定的业源出韦陀经中的大梵，大梵源出永恒之音“唵”。因此，遍入万有的梵永存于祭祀之中。16. 亲爱的阿周那呀，不遵从韦陀祭祀所建立的天人循环，生命必然充满罪业。耽于感官之乐者，只是虚耗生命而已。

解读：

前面一节末尾，阿周那受命，践行法所赋定的职分[(10)]。现在克利须那对这点加以扩充，强调了在法的世界观里，祭祀所占据的核心地位。据此，祭祀跟人类一起，被造于创世之初，有助于达到天地间的繁荣昌盛。祭祀观念底下预设了天人之间的感应，即人在祭祀中向天神奉献各种牺牲，天神悦乐，以赐福于人相回报。然后人又祭神酬答，此天人循环不断重复，便形成了祭祀之轮。大梵也存于祭祀，因为祭祀来自法，法来自韦陀经，而韦陀经源出大梵。或许有人会问：克利须那在前一章谴责了祭祀[11]，斥行韦陀祭祀者为愚妄之徒，怎么这里又支持祭祀呢？此外，本节称扬祭祀为通向虔诚生活的道路、摆脱罪业的手段。如是，问题在所难免：到底什么改变了？显然，本节所说的祭祀的性质不同于前章所提及的韦陀祭祀。前章所提及的韦陀祭祀，目的在于享受今生来世，故此，它代表了“道德阶梯”的第二阶次，即为求果报而服从法。本节所论述的祭祀，目的在于达成至善；其践行无疑出于更高的动机，代表了“道德阶梯”的第四阶次。对法的持守也被认为是一种祭祀，因而，阿周那受到鼓励，践履职分，像举行一场祭祀一样去战斗。这是对上节观点的展开：因为阿周那无论如何得有所作为，所以对他而言，按照法去践行更为可取，如此其业行将转化为祭祀，而不再是私欲之造作。个中原因在于，一般的业行沾染了罪业，通过业报之链致人于束缚，而以大梵为归趣的祭祀却不会[12]。所以，践行法只会对阿周那有利：他不但能实现心愿，过上虔诚的生活，而且还能摆脱罪业、成就至善。

觉者超越法的律令

17．然而，在自我中找到喜乐，在自我中找到启明和满足，对于这样的人，法所赋定的职分已不复存在。18．自觉者并无兴趣造作业行，但他不会因任何理由而不践履职分，也无须依赖其他任何生灵。19．凡有所作，不可执著业果，如此便能接近无上者。20．甚至君王，如禅那伽等，也是通过践行法所赋定的职分，始达圆满之境。因此，为了教化大众，你该积极有为。21．伟人一举一动，四方均起而踵武。他通过模范行为所设立的准则，整个世界遵行。22．帕尔特呀！三界之内，并无赋定给我的职分。我不想得到什么，也不需要得到什么，然而，我仍持守法。23．因为，帕尔特啊，我若疏于职分，肯定所有人都会效仿。24．我若不践履职分，所有世界便分崩离析。如此，我会招致劣种人口，摧毁有情众生的和平。25．愚人践履职分时贪执业果；智者也如是践履，但不执著业果，为的是引人走上正途。26．愚人贪执业果；智者不可劝诱他们停止业行，而应鼓励他们以奉献精神践履职分。

解读：

一个革命性的论断被提出来了：法并非在任何境况下都是强制性的；若有人证入自足之境，或者说，已处于“第二层境界”，便超越了法的律令。这个观点的萌芽最早出现在第二章，克利须那破斥了阿周那从以法为重的角度所作的辩解，提出“第二层”世界观作为前者的替代，从而改变了讨论的基点[13]。在阿周那这一方，或许可以如此辩驳：“若是，那我们就撤离战场，专一觉悟好了。”然而，这种辩解在本节开始部分就已经被破除了，故此，需要找到一个不同的方向。现在的问题是：在宣称觉者不受法的约束之后，克利须那如何证明为法而战的合理性。当然，文中并没有明确表示，阿周那已经获得自觉，但这种可能性似乎已被考虑在内。克利须那在此分析了觉者的处境：一方面，他没有俗世的需求、职责或造作的动机，而另一方面，他也没有必要、动机或原因逃避践行法所赋定的职分。那么，他该如何自处呢？对此，克利须那提到禅那伽，以及其他通过持守法而获得圆成的人，由此强调了世人可以通过持守法而得到成就。当克利须那断言，一般大众无不追随伟人的榜样，结论便不可避免了：践行法所赋定的职分，为世人树立跟从的榜样。此说有点让人惊讶，因为这话出自阿周那的御者、表兄、朋友，后者迄今为止未曾表露出任何超出常人的身份。这个问题很快会得到解决，阿周那将直接就克利须那的身份提出询问[14]，其时克利须那将揭示，他就是化身降世的无上者[15]。无论如何，克利须那坚持他的论点，认为阿周那若不去践行法所赋定的职分，不去战斗，一大群人会因为法受到败坏而迷失方向，社会阶层的淆乱也将接踵而至。如此，克利须那驳斥了阿周那的辩解，因为阿周那先前曾说过，如果他作战，法将遭败坏，世界的秩序将会崩解[16]。克利须那如今回答，若阿周那避而不战，则所有不幸皆在所难免。

唯有气性在运作——是故最好坚守职分

27．灵魂受了我执的迷惑，误以为自己是活动的作为者。其实，活动由物质自然之三极气性达成。28．臂力强大的人哪！认知绝对真理，深明灵魂独立于气性和身业，便不会让自己放纵于感官以及感官满足。29．无知之徒受物质自然之三极气性的迷惑，完全投入物质活动，变得愚顽贪执。但智者不该惊动搅扰他们，虽然由于作为者知识缺乏，这些职责类属低等。30．是故，阿周那啊，你要将一切业行奉献给我，全然认识我，不求任何得益，不声称拥有什么，振作起来，作战吧！31．按照我的训示，履行职责；忠于我的教诲，毫不妒忌；如此，便得解脱于业报的缠缚。32．那些出于妒忌，对这些教导不予理会、不加遵行的人，可谓全无知识，受到愚弄，必毁灭于妄自追寻圆满境界的徒然劳苦中。33．世人皆随顺从物质气性而来的天性活动，即使有学问的人也不例外，抑制又有何用？34．感官对感官对象或好或恶、或迎或拒，应该有掌控的原则。这种好恶之情是自觉的障碍，所以不该受其支配。35．履行自己的赋定职分，即使有差错，也远较圆满地完成别人的责任为佳。即使在践履自己的职分时遭到毁灭，也强过履行别人的职分，因为越俎代庖是很危险的。

解读：

尽管受到气性（guna）的拘限和缠缚，无知之徒却相信他们可以独立作为，然而，智者深知气性对他们的全面控制。也许会有这样的问题：了解气性之作用的博学之人是否不受它们的影响？答案是否定的，因为博学之人也跟其他有情一样，被迫随顺其天性作为。是故，压抑出自天性的偏好是没有用的，相反，应该通过持守法所赋定的职分满足它们。不过，有学问的人作为而不执著作为的结果，他们的所作所为是为了给大众树立榜样，跟那些为求业果而作为、完全受气性之催迫而造作的无知之徒截然相反。转入一种更为人性化的语调，克利须那请求阿周那为了他去战斗，远离情欲和我执。这是在呼唤一种瑜伽状态下的人性化的奉献。如是，在超越法的律令、专注自我和直接向克利须那本人奉献之间，一种同一性形成了。克利须那将其扩充为一套宇宙性哲学，并且说，谁若始终跟随他这个观点，满怀信心、全无嫉妒，便挣脱了业报的缠缚；反之，谁若出于嫉妒，拒绝他的教导，必定失落迷惘。更有趣的是克利须那对阿周那说话的姿态，它表现为命令式的、摒除理性思维的短语：“为我战斗”。或许这是唯一没有加以进一步解释的地方。或许克利须那向阿周那所建议的奉献之途无须逻辑的支持，是超越礼法者应持的心态。只是到后来，或许是继阿周那的犹豫不决之后，他才提出一些理由，他跟阿周那说，如此阿周那便能挣脱束缚。因此，“道德阶梯”的第四阶次，即为证入大梵而作为的阶段，也可以定义为在瑜伽状态下为克利须那奉献。本节末尾是毫不含糊的开示：履行自己的职分，即使有差错，也远较圆满地完成别人的责任为佳。现在，到第三章快要终结的时候，克利须那标定的方向渐渐清晰：阿周那当外守武士之法，内求灵性之道，将解脱作为人生的目标。

真正的大敌是贪淫

36. 阿周那问道: 毗施尼之华胄啊！人即使不愿为恶，却身不由己，是受了什么驱策呢？ 37. 至上人格神克利须那说: 阿周那啊！那就是贪淫，就只是贪淫。贪淫是灵魂与物质自然之强阳气性染触而产生的，随后转为嗔怒。它吞噬一切，是世界的大敌。38. 烟蔽火，尘封镜，子宫覆盖胚胎，不同程度的贪淫笼罩生灵 (17)。39. 如是，贡蒂之子啊，智慧具足的生命体的纯粹觉性为其永恒的敌人——贪淫所蔽覆。贪淫永无餍足，灼如烈火。40. 贪淫盘踞在感官、心、智，遮蔽了生命体的真正智慧，使他受到困惑。41. 是故，阿周那啊！婆罗多之俊杰！首先节制感官，摧伏这凶恶的大敌（贪淫），然后铲除它，不让它蔽覆灵明。42. 诸根高于物，心高于根，智高于心，灵魂高于智。43. 了悟灵魂超越根、心、智，臂力强大的阿周那呀，人该以灵性之智巩固心意，如是凭着灵性力量克服这永无餍足的敌人——贪淫。

解读：

阿周那问，是什么力量驱使人行恶，即使它违背了个人的意愿或志趣。克利须那回答说，是盘踞在根、心、智(梵文 Bhuddi，即菩提，指分别、决定之智) 之内的贪淫。它遮蔽了灵魂的真正智慧，燃起仿佛永无餍足的欲火，驱迫人造作恶行。贪淫是内在于身心的大敌，必须通过节制感官加以摧伏。隐伏在底下的推理是: “真正的大敌在里面，那是贪淫；调伏感官，击败它；为此，你必须修持业瑜伽，或把践行法所赋定的职分当作一种瑜伽修炼，即外行王道，内修觉明。外在的拼杀将有助于内心的征战，凭借内心的征战，你将消灭真正的大敌——贪淫。”这段议论结束了本章，它阐明了按照法所赋定的职分践行与旨在解脱（moksha）的瑜伽内修之间的关系。

按：

《大学》讲了一套格物、致知、诚意、正心、修身、齐家、治国、平天下的功夫，与本节内外兼修的业瑜伽之道可谓异曲而同工。孔子在《论语》里将其归结为“克己复礼”：

> 颜渊问仁。子曰：“克己复礼为仁。一日克己复礼，天下归仁焉。为仁由己，而由人乎哉？”颜渊曰：“请问其目。”子曰：“非礼勿视，非礼勿听，非礼勿言，非礼勿动。”颜渊曰：“回虽不敏，请事斯语矣。”

“克己”即是克制私欲好恶；“非礼勿视，非礼勿听，非礼勿言，非礼勿动”，即是用礼来规范视听言动。“克己复礼”无异于一面按照法所赋定的职分践行、一面控制感官情欲的业瑜伽；“天下归仁”，即《大学》的“明德”，似乎也暗含了人之真性的回归和解放（moksha）。

《大学》还论及修心的方法：“知止而后有定，定而后能静，静而后安，安而后虑，虑而后能得”，明显属于止观的路数，应该是配合内圣外王之道的瑜伽内修术。本节论消灭贪淫之道，必从根、心、智、觉性逐层降伏断除，其路径与《大学》的修心之法若合符契：止定在根、身层面，静安在心意层面，虑得在智识、觉性层面。

憨山大师尝言：“孔子专于经世，老子专于忘世，佛专于出世，然究竟虽不同，其实最初一步，皆以破我执为主，工夫皆由止观而入。”此语可谓直探骊珠。

熊十力先生于《新唯识论》中标举无漏习气与有漏习气或曰净习与染习。他认为，只徇形骸之私，便成染习，便成乎恶，王阳明所谓“随顺躯壳起念”是也。凡情迷执形骸，便一切为此身打算，即凡思虑、行为，举不越此一身之计，千条万缕之恶皆由此起。循理而动，未尝拘于形骸之私者，为净业，为无漏习。《中庸》所谓“率性”是也，率性即不役于小己形骸之私。孟子以“强恕为近仁”。恕者，即能超乎一身利害之外，唯理是从。不以己身与万物作对，而通物我为一者也，故曰近仁。仁之为德，生而不有，至公无私，即性也；忠恕能止贪灭嗔，为复性之功，故近仁。

王阳明发明“知行合一”说，以为“行之明觉精察处即是知，知之真切笃实处即是行”，故以“致良知”为知行合一之契合点。他所谓“良知”，乃超越形骸、情识、意念之小我的心性本体，近于智瑜伽所求证的灵魂真我及其本然觉性。“知行合一”，即是以本然觉性践履，实际就是本章所谓“智慧指引下的行动”，或融合了业与智的“菩提瑜伽”“无欲业瑜伽”。阳明诗句“不离日用常行内，直到先天未画前”，写的就是这种境界。

注释：

（1）《梵歌》2.12~30

（2）《梵歌》2.47

（3）《梵歌》2.39

（4）《梵歌》2.46

（5）《梵歌》2.49

（7）《梵歌》2.50

（8）《梵歌》1.45

（9）梵文 yajna 译为祭祀，但也可以作为毗湿努（Visnu）的一个名号。

（10）《薄伽梵歌》3.8

（11）《薄伽梵歌》2.42~45

（12）不同于为受用业果而行的祭祀，如《薄伽梵歌》2.42~43 所论者。

（13）《薄伽梵歌》2.11~15

（14）《薄伽梵歌》4.4

（15）《薄伽梵歌》4.6~8

（16）《薄伽梵歌》1.40~44

（17）Idam，“此”，也有“此世”的意思。

第四章

至尊者降世

克利须那是降临世间、护持正法的至尊者

1. 薄伽梵克利须那说：我将这门不朽的瑜伽传授给太阳神维筏斯万，维筏斯万传于人祖摩奴，摩奴又传于伊刹华古。2. 这至高无上的知识便如此通过师承世系流传下来，那些圣王们也是以这种方式接受它的。然而，时光流逝，传系中断，瑜伽的本来面目仿佛湮没了。3. 我今天就告诉你这门阐释天人关系的古老学问。你既是我的奉献者，又是我的朋友，必能了解瑜伽的奥秘。4. 阿周那问：太阳神维筏斯万先你而生，这叫我如何明白，开始时是你将这无上的智慧传授给他？5. 薄伽梵克利须那说：你我都经历过无数次的诞生。每一世我都记得，而你，克敌者啊，却不能。6. 虽然我无生，我超凡之身永不坏灭；我虽是众生之主，但在每一纪，仍以原初的超凡之身显现。7. 无论何时何地，正法衰落，邪法盛行，婆罗多之华胄呀！我便降临。8. 为了救度虔信，消灭邪魔，重建正法，一纪复一纪，我降临世上。9. 世人若了解我降显和活动的超越性本质，离开躯壳后，便不用再投生于物质世界。阿周那呀！他将超入我永恒的居所。10. 远离执著、畏怖，

嗔怒；念念不离我，托庇于我；如此体认我，过往许多人都达到纯粹，获得了对我的超越之爱。11. 凡皈依我的，我皆相应地给以回报。帕尔特啊！每一个人都在各方面追随我。

解读：

本节开头是克利须那述说他所传授的知识的来历。他在遥远的过去便已将此瑜伽之道传给了人类，如今，他要把这同样的知识传授给阿周那。后者能够承受此道的资格在于他跟克利须那的亲密关系，阿周那即是克利须那的奉献者，也是克利须那的朋友。克利须那是阿周那的表兄，两人年纪相若，那么问题自然就来了：克利须那怎么可能在遥远的过去，也即数百万年前，把这无上的智慧传给太阳神呢？克利须那回答，他们二人皆已经历过无数诞生，他还记得，而阿周那不记得了。在此，克利须那戏剧性地揭示了他的神性，透露他拥有至高无上的地位，以及超绝世间的玄通。克利须那拈出了著名的化身说：无论何时何地，正法（Dharma）衰落，邪法（Adharma）盛行，他就降临。他降显的目的是为了重建正法（Dharma），救度虔信，消灭邪魔。接着克利须那又回到本章的主题——瑜伽之道；他宣称，若有人了解他降显和活动的本质，便获得解脱。过往许多拥有这门知识的人，受智慧之火的净化，有幸证到了克利须那。克利须那划定了他本人与其他受造生灵之间的基本关系，那是一种相互感应的关系：人感通神，神回应人。本节提出了一种属于“第二层”的世界观，由此阿周那看到被投入生死轮回的众生，以及正法与邪法之间持续不断的争斗；他看到至尊者介入人类历史，为的是护持虔信、救度奉献者。最后，作为解脱手段的个体性奉献被昭示。如是后文转入对业之本性的探讨。

有关业的义理：行动而不受缠缚

12．那些渴望成功的人，通过韦陀祭礼崇拜世间的天神。自然，他们很快会因此而获得业果。13．根据物质自然之三极气性以及与之相对应的业，我将人类社会划分为四种姓。我虽是这个制度的创建者，但你该知道，我仍无作，缘我无变化故。14．我不受业行影响，亦不追求业果。谁了解这关于我的真理，便不受业力缠缚。15．昔之解脱者，皆深知我的超然本性，并依此行事。因此，一如古圣，你该以这神圣的觉性，践履职分。16．在决定何为作、何为无作时，即使有智慧的人也深感困惑。现在，我告诉你，什么是业，你知道后，便得脱离一切不幸。17．业很复杂，极难了解。因此，应该正确地认识，何为作、何为妄作、何为无作。18．能于作中见无作，无作中见作，乃为人中智者。虽然他也造作，却已上达超越(1)。19．不为满足感官欲望而活动的人可谓智慧圆满。圣哲们说，这样的人是作为者，但其业报已被圆满智慧之火焚为灰烬。20．放弃对业果的贪著，知足独立，这样的人虽然无所不为，却并未造作业行。21．具有这般理解的人，活动时完全控制心智，摒弃一切对财产的拥有欲，只求生活之所需。如此作为，可无罪业。22．满足于不求而得，远离二元性，无嫉妒，不为成败所动，如此虽作为，却永不受缠缚。

解读：

本节继续阐说行动而无所执著(2)的旨趣。为此，开始先探讨了旨在获得世间荣华(3)的韦陀祭礼的性质。对其含而未发的批评是，这类祭礼之践行无非是为了俗世的得益，与解脱背道而驰。因为韦陀祭祀是在名为种姓－行期法的社会结构里实践的，那么就会有人提出异议：践行这些韦陀祭礼有什么错？

毕竟，正是凭借祭礼之践行，法才得以维持。克利须那于是进一步阐发有关业的义理，对此加以回答。通过论述“不受业报之业行”（Karma-free action），即所谓“无作”（inaction，梵语 Akarma），他指出了践法所应持的正念，它有别于为求世俗成就而践法。克利须那先剖析韦陀社会结构，他说，在这种结构里，人的地位是由德（guna）、业（Karma）决定的，灵魂受气性之拘限，而这决定了人行为的趋向。如是，受较高等气性拘限者为婆罗门，其次为刹帝利，再下者为毗舍，更下者为首陀罗。如此议论时，克利须那把讨论提到了“第二层”，在那个层面上，人被视为灵魂，受到气性的拘限。克利须那接着讲到他自己行为的方式：虽然他有作，却是“无作者”（non-doer）。原因在于，他没有求取业果的欲望，因此不受业报的染污；这是阿周那所应持循的理念——无染净行的理念。若阿周那能视自己为灵魂，只是因为受某种气性之拘限而示现武士行；若他能以解脱为目标而发挥才能——那么他就能行清净行，即使征战沙场，也当被视为“无作者”。三个概念被加以定义：作（Karma，业）、妄作（Vikarma）、无作（Akarma）。“作”或“业”指按照法行为，产生善的业果，比如世俗成就、转生天界。祭礼属于这一类，其固有的缺陷在于：它造下了业报。“妄作”指违背法的行为，包括不道德的行为或恶业，这类业招致种种苦，比如来世投生入冥界，入动物、植物界；阿周那认为他所卷入的争战属于这一类业。第三类行为最有意思，也是应当持循的理念；此即“无作”，据此，无所执著的行为即是“无作”，缘其远离业报故。那么阿周那罢战的做法该划入哪一类？它可以归于“作”，也可以归于“妄作”，但肯定不是“无作”。

献祭：作为上达超越的方法

23．不执着物质气性，安住形而上义理，如是哲人虽然作为，却不受业报。24．牺牲是梵，酥油是梵，祭火是梵，祭者是梵，如是冥思，超入大梵。25．瑜伽士精通祭献，仪法方术繁多；有些以祭祀供养天神，有些在供奉至上梵的火坛上奉献牺牲。26．有些人在心智收摄之火中，以听闻和诸根作献祭；有些人在诸根之火中，以感官对象作为献祭。27．有些人为了追求自觉，以瑜伽调伏诸根和生命之气的活动，并以之为献祭。28．立下重誓，有些人牺牲自己所拥有的资财；也有人凭借峻刻的苦行修炼八支瑜伽；还有其他的人，钻研韦陀诸经，长养灵性知识。29．还有其他人，为了长处神定，着意调伏呼吸。他们练习反呼为吸，反吸为呼，最后无呼无吸，长处神定。此外，还有些人节食，以停止呼吸作为献祭。30．这些人通晓献祭的意义，皆得净化，再无罪业，饫尝祭祀之果的甘露后，升登至高无上的永恒梵境。31．俱卢王朝之俊杰呀！没有献祭，人即便在地上，在现世，也无法快乐生活。何况下一世呢？32．这种种不同的献祭，缘生于种种不同的业行，为《韦陀经》所认可。如是理解，可获解脱。33．克敌者呀！以智慧为献祭较之牺牲玉帛更殊胜。总之，帕尔特呀！一切献祭皆以梵理为归结。

解读：

无作之义不仅仅是理论，还须通过祭祀奉献加以实践和运用。若献祭有义理的支撑，明白献祭背后的终极旨趣，即超入大梵；若举祭出以无著之心，如此行祭便是“无作”。为了说明这一点，各种献祭被罗列出来：有些是韦陀经教性质的，例如敬拜天神、牺牲玉帛，而有些是瑜伽性质的，例如通过调息以献祭，或者在诸根之火中，以感官对象作为献祭。不过，献祭所蕴涵的义理真谛才是根本性的。智慧之火不但照亮祭礼，或说赋予它们更深层的意义，以智慧为献祭还被认为是最高形式的祭祀。献祭也可能喻指将要来临的战争；如是，沙场或许可以被看做是一片巨大的祭场，而战斗就是祭祀。

智慧及其果实

34．亲近一位灵性上师，学习真理；逊顺地向他询以疑难，并且为他服务。自觉的灵魂，看见过真理，能授你知识。35．当你如此得到了真知，便会认识，一切有情不过是我的部分——他们全在我之中，而且属于我。36．即使恶中之恶，一旦登上智慧之舟，也能渡越苦海。37．熊熊火焰焚木成灰，阿周那呀，智慧的火焰也能把业报烧成灰烬。38．人世间，形而上义理最崇高，最纯粹，它是一切玄功秘教的熟果。精熟这门学问，在适当的时候，必得受用妙喜。39．坚信不移，献身于超世智慧，降伏诸根，便有资格掌握这门学问。一旦掌握这门学问，便能很快证入无上清净。40．愚昧无信仰，怀疑启示圣典，无法获得神性觉知。心存怀疑的灵魂，无论今生抑或来世，皆无福乐。41．因此，财富的征服者呀，在奉献服务中践履，舍弃业果，以智慧破除怀疑，稳住自我之中，如此便不受业报缠缚。42．因此，以智慧为武器，破除你心中从无明生起的怀疑。婆罗多之华胄呀！瑜伽是你的武器，站起来作战吧！

解读：

本节既综括全章，也照应开篇，回到了智慧及其授受方法的主题。智慧得自代表师承世系（parampara）的古鲁（Guru，即上师），弟子必须拜倒在上师的莲花足下，向他询问，为他服务。上师不但有理论性知识，也有直接的体悟、洞见（Darsan）。智慧不仅使人摆脱幻念，还能消除罪业，对此本节用了两个比喻：舟和火。要获得这超世的智慧，必须满怀信心，心存怀疑者无法获得智慧，无论今生来世，都不会得偿所愿。能够凭借智慧破除怀疑的人将不受业报缠缚。本章最后的教导是，阿周那必须高举智慧之剑，破除一切怀疑，起来战斗。首先是面向怀疑和无明的内心之战，赢得这场内心之战后，再去决战沙场。

按：

本节重点在“无著”（梵文 Asakta）。业瑜伽有两个阶段，一者有欲业瑜伽（Sakama Karma Yoga），一者无欲业瑜伽（Niskama Karma Yoga）。前者是贪著功利欲念的业瑜伽，后者则是在无著智慧中的业瑜伽。可以说，有欲业瑜伽还在一个知行分离的中间过渡阶段，而无欲业瑜伽结合了业行与智慧，世间与出世间法，才是知行合一、极高明而道中庸的道术。无欲业瑜伽的关键就在无著。

老子之“无为”，尤近于“无欲业瑜伽”，也以无著为其根本，如曰：

> 天长地久。天地所以能长且久者，以其不自生，故能长生。是以圣人後其身而身先，外其身而身存。非以其无私邪！故能成其私。
>
> 是以圣人处无为之事，行不言之教；万物作而弗始，生而弗有，为而弗恃，功成而不居。夫唯弗居，是以不去。

无私故无著，“生而弗有，为而弗恃，功成而不居”，即《薄伽梵歌》所谓“无作”，故不以自我为主宰、为受用者，亦不贪求业果。《老子》将这套超妙的无为之道运用于帝王南面之术：

> 道常无为而无不为。侯王若能守之，万物将自化。化而欲作，吾将镇之以无名之朴。镇之以无名之朴，夫将不欲。不欲以静，天下将自正。
>
> 将欲取天下而为之，吾见其不得已。天下神器，不可为也，不可执也。为者败之，执者失之。是以圣人无为，故无败；无执，故无失。

"无为"之治的关键就是"不欲"，不欲以静，天下将自正。反之，如果将天下作为欲求贪恋的目标，意图凭己意夺取操纵，"为之""执之"，则"为者败之，执者失之"。无为、无欲、无事、好静，就是那镇守天下的"无名之朴"：

> 故圣人云：我无为，而民自化；我好静，而民自正；我无事，而民自富；我无欲，而民自朴。

如此圣君，并非全无作为，偏空落寂，而是自在广大，无为而无不为，受用发自真我的妙用妙喜，犹如老子所说的："我独异于人，而贵食母"，"母"即本体大我，"贵食母"即《梵歌》所谓"上达超越"。

不独道家，儒家祖述尧舜，而孔子以法天无为许之，《论语》曰：

> 无为而治者，其舜也与？夫何为哉？恭己正南面而已矣。
>
> 大哉！尧之为君也。巍巍乎！唯天为大，唯尧则之。荡荡乎！民无能名焉。
>
> 为政以德，譬如北辰，居其所而众星拱之。

儒家之无著体现为义利之辩，即"谋其道不求其利，正其义不计其功"，孟子谓之"舍利而取义者也"。

佛教发展至大乘，尤其在中国佛教里，也出现了向无欲业瑜伽转移的趋势。比如《阿难问事佛吉凶经》有曰："可得为世间事，不可得为世间意"，乃至禅宗的"佛法出世间，不离世间觉"，其实都体现了无欲业瑜伽结合业行与智慧的"无作"之义。

注释：

（1）梵语 Yuktah

（2）《梵歌》2.47

（3）《梵歌》2.42~43

第五章

智慧指引下的行动（第二部分）

致知之途和践行之途皆通向解脱，但践行更可取

1．阿周那说：克利须那呀！你先是劝我舍离业行，后来又称扬业瑜伽。现在，请你明确地告诉我，两者之中，究竟何者较胜？ 2．薄伽梵克利须那说：业行之舍离和践履业瑜伽，皆有益于解脱。然而，两者之中，践履业瑜伽较业行之舍离为胜。3．臂力强大的阿周那啊！不厌憎，也不渴求，即是长住舍离，如此超越二元性，便能轻易解脱于物质的束缚。4．只有无知的人才认为，瑜伽跟僧佉不同。真正有学问的人说，致力于其中之一，便可双获其效功。5．修炼瑜伽者也能证入透过研索僧佉而达到的境界；视僧佉跟瑜伽在同一层面，这样的人才算看到了实相。6．若没有瑜伽修炼支撑，很难达到舍离，智者注心瑜伽，便可快速证入大梵。

解读：

业行应当舍离还是践履？这个构成《梵歌》之核心矛盾的核心问题此前已经被提出和讨论过了[(1)]，但因为其重要性，

本章又从这个问题起头，不过，这次强调的重点略有不同。答案是，虽然践行之途与舍离之道皆引人走向至善，业瑜伽比致知穷理更为可取，后者拒斥业行，趋向舍离，以培养理论性知识；其中的原因在于，没有瑜伽的支撑，很难达到舍离。仅仅出于厌憎和无常之思而拒斥世俗生活，会使人对世界产生负面的想法。换言之，出离心之维系需要一种厌离抗拒的态度，而这种态度反倒让人的心念专注世间,妨碍了超脱之养成。是故，用这种方法，只能达到表面化的舍离。相反，证入内乐之境者，或有真实、积极之瑜伽体验者，却能真正自外于世间，因为根尘外境无法跟他所证入的更富足的内乐之境相比拟。本节最后总结，若没有瑜伽修炼支撑，很难达到舍离；这个论点还需要进一步的阐明，它其实成了本章的中心论题。

外舍和内乐

7. 注心瑜伽，灵魂纯净，克己自制，这样的人与众生一体相关。虽有作为，却绝不受业力缠缚[2]。8~9. 觉悟真谛的人，虽然视、听、触、嗅、食、走动、睡觉、呼吸，其内心却始终明白，这不过是物质感官在接触感官对象，而自我实际并未做什么。10. 践履职分而无所执着，业果全奉献给无上者，如此便不受罪业的影响，一如莲叶不沾水滴。11. 瑜伽士去除执着，以身、心、智甚至感官活动，不过是为了净化自己。12. 安住瑜伽的灵魂，舍弃一切业果，因而得入清净安宁。然而，心无所安，贪求业果，必受物质缠缚。13. 居于躯壳内的灵魂，若于心念舍离一切业行，便能快乐地居于九门之城（身体），不造作也不积累业报。

解读：

理想的作为者不受其行为玷污，因为他行动的方式是瑜伽性质的，它是业瑜伽，或者说是“行动瑜伽”。

本节探讨这类行动大师的内在觉知，其境界可概括为“我实际并未做什么”。寄于躯壳之中，他观照被作用于感官对象的感官，仿佛在观察外部的现象。如此，他明白，感官受感官对象的驱迫，或者，从更广的视角来看，是受气性的推动。第10颂将这个观点又推进了一步：它不仅讲到业行外于自我，而且提出一种行动却不受业污的行为方式，也即通过为梵而奉献。随着向至尊者奉献祭祀、苦修的呼吁，梵的观念将很快发展为一种具体的、人格化的观念(3)。按照本节所论，瑜伽士的目标是内心的洁净；为此他运用身体、灵魂，乃至一切当中之最凶险者——感官。他的努力使他内心获得了深刻的宁静和喜悦；旨在纯净灵魂的瑜伽士所拥有的内乐之境，解释了对外部世界的出离为何应得到瑜伽，或者说持续不断的追求纯净的内在努力的支撑。如是，虽然单单出离需要对外部世界坚定的厌离心，得到瑜伽支持的舍离却表现出一种自足、内乐的特征。这种内在的境界让瑜伽士于入世有为的同时，继续保持无著、喜乐的瑜伽之境。

究竟谁是作为者？

14．躯壳的主人公（灵魂），不是造作的原因，也不产生业果。这一切，全由其气禀造成。15．无上者也不为任何人的业负责，无论罪恶的或虔诚的。是无明蔽覆了真知，使众生堕入幻妄。16．当人在真知的启明下，驱除了无明，一切便跃然于他的眼前，恰如白昼的太阳照亮天地万物。17．觉性、自我、信念、爱全交托给至尊主，如此证得圆满的智慧，疑虑一空，便能在解脱之途上，勇往直前。18．谦恭的学者，凭着真知，以平等的眼光看待温雅的婆罗门、母牛、象、狗和吃狗者。

解读：

知道了寄居于躯壳的灵魂不是造作的原因，活动不过是感官与感官对象的相互作用[4]，问题亦随之生起：究竟是谁造下业，并为此负责？看起来有三种可能的答案：灵魂、自然和无上者。为了阐明这个观点，或许可以举一个例子：贼作案时让警察抓住，接受判决后被送往监狱。有人会问，谁该为他坐牢负责？可以给出三个可能的答案：

1. 他一手造成自己受到惩罚（灵魂）

2. 抓他的警察，把他铐起来，关在铁窗后面（自然）

3. 判他入狱的法官（无上者）

似乎这三个答案都可以成立，每个答案都可以时不时地得到强调。目前的讨论关乎业瑜伽，它表示一种将瑜伽内修之境与外部行为结合起来的行动的状态。由于对灵魂寄居的觉悟隐含了一种在气性辖制之下的无助感，文中指出，由气性（guna）构成的自然，对外在行为负责。这使得瑜伽士要为内在行为（致力于净化和解脱）负责，反过来说，是内在行为缺失所造成的无明该受到谴责。现在，用这种观点，第14、15颂或许可以如此加以解读：首先，激起业的不是灵魂，而是人的气禀[5]；其次，无上者不为善业或恶业负责，最后，无明是幻妄的根源。结论是，人的气禀对业、业报负责；这个答案的确与本章所论及的业瑜伽的层次相符合。随后，讨论继续深入，指出救治无明的方法是真知；它光明如太阳，照亮了无上大道。而且，证得真知者看清了目标，为之奋勇精进，直到解脱于生死轮回。智慧具有洁净的品质，这个观点在第四章末尾已经提到过了。拥有真知的人获得了平等的眼光，故而平等看待婆罗门和吃狗者；原因在于，两者其实都是寄居于躯壳的灵魂。

理想的瑜伽士

19．持心宁定者，已征服了生死。他们无瑕如梵，已然安住于大梵之中。20．遇得不欣，逢失不忧，有定慧，无困惑，了悟梵理，人而如斯，安住梵境。21．解脱之人，不受根境诱惑，常住神定，内心自在无碍。自觉者住心大梵，受用无量福乐。22．感官与感官对象接触，物质之乐乃生，这实是诸苦之源。贡蒂之子呀！这些快乐有始有终，智者不以之为乐。23．离开躯壳之前，人若能抵受住诸根的冲动，克制贪淫和嗔怒，便可泰然安住，快活处世。24．内心自在活泼，不向外寻求快乐的人，实为完美的通玄者；他在大梵中证入涅槃，最后与大梵同在。25．超越二元性，全无怀疑，罪恶尽除，勤于内省，发愿造福众生，如是觉者，乃得在大梵中证入涅槃。26．远离嗔怒和贪淫，自觉自律，追求完美，必很快在大梵中证入涅槃。27~28．寻求超生脱死的智者，摒除一切外在的感官对象，眼神集中在两眉之间，调气息于鼻端，收摄根、心、智，远离畏怖、嗔怒。常住此境，必获解脱。29．一个完全觉知到我的人，知道我是一切献祭和苦行的最终受用者，一切星宿和天神的至尊主，一切有情的赐福者和祝愿者。这样的人，远离尘世诸苦，超入安和之境。

解读：

本章终结于对理想瑜伽士的描述：一方面，他摒弃外在的肉欲体验，另一方面，他存养内心的喜乐。这解释了本章开头的说法，即除非得到瑜伽修炼的支撑，否则很难达到舍离[(6)]。外乐不同于内乐：外乐源出变化无常的感官体验，因此只会滋生烦恼；而内乐来自清净、自制、冥合大梵，永恒长存，无有终结。“梵涅槃”（Brahman nirvana）这个词[(7)]出现了三次。它并非袭取自佛教，相反，它在《薄伽梵歌》的框架里有其自身的逻辑。这个逻辑是，谁若获得了永恒的内在喜乐，与之伴随而来的必定是世间存在的消融：不复生死、不复造业、不复受制于气性。这里提到的另外一个概念是“即身解脱”（jivan Mukta），即在此身、此世之内，就已经解脱的瑜伽士。这暗示，人可以活在世间，践行他的法所赋定的职分，而同时又保持向内的瑜伽态觉知。此说拓出了道德阶梯的第五阶次，即内乐之境，它代表对俗世贪恋的逐渐舍弃，以及随之而来的逐渐安立于灵性真际。最后讲到被称为“撤回”(Pratyahara)的瑜伽状态[8]；在把“撤回”跟业瑜伽关联之后，文本将继续从阿斯汤伽瑜伽(Ashtanga Yoga)的角度讨论“撤回”——这形成了下一章的主题。在结尾的偈颂里，克利须那指认他自身为至高归趣；此前被以一种普遍性的、非人格性的方式提到的目标，诸如“梵”或“至上者”，将逐渐展露为至高位格，这种趋向在第七章和第九章达到巅峰。

按：

“我实际并未做什么”，这种寂然不动、了了分明的觉知境界，在禅宗里被表述为：“终日吃饭没咬着一粒米，终日穿衣没挂着一丝纱”。禅宗也认为，在肉身之“我”里面，还有一个觉性之“我”，此即“父母未生时”就存在的“主人公”，其本体如如不动、无来无去：“拥不聚、拔不散、风吹不入、水洒不着、火烧不得、刀斫不断”(《五灯会元》卷16《广昭》)，“万法归一，生也犹如着衫。一归何处，死也还同脱裤。生死脱着不相干，一道神光常独露”（《如净语录》卷下）；却又出入作用，生起觉照：“有时呼为自己，众生本性故；有时名为正眼，鉴诸有相故；有时号曰妙心，虚灵寂照故；有时名曰主人翁，从来负荷故；有时呼为无底钵，随处生涯故；有时唤作没弦琴，韵出今时故”（《真心直说》）。马祖大师开示见性之道：

灵光独耀，迥脱根尘，体露真常，不拘文字。
心性无染，本自圆成，但离妄缘，即如如佛。

六根虽有见闻觉知，但若心离妄缘，则当下体露真常，所谓“灵光独耀，迥脱根尘”者即是。此说颇契合本节“于心念舍离一切业行”的真我独存境界，盖业行即从诸根触尘而起，心离妄缘自然迥脱根尘，一念不生自然灵光独耀。禅宗谓之“无念行”，六祖《坛经》云：

> 何为无念？无念法者，见一切法，不着一切法；遍一切处，不着一切处，常净自性，使六贼从门门中走出，于六尘中不离不染，来去自由，即是般若三昧，自在解脱，名无念行。

小乘佛教强调舍离修净，以出世寂灭为宗趣。至大乘尤其禅宗，乃特重证体起用，讲求在平常日用上下功夫，磨砺心行，反对一味沉空落寂，如六祖慧能有偈曰“佛法在世间，不离世间觉，离世觅菩提，恰如求兔角”，又曰：“若于转处不留情，繁兴永处那伽定”。对于在家居士，乃教其于孝义忍让中，将理事打成一片，甚至有：“心平何劳持戒？行直何用修禅？”之高论。憨山大师释六祖“若于转处不留情，繁兴永处那伽定”句云：

> 所言转识成智者，别无妙术。但于日用念念流转处，若留情系著，即智成识；若念念转处，心无系著，不结情根，即识成智。则一切时中行那伽大定矣！

禅宗以无系著心于日用间流转，其说暗合业瑜伽之无著义。所谓瑜伽与僧佉（Sankhya，即数论哲学）无别，其理类似禅宗之理事圆融、转识成智。

佛教从小乘向大乘乃至禅宗的演变，似乎印证了本节瑜伽优于出离的说法。另一方面，这种演变似乎也体现出中国佛教向人性天道的回归。最终是宋明理学，通过对禅宗的批判和吸收，在真正的意义上完成了入世践行（业瑜伽）与天人义理（僧佉），亦即知与行的交融贯通。如果说陆王心学偏重禅瑜伽息心证性的路数，那么程朱一派以太极统摄理、气，更接近韦檀多的思辨体系，但两者皆不离入世践行，将入世践行与性命理气之学打作一片。

经过宋明理学一个曲折，近代中国发展出的人间佛教与业瑜伽之道更为契合，比如弘一法师对佛法之“空”有独到的见解，其《佛法非说空以灭人世》一则说：

> 常人因佛经中说“五蕴皆空”“无常苦空”等，因疑佛法只一味说空。若信佛法者多，将来人世必因之而消灭。此说不然。大乘佛法，皆说空及不空两方面。虽有专说空时，其实亦含有不空之义。故须兼说空与不空两方面，其义乃为完足。何谓空及不空？空者是无我，不空者是救世之事业。虽知无我，而能努力作救世之事业，故空而不空。虽努力作救世之事业，而决不执着有我，故不空而空。如是真实了解，乃能以无我之伟大精神，而作种种之事业无有障碍也。

弘一论空，皆从空有关系立论，从而使空失去了本体论上的意义，空只是空见，相当于业瑜伽之无著义，并不是万法之本性，也不是修炼方法或思维方式，如传统空宗之所论。

注释：

（1）《梵歌》3.1~8

（2）Sarva bhutatma bhutatma 一句有多种解释。商羯罗以此支持他的“不二论”，按他的说法，个体灵魂与所有灵魂皆融而为一。罗摩努阇解释为“他发现他的自我与一切有情之自我无有分别”。我把它翻译成“与众生一体相关”，如是接受了个体与众生之间任何可能的关联：一体、相近、相亲。

（3）《梵歌》5.29

（4）《梵歌》5.8~9

（5）梵文词 Svabhava 指出了这一点。

（6）《梵歌》5.6

（7）于大梵中灭度。

（8）偈颂 27~28

第六章

八支瑜伽之道

心既是朋友也是敌人

1．薄伽梵克利须那说：践履职分而不贪执业果，斯人为真出世者，为真瑜伽士；那些不生祭火，不尽职分的人则不是。2．般度之子啊，你当知道，所谓舍离，即是瑜伽。除非舍离一切私欲，否则不能够成为瑜伽士。3．对意欲攀登瑜伽之道的初修者，业行是手段；对已登上瑜伽高峰的人，终止一切外部业行成了手段。4．舍离一切物欲，既不贪求感官之乐，也不涉足果报活动，这样的人可谓深入瑜伽。5．人须以心超拔自身，不让自己退堕。对受拘限的灵魂，心即是朋友，也是敌人。6．降伏了心，心便是最好的朋友，降伏不了心，心便是最大的敌人。7．降伏了心的人，宁静安和，得证大我。对这种人来说，悲喜、冷热、荣辱一体无别。8．安住智慧和觉悟，内心自足的人，已与无上相应，堪称瑜伽士。这样的人自作主宰，安处超然，等视万物——无论是石块，还是金子。9．平等看待一切有情——诚恳的祝愿者、朋友、敌人、中立者、调解者、嫉妒者、虔诚者、罪人，这样的人修为更进一层。

解读：

本章专论经典瑜伽，它是一种身心修炼的体系，通过导向三昧或内觉之境的不同阶段，提升纯化觉知。开头一段议论，将业行、献祭跟舍离、终止业行进行了比较；有关这个论题，这已经是第三次讨论了[(1)]。这里也称道瑜伽，但不是业瑜伽，而是被称为阿斯汤伽瑜伽（Astanga Yoga）的八支瑜伽。第3颂提到"攀登"，暗示此瑜伽修炼之道类似攀登阶梯。在初修阶段，不舍业行，但到了后面的高深阶段，业行将被舍弃[(2)]，相应地，这架梯子的较低阶是外向有为的，而较高阶则是内向默观的。较低阶的四支——持戒（Yama）、精进（Niyama）、体位（Asana）、调息（Pranayama），需要动态的修炼，表现为自我克制、持守经教、修炼瑜伽体位，以及练习瑜伽式呼吸。反之，较高阶的四支——撤回（Pratyahara）、执持（Dharana）、禅定（Dhyana）、三昧（samadhi），需要深入内观，表现为动态修炼的终止，比如，"撤回"要求舍离感官对象，"执持"要求内心专注，"禅定"涉及观想，"三昧"之境则已全然内守。顺着这个路子，讨论转向心，以及对心的控制。由于对心的收摄和净化是瑜伽行法的核心，修炼者需要在此花大力气，以达到结果。不受约束的心飘摇动荡，为感官对象所吸引，如是捆缚灵魂，使其堕入尘世，越来越深，愈发偏离解脱之途。反之，经过调摄的心被用于默观和净化，如是解脱灵魂于俗世的桎梏。因此，心即可以为友，也可以为敌，一皆视其受约束与否。大我[(3)]（Paramatman，或译超灵、胜我），似乎暗示内心的指导者（Antaryami），意指住在心中的宇宙大我，他是瑜伽观想的对象之一。本节末尾，超脱与平等的观念再次出现，有意无意地，克利须那提到了对敌友的无分别心。

瑜伽的修炼

10．瑜伽士当时时运用其身、心、灵去感应无上者。他该独自隐居，随时小心收摄意念，远离欲望，摒除拥有之念。11~12．修习瑜伽，须到深隐之处；在地下垫吉祥草，再铺上鹿皮软布。于圣地敷设坐位，不可太高，也不可太低，瑜伽士坐于其上，稳若磐石。如此修炼瑜伽，收摄心与诸根，置心一处，净化内心。13~14．身体、颈、头竖立，成一直线，两眼凝视鼻尖。然后，收摄心念，无忧虑，无畏怖，彻底摆脱性生活。内心观想，念念在我，以我为生命之究竟依止。15．不断修炼，调伏身、心，如此瑜伽士便能很快终结物质存在，上达我之所在。

解读：

本节对瑜伽体系做了简要的阐述，其中涉及一些《瑜伽经》（*Yogasutra*）里的熟悉名词，比如体位[4]、坚稳[5]、置心一处[6]、心[7]。若仔细阅读，就会发现本节十分精炼地描述了从第一步“持戒”到第八步“三昧”[8]的整个瑜伽体系。这里提到了 Yata cittatma[9]，意指克制私我或心念，其含义无异于《瑜伽经》里的名句：Yoga’s citta vrtti niroddha[10]，“瑜伽即止息心之波动”。梵文 Aparigraha[11] 指“持戒”的第五个阶段，意思是“无拥有感”[12]；Saucam[13] 指“精进”的第一个阶段，可译为纯粹、洁净[14]。短语 Sthiram Asanam[15] 似乎跟《瑜伽经》里的 Sthira sukham asanam[16] 关系密切，其意为“坐姿须安稳、适意”；Tatraikagram manah[17] 似乎意指 Ekagra[18] 之境，即“置心一处”。尽管跟《瑜伽经》明显类似，本节所蕴涵的人格性语调却与前者颇为不同，它表现为注心无上者，以之为观想的主要对象。看起来，《薄伽梵歌》的瑜伽说似乎更偏向有神论，在这里，无上者不仅是观想的对象，跟他的契接还构成了三昧之境。

中道和三昧之境

16. 阿周那呀！吃得太多或太少，睡得太多或太少，都不可能成为瑜伽士。17. 节制饮食、睡眠、工作、娱乐、如此修炼瑜伽，一切苦痛烦恼均获减轻。18. 调伏身心，安住真我，绝贪去欲，斯人已立于瑜伽之境。19. 瑜伽士收摄心意，专注于对超上自我的观想，如此一心不乱，恰似无风处不摇之灯。20~23. 修炼瑜伽，觉性如如不动，此圆满之境，即为神定，或曰三昧。于此三昧之境，行者能以清净心观照自性，得享自性之乐。此时，透过内在觉性之妙悟，行者处于无量无尽之妙喜。如是成就以后，行者便永不会背离真理，到此地步，他也更无所求。若证入这般境界，即使遇上最大的困难，也绝不会动摇。这才是挣脱一切烦恼而来的大自在。

解读：

“中道”亦即适度的瑜伽修炼是必要的，过度的享受与过度的苦行并不受称许。原因在于，两者都会引起自我意识的波动，从而妨碍瑜伽士在瑜伽之途上向前迈进。这种施行于瑜伽阶梯之较低层的适度节制，不仅缓解躯体化存在所必然带来的苦痛，而且使人于中和之境得享安乐。继“中道”之存养，接下来讲到了通过默观以止息心念、自我对其自身的直接体证，以及随之而来的内心满足[19]。这里使用了一个比喻：灯火，无风则不摇，表明瑜伽士的心念稳定，不随意识而波动。最后，继甚深禅定之境，瑜伽修炼之巅峰——三昧，呈现了[20]。三昧体验不但包括妙乐，还有对真理的把握——以一种非心智的、直截的方式，其见地不受心、根之波动所干扰。当三昧之境，瑜伽士的内心发生了什么？无疑，在这种内觉、内观之境，要测度瑜伽士的体验是很困难的。不过，也可以推测，他或许遇到了心中的大我（Paramatman）[21]，这番遭遇让他产生了深刻的心灵体验。或许，他觉识到自我是灵，他周围的一切也是（类似前一章所讲到的悟境）[22]。其他的体验，诸如与大梵合一、或各种有神论的神爱体验，也都是可能的。这些体验极为强烈，以致观修者不复更有其他欲求；甚者，没有任何东西能打扰已证入此境者的心念，或者诱使他返回外部世界。本节结尾宣称，这种觉悟切断烦恼之结，或者说生死轮回（Samsara），因此，必须竭尽全力加以求证。本节无疑是论述三昧之境最精妙、最优美的名篇之一。

与狂心相搏

24. 以绝不动摇的决心和信念，修炼瑜伽；凡由情识产生的欲念，一概摒弃，并且，凭借心意从各方面收摄所有感官。25. 信诚念笃，依靠智慧，逐渐一步一步证入三昧，于是，心意凝定于自性，再无旁骛。26. 心飘忽不定，变动不居，无论游荡到哪里，都必须将它收回，置于自我的控制之下。27. 摄心入定的瑜伽士，真正获得了至高妙喜。如此觉证梵我不二，乃超越强阳之性，度脱过去身中一切报应。28. 如此修炼，瑜伽士尽除一切尘垢，在与无上者的超然感应中，领略到最圆满最崇高的妙喜。29. 真正的瑜伽士在自我之中看到一切有情，在一切有情之中又看到自我，是故他以平等心对待一切。30. 看到我无所不在，而且在我身上看到一切。这样的人永不会失去我，我也永不会失去他。31. 瑜伽士知道，在一切有情心中的超灵，与我无别，所以崇拜我，无论在任何情况下，都不离开我。32. 推己及人，了知一切有情，无论受苦享乐，无不平等，这样的人便是完美的瑜伽士，阿周那呀！

解读：

一位意欲降伏其心的瑜伽士所须付出的努力，似乎并不亚于一场恶战。按照瑜伽派的观点，心乃是一种精微的器官，操控诸根之运作，并将感官所收集到的印象传递给智，其后再传递给灵魂。情感、思虑和欲念，皆在心的功能范围内，心有别于智，后者分析信息，然后达致具有连贯性的结论。心的本性暴烈、变化无常，与诸根的接近使心充满持续不断的欲望、永不止息的意念之波流，以及数不清的各色各样的好恶感觉。不受约束的心把灵魂绑缚在尘世间，因为它激起了对尘俗的兴味。对心及其种种状态的系统性研究是瑜伽体系的核心，其中也包括了调心的要务。一旦狂心得到收摄、调伏，并安定澄净下来，就会转而成为观修的强大助力；它不再是瑜伽士精进的障碍，宿敌自此转变成了朋友。当心不再阻碍灵性体验时，种种内在的神秘体悟开始出现，这里讲到了一些：首先是伴随着体证大梵而来的妙喜之境[23]，继之为一种非人格性的万物同体的体验，在其中可以看到纯灵无处不在[24]。在另一种觉境里，瑜伽士时时、处处见到无上者，并且看到万物皆止息于他之内[25]；这是指对心中的无上者或曰胜我（Paramatman，即超灵）的体证，此宇宙大我无处不在、持载万物。瑜伽士与无上者的亲密关系透露出一种人格性的色彩；换言之，这里所论述的瑜伽具有了显著的巴克提（Bhakti）或奉爱的色彩。最后，瑜伽士推己及人[26]，以平等心看待一切有情。如此看来，灵性的或瑜伽式的体验变化多端，富有个人色彩，也就是说，不同的瑜伽士可能有不同的灵性体验或觉境。

心的本性与为圆满而不懈精进

33．阿周那说：摩度魔之屠者呀！你所撮述的瑜伽系统，对我来说，似乎不切实际，而且难以忍受，因为心意不安不稳。**34**．因为心意不安、冲动、顽固，而且十分狂暴，克利须那呀！对我来说，降伏此心似乎比捕捉狂风还要难。35. 薄伽梵克利须那说：臂力强大的贡蒂之子呀！毫无疑问，调伏不安的心意，异常困难，但透过适度的修炼和舍离，仍有可能。36. 不收束心意，难获自觉。调伏心意，以正确的方法努力，肯定成功。这是我的意见。37. 阿周那问：那些不成功的瑜伽士，起初凭信心走上自觉之途，但后来，由于凡心复萌，半途而废，无法到达瑜伽的圆满境地，他们的归宿又将如何？38. 臂力强大的克利须那呀！这样的人，背离了超世之途，会不会如撕裂的浮云一般消失殆尽，在任何领域均无地位呢？39. 这便是我的疑惑呀，克利须那！我请求你将它彻底驱除。除了你，再找不到解开这疑惑的人了。40. 薄伽梵克利须那说：帕尔特呀！这样的人，无论在这个世界，还是在另一个世界，都不会遭受毁灭。我的朋友啊，行善之人永不被邪恶击败。41. 未成功的瑜伽士，在天神所居的星宿上，享乐许多许多年之后，便投生义人之家，或显贵富有人家。42. 或者，投生于具有崇高智慧的瑜伽士之家。如此诞生，世间稀有。43. 如此投生后，他再次恢复前世的神圣觉性，为获得彻底成功，再举奋进。44. 由于前世的神圣觉性，对于瑜伽原则，虽不刻意追求，却自然神往。这样一位热爱真理的人，凌驾于韦陀经教之上。45. 瑜伽士竭诚修行，勇猛精进，除尽污垢，如此经过许多许多生世，最后臻至无上圆满之境。46. 瑜伽士比苦行者伟大，比求智者伟大，比持守礼法者伟大。因此，阿周那呀，无论如何，你要立志成为瑜伽士。47. 长住于我，以超越之爱侍奉我——瑜伽士而如此高超无比。须知，通过瑜伽跟我契接，关系最亲密。

解读：

阿周那怀疑瑜伽体系的可行性，因为其成功依赖克制心意，而摄心极为困难，几乎不可能办到。克利须那同意，这个任务确实十分艰巨，但他辩称，通过持续不断的修炼，并随之以舍离和不执，这个任务或许还是可以达成的。阿周那接着又提出了另外一个问题：起初凭信心走上出世之途，但后来，由于凡心复萌，半途而废，无法到达瑜伽的圆满境地，这类人的归宿又将如何？他会在两个世界里均无地位吗？克利须那用满怀同情的答复抚慰了阿周那，并且宣布，行善者绝不会终结于厄运。如是，修炼瑜伽，但却未能脱出生死轮回的人，将在天堂里生活许多许多年，然后，他将投生于义人之家，甚或瑜伽士之家。此时，他前世潜存的神圣觉性会被再度唤醒，为获得彻底解脱，他将从他原来停下来的地方再举奋进。是故，他将赢得两个世界——属于此世的天堂，以及最终的解脱。本章末颂无疑是《薄伽梵歌》的巅峰之一：克利须那要求阿周那接受奉爱之道，因为巴克提瑜伽士才是顶级的瑜伽士。这也回答了阿周那的疑问：作为一位巴克提瑜伽士，他将注心于对无上者的奉献；如此他的心意得到约束，在无比艰难的瑜伽之途上，必能获得成功。

按：

在华夏，流传下来，明显接近瑜伽术，有文字、实物可考的是导引和行气。《庄子·刻意》云：“导气令和，引体令柔”，导引是长生术，结合了形体的屈伸俯仰和呼吸的吐纳出入。

关于导引的方法，《庄子·刻意》篇云：“吹嘘呼吸，吐故纳新，熊经鸟申，为寿而已，此导引之士，养形之人，彭祖寿考之所好”。《后汉书》之《方术·华佗传》讲五禽戏：

> 佗语普曰：人体欲得劳动，但不当使尔！动摇则谷气得消，血脉流通，病不得生，譬犹户枢不朽是也。是以古之仙者，为导引之事：熊颈鸱顾，引挽腰体，动诸关节，以求难老。吾有一术，名五禽之戏：一曰虎、二曰鹿、三曰熊、四曰猿、五曰鸟，亦以除疾，并利蹄足，以当导引。体中

不快，起作一禽之戏，沾濡汗出，因上着粉；身体轻便，腹中欲食。

唐章怀太子李贤《注》曰:“熊经,若熊之攀枝自悬也。”鸟申，意为像鸟飞而伸脚。鸱顾，《淮南子》里也有“鸱视虎顾”之类的名目，李贤《注》曰：“鸱顾，身不动而回顾也。”这几种动作,都是瑜伽术里常用的体式(Asana)。五禽戏为仿生导引，姿势的名称由动物名加其动作名而构成，与瑜伽体式的取象法则有共通之处。

马王堆出土帛书《导引图》第四十九式为熊经，其他还有模仿龙、虎、猿、鹤、蛇等动物的姿势。1964年河北保定出土西汉银错管状车器上有熊经图案，即模仿熊之动作。可见导引术之应用颇为广泛，且传承不绝。

行气之术，见于《庄子》《素问》《灵枢》《难经》等战国秦汉文献。最早讲行气之术的出土物，是战国时期的《行气铭》。铭文经考古学家考释，已可通读，全文如下:

> 行气，深则蓄，蓄则伸，伸则下，下则定，定则固，固则萌，萌则长，长则退，退则天。天几舂在上；地几舂在下。顺则生，逆则死。

李零先生释读为:

> 下吞吸气，使气积聚，气聚则延伸，延伸则下行，下行则稳定，稳定则牢固，牢固则萌发，萌发则生长，生长则返行，返行则通天。天的根在上(对下行而言)，地的根在下(对上行而言)，顺此程序则生，逆此程序则死。(《中国方术正考》)

天根指上丹田，即泥丸；地根指下丹田，即脐下丹田。整个功法应属沿任、督二脉行气的小周天功。

据此，行气即瑜伽八支中的第二支——调息。《行气铭》所谓“固”“萌”“长”“退”应该属于调息中的悬息法，下行为内悬息，即吸气后蓄气不呼；上行为外悬息，即呼气后闭而不吸。下丹田对应于脐轮，是生命元气的中心；上丹田对应于梵穴轮，诃陀瑜伽认为，通过修持，体内的气沿着中脉逐渐上升，最终汇聚于头顶梵穴，到达这里，修炼者超越了一切物质欲念，与梵相通。这应该就是《行气铭》所说的“通天”。

丹田之说与太一有关。汉桓帝延熹八年（公元165年）边韶《老子铭》：“存想丹田，大一（按：即太一）紫房”，蔡邕《仙人王子乔碑》：“或弦歌以歌太一，或谭思以历丹思（按，即丹田）”。这暗示养生并不是最高境界，觉证太一或通天才是行气的终极目标。所以庄子说导引养形，不过“为寿”而已。通过调息以感通太一，已经接近了瑜伽的第八支，即与宇宙大我相应的三昧阶段。

庄子推崇“踵息”（深长至于脚踵的呼吸），“缘督以为经”（疏通督脉让气运行），以达到“心斋”“坐忘”的“真人”境界。《庄子》云：

> 仲尼蹴然曰：“何谓坐忘？”颜回曰：“堕肢体，黜聪明，离形去知，同于大通，此谓坐忘。”仲尼曰：“若一志，无听之以耳而听之以心，无听之以心而听之以气！听止于耳，心止于符。气也者，虚而待物者也。唯道集虚，虚者，心斋也。”（《大宗师》）

> 瞻彼阕者，虚室生白，吉祥止止。夫且不止，是之谓坐驰。夫徇耳目内通而外于心知，鬼神将来舍，而况人乎！是万物之化也，禹、舜之所纽也，伏戏、几蘧之所行终，而况散焉者乎？（《人间世》）
>
> 摄汝知，一汝度，神将来舍。德将为汝美，道将为汝居。（《知北游》）

夫道，覆载万物者也，洋洋乎大哉！君子不可以不刳心焉。（《天地》）

所谓坐忘、刳心，皆旨在脱离形骸、情识的羁缚，近于瑜伽术的第四支——撤回。心斋则专注内心，静虚凝神，精纯专一，应该是对执持和禅定状态的表述。属于黄老一系的《管子》于虚静通神尤多体会，其言曰：

去欲则宣，宣则静矣，静则精，精则独立矣，独则明，明则神矣，神者至贵也，……不洁则神不处。虚其欲，神将入舍；扫除不洁，神乃留处。

《管子》之《内业》《心术上》《心术下》《白心》四篇专论修炼心性，所谓“内业”者即是此意，大致可归于运用身、心、灵以感通神明的禅瑜伽一路。老子对瑜伽行法表现出深刻的领悟，其文曰：

载营魄抱一，能无离乎？专气致柔，能如婴儿乎？涤除玄鉴，能无疵乎？爱民治国，能无为乎？天门开阖，能为雌乎？明白四达，能无知乎？

这段话的意思是由末到始逐层分解的，所以应该倒过来看。先是收摄诸根，使心无外骛，犹如无知无觉；“天门开阖”说的是行气呼吸，天门就是鼻孔，“能为雌乎？”意指呼吸能像雌性一样轻柔深细吗？如是调息，祛除情想意识，使觉知变得纯净无瑕；通过更深固的调息修炼，精神内守，如婴儿般无欲真纯，这就是“专气致柔”；最后是魂魄合一（营者，魂也），心之波动被完全调伏，灵魂与心识、诸根不复分裂矛盾，在高度的和谐中达到自在圆通的境界。老子所阐述的证道过程大体与八支瑜伽的后四支一致。尤其“抱一”一词，与“瑜伽（Yoga）”的本意相通。瑜伽的字根出自 yoj，意为连结；它和英文中的“yoke”一词有相同的词源，意思是把两头公牛用牛轭连在一起，引申为身心灵的统一、小我和大我的统一，或者人与神的连结。可以说，瑜伽行法就是老子的“抱一”之术。此外，老子之道“建之以太一”（庄子语）、“贵食母”，似乎也表现出跟无上者的连结。黄老一派内则修心，外则无为，念念以身心契接无上，所谓内圣外王之道，即在于是。

“瑜伽即止息心之波动”，在《瑜伽经》第 2 句，“止息”的梵文是 nirodhah，又有“转化”“控制”的意思。所以，这一句涵盖了瑜伽的三个层次，即从控制、止息到转化心的波动，可说是一部《瑜伽经》的总纲。在这一根本点上，禅宗与瑜伽极为相近，六祖《坛经》提出禅法“立无念为宗”：

> 我此法门，从上以来，先立无念为宗，无相为体，无住为本。无相者，于相而离相；无念者，于念而无念；无住者，人之本性，于世间善恶好丑，乃至冤之与亲，言语触刺欺争之时，并将为空，不思酬害，念念之中，不思前境。若前念、今念、后念，念念相续不断，名为系缚。于诸法上，念念不住，即无缚也。此是以无住为本。善知识，外离一切相，名为无相；能离于相，即法体清净；此是以无相为体。善知识，于诸境上心不染，曰无念；于自念上常离诸境，不于境上生心。若只百物不思，念尽除却，一念绝即死，别处受生，是为大错。

所谓“无念”，亦有三义。第一层是不思前境，即控制妄心的波动；第二层是心念不起，即止息妄心的波动；第三层是常离诸境，通用无滞，即转识成智，化妄念为妙用。禅宗工夫以无念为主，由无念生出无相、无住，也即三昧不二之境。

神会《南宗定是非论》对“无念”及其下手工夫表述得更为简洁明了，其言曰：

> 云何无念？所谓不念有无，不念善恶，不念有边际无边际，不念有限量无限量，不念菩提，不以菩提为念；不念涅槃，不以涅槃为念，是为无念。是无念者，即般若波罗密，般若波罗密，即是一行三昧。诸知识，若在学地者，心若有念起，即便觉照，起心即灭，觉照自亡，即是无念。

由此看来，禅宗“立无念为宗”与《瑜伽经》为瑜伽设定的方法和目标可谓印契无间。实际上，“无念”不过是“止息心之波动”的另一种表述方式而已。

注释：

（1）其他两次见于《梵歌》3.1~8，5.1~6。

（2）《梵歌》6.3

（3）《梵歌》6.7

（4）Asana

（5）Sthira

（6）Ekagra

（7）Citta

（8）瑜伽圆满之境，至高的内在觉知。

(9) 《梵歌》6.10

(10) 钵颠阇利，《瑜伽经》(*Yogasutra*) 1.2。

(11) 《梵歌》6.10

(12) 《瑜伽经》2.30

(13) 《梵歌》6.11

(14) 《瑜伽经》2.32

(15) 《梵歌》6.11

(16) 《梵歌》2.46

(17) 《梵歌》6.12

(18) 《瑜伽经》2.41，3.11~12

(19) 《梵歌》6.19~20

(20) 《梵歌》6.21~23

(21) Antaryami，心中的神圣指引者。

(22) 《梵歌》5.18

(23) 《梵歌》6.28

(24) 《梵歌》6.29

(25) 《梵歌》6.30

(26) 《梵歌》6.32

第七章

对无上者之洞见（第一部分）

开示最高的学问

1．薄伽梵克利须那说：帕尔特呀！安立瑜伽，全然觉知我，系心于我，这样就能圆满证知我，不复起惑。现在，你且谛听。2．我今向你圆满开示这门学问，综括现象与本体。知此则再无所可知。3．千万人中唯一人致力圆满，已成就圆满者中，几乎无人知我于真际。

解读：

《薄伽梵歌》的神学核心部分自此展开，它一直会延续到第十二章结束。在这六章里[(1)]，克利须那详细阐述了他的神圣性，并强调了巴克提即向他奉献的理念。开头三节偈颂里的陈述意义重大，为将要开始的讨论定下了议题。克利须那首先明确了阿周那所需要的心灵状态，这种状态是觉解将要被揭示的义理所必需的。本节所跃出的重要一步使讨论从第二层超入了第三层，这个层面不再盘旋于收摄感官之类的知识，而是建立起有关无上者以及向他奉献的义理。这新的、更高超的境界的首要特征是“mayy asakta manah”，字面意思是“心系于我”。Asakta 一词涵义深刻，意为“爱著”。扎赫纳（Zaehner）在对第一偈的注释里讲到了这一点：

> “系心于我”：这个说法是全新的，明显有别于前面两章的内容。在那里我们被告知，我们必须放下一切：只有彻底舍离，才能赢得解脱。观想神明自然是置心一处的手段，就如《瑜伽经》所推荐的，但是，不要爱著他，或者任何其他东西，因为“解脱”跟任何种类的爱著明显是不相容的。然而，在这里，阿周那被以最直率的方式告知，事情并非如此。现在，作为其真正的运用，已经成功地整全其人格并化而为梵的精神，不仅必须精勤不懈于灵性修炼，而且必须将他在新发现的圆满和自由里面的全部人格也系著于克利须那，作为上帝，克利须那超越不朽的梵，一如其超越表象世界。持续不断的灵性修炼使已得整全的人格保持完好无损，而爱著上帝，对他全然信服，则是克利须那在这一节里所要求的(2)。

扎赫纳指出了这里出现的变化：不再修炼对世间的舍离，一如此前所一直推介的，阿周那如今受到鼓励，修炼对无上者的爱著。换言之，与好恶之情相搏的阶段至第六章已经告终，一个新的阶段开始了，阿周那将以此从一个更新、更高的角度看待世界；与此相应，世界不再被看作是一个威胁，而是神圣富裕的显示。克利须那强调了他将要揭示的义理的重要性，并且指出，只有少数人才能证入圆满，而证得无上者为人格神的人则更为稀有。

物质、灵魂与无上者

4．土、水、火、风、空、心、智、我慢——八者合起来构成了我的受隔离的低等自性。5．臂力强大的阿周那呀！我还有另一种高等自性，表现为摄持此世的灵魂。6．一切受造之物都源于这两种自性[3]。你要知道，灵与物皆自我流出，也消融于我。7．财富的征服者呀！没有凌驾于我之上的真理，万物依系于我，如线串珠。8．帕尔特呀！我是水之甘味、日月之光、韦陀曼陀罗中最神圣的音节——唵（Om）。我是以太中的声音和人的能力。9．我是土地的原始芬芳；我是火中之热；我是一切有情的生命；我是一切苦修者的赎罪苦行。10．帕尔特呀！你要知道，我是一切存在的原始种子，是智者的智慧，强者的勇武。11．我是强者的力量，却无情无欲。婆罗多之华胄！我也是一切有情心中的情欲，但不与正法相违。12．须知，一切存有之状态，无论为中和、强阳还是浊阴，无不根源于我。但是，我不在它们之内，相反，它们在我之中。13．整个世界为三极气性所蔽，故此对我一无所知，我永恒地超越三极气性。

解读：

克利须那现在提出了一种有神论的形而上二元论：隔离的或低等的自性建构出世界之精粗表象，未隔离的或高等的自性表现为摄持、延续此世之存在的灵魂。相对于数论的二元论，这里所呈现的义理是有神论的；故此，这两种自性皆依止于无上者，或说构成了他的自性，而他是万物的根源、护持者，也是其最终的崩解。这里举出一个比喻：克利须那就像众珠所依系的线；尽管看不到，线却是维系众珠为一体的基础。克利须那列举出各种可以触知的现象，比如水之甘味、土地的原始芬芳、日月之光，显示他近在咫尺，就在万物之背后。问题出来了，若说他近在咫尺，为什么无上者又是不可见的呢？答案在三极气性，其运作犹如惑人眼目的面纱。克利须那本人就是诸气性的根源，并永恒地超越气性，但那些未曾向克利须那皈命的人无法逃出气性的严密控制，如是，堕入幻妄，无法看到无上者无处不在。

除非皈命克利须那，否则无法征服假象

14. 三极气性构成了我的迷幻能力，它神圣，难以穿透。但向我皈命之人，却能轻易超越。15. 那些愚不可及的人，那些人类中最低贱的人，那些被假象窃取了知识的人，那些心存魔性的无神论者，不会臣服我。16. 婆罗多之华胄！有四种虔诚的人崇拜我，他们是有烦恼者、欲发财致富者、好问者、追求真理者。17. 这些人当中，智慧圆满，心住于我，一心为我奉献的最为殊胜。他们对我笃爱至深，我对他们情有独钟。18. 毫无疑问，他们全都是高尚的灵魂。但我把智者看作就像我自己，因为他卓立于天人义理之上，把我视为最崇高的目标。19. 经历无数回生死，真正在智慧之中皈服我，觉悟到“华胥天人是一切的一切”，这样的伟大灵魂，稀有难逢。

解读：

假象有神圣的根源；透过三极气性的力量，它在受拘限灵魂的眼前掩藏了无上者，并且，没有人能依靠自身征服它。此外，它夺走了邪恶之徒对无上者的认知，牵引他们投生于更低贱的魔种。跟邪恶之徒相反，虔诚之人虽然还有一些外在的动机，比如因为烦恼或求财而亲近无上者，但他们统统被视为高尚之人，显然都是克利须那之所爱。然而，智者特别受到钟爱，因为除了认知克利须那，他没有其他动机。逐渐地，他证得了更多有关无上者的义理，并专注于使他看到华胥天人（Vasudeva，克利须那的另一

个名号）即是一切的冥思；这种境界使他免于再次投生。克利须那使用的口气极富人格性，他说，他跟他的奉献者真的很亲。认为灵魂被捆缚在生死之轮上，故此推崇超脱和克制情欲的“第二层”的观点，如今受到摒弃，以支持更高层次的讨论，无上者之真谛将由此开启。根据这种更高超的观点，吾人看到无上者无处不在，看到万事万物皆不离无上者；伴随此觉境生起强烈的情感，完全不同于宁静而透明的瑜伽态心相。善恶也由此表现为不同的形式；不再是尘世间的成功之于尘世间的失败，也不再是解脱之于羁缚，现在，善恶是相关于无上者而定义的。如是，善人是那些崇拜至尊主的奉献者，而恶人是不愿托庇于他的不虔诚的魔。让我们来审视一下目下的讨论：从本体论的角度，无上者存在，且拥有两类自性——低等自性，呈现为由八种精粗元素构成的现象界；高等自性，由灵魂构成。从认识论的角度，透过以奉爱托庇于无上者，便能获得觉明，而拒绝无上者，便会受到假象蒙蔽，落入无明。从伦理学的角度，奉献于无上者，崇拜他，是善的，而拒不接受他是恶的。讨论还沿着“道德阶梯”又升进了一步；它跨越内乐之境，到达了以奉爱亲近无上者的阶段。从这个角度来看，阿周那应该皈命克利须那，而且表现出他的奉爱——服从克利须那的意愿，以奉献之心决战沙场。

对其他天神的奉献代表迷幻之境

20．那些被物质欲望偷去了头脑的人，投靠天界诸神，随顺自己的习性，奉行特殊的崇拜仪轨。21．我是宇宙大我，居于众生心中。世人一旦想去崇拜天神，我就会坚定他的信念，好让他全心全意把自己奉献给这一特殊的神祇。22．他被赋予了这样的信念以后，就去勤力崇拜那个特殊的神祇，以求满足自己的欲念。但实际上，这些恩惠，最终全由我赐予。23．小智崇拜诸神，所得有限，而且无常。崇拜诸神，便到诸神的星宿去；但我的奉献者，最终会到达我至高无上的星宿。24. 劣智之人不能圆满认识我，他们以为我从前是非人格性的，现在才呈现出人格性。由于识见浅薄，他们不知道我的崇高本性永不坏灭、至高无上。25. 我从不向愚昧无知的人揭示自己。对于他们，我隐藏于我的内在能力之中。因此，世人被蒙蔽，不认识我，尽管我无生不变。26. 阿周那呀！我是至上人格神，知道过去、现在、未来。我认识一切有情，但谁也不认识我。27. 婆罗多之华胄呀！克敌者呀！一切有情生而受蒙蔽，被从好恶、爱憎而来的二元性所幻惑。28. 前世今生，笃行善业，彻底根绝罪业，不为二元性所蒙蔽的人，坚定不移地为我服务。29. 托庇于我，力求超生脱死的智者，彻底觉悟了梵、自我和业。30. 圆满觉知我，证知我是至尊主，是天地、神明、祭祀的统摄之理，这样的人，即便临终之际，也能与我感通。

解读：

克利须那的奉献者被拿来跟其他天神的奉献者进行比较。因为克利须那宣称他的奉献者凌驾于气性所造成的假象之上[(4)]，那么有人就会问，其他天神的奉献者是否也超越气性？克利须那指出，其他天神的奉献者智慧浅小，并受尘世欲念的驱迫，尽管持守种种仪轨和禁制，却被自身的习性束缚，故此无法凌越气性。克利须那接着放出惊人之语：是他本人帮助这些人获得了崇拜天神所必需的信心；甚且，是他赐予了他们欲念的实现，虽然这些欲念鄙俗琐碎，其业果无常易逝。最终，其他天神的奉献者将于来世往生天神的星宿，而克利须那的奉献者将与克利须那相遇。由于笼罩世间的假象，克利须那的崇高本性被隐蔽起来；除了那些无罪者，从下生开始，假象就蔽覆了每一个人。看起来，生活在假象之下，奉献于其他天神，乃是造恶者的特征，而摆脱假象，远离尘世欲念，献身克利须那，则是无罪者的特征。有关恶的讨论至此上升到了顶点，这类讨论前面已经发生过了，尤其在第二章和第三章里。相应地，在为克利须那而纯粹奉献的境界里，彻底根绝罪恶是可能的，要达到这种境界，必须摆脱二元性之迷幻，以及随之而来的尘世欲念。

按：

从心性之圆满自在向无上者以及为无上者而奉献，即从“第二层”向“第三层”的跳跃，在原始儒家的天人学说里有突出的表现。牟宗三先生称之为“性与天道”之超越的遥契（参考牟宗三《中国哲学的特质》）。这主要反映在《论语》中孔子的几句话里：“下学而上达，知我者其天乎？”“五十而知天命”“畏天命”，古人训“学”为“觉”，下学而上达，即是从心性之发明，调适而上遂于天道、天命、天德。“知我其天”表示若人能由克己践仁而喻解天道，天反过来也喻解人，此时天人的生命互相感通，而致产生相当程度的互相了解。孔子下学上达。便是希冀与天成为知己。这里的“天”是敬畏的对象，无疑具有人格神（personal God）的宗教意味。

除了“超越的遥契”，牟宗三先生指出，还存在另一种“内在的遥契”。如果说，“超越的遥契”是在“情”的层面对天命、天德的契合感通，那么“内在的遥契”是在“理”的层面向天道的契接融入，《中庸》云：

> 唯天下之至诚，为能尽其性，能尽其性，则能尽人之性；能尽人之性，则能尽物之性；能尽物之性，则可以赞天地之化育；可以赞天地之化育，则可以与天地参矣。

《孟子》云：

> 尽其心者，知其性也，知其性，则知天矣；存其心，养其性，所以事天也，夭寿不贰，修身以俟之，所以立命也。

至诚之人通过精诚之感通，契入天地人三极之理，故能尽己之性、尽人之性、尽物之性，乃至融入天地大道，参赞天地之化育。在此，天不再示现为人格神，而是呈露为天地人三极之理，以及作为天理之流行的天地大道，故此天乃义理之天。人、物不复外在于天，而是融入天地之道，成了天地人三极之道的其中一极。此天人感通之根基在于，作为义理之天的天命、天德亦下贯于人，内在化为人之性（天命之谓性），复此性者即“天下之至诚”（诚者，天之道也；诚之者，人之道也）。

由此看来，儒家义理所谓“天”，亦即无上者，一方面是超越的（transcendent），另一方面又是内在的（immanent）。“超越的遥契”着重客体性（objectivity），“内在的遥契”着重主体性（subjectivity）。本章第1颂从主体入手，第2颂切入“本体与现象”之理，第3颂又归于作为客体的人格主神，可谓融摄了“内在的遥契”和“超越的遥契”，使主体与客体、情与理取得了真实的统一。不过，《梵歌》明显更着重“超越的契合”，向人格主神归命奉献，或说巴克提，才是《梵歌》的主旨。因为，诚如扎赫纳所说，作为上帝，《梵歌》中的克利须那超越不朽的梵，一如其超越表象世界。梵、表象世界是天理与天理之流行，而人格主神才是梵、天理的承载者与究竟归趣。透过对梵、表象世界即天理与天理之流行的体悟、认知，才能真正觉解人格主神之超越性和圆满性。这里，天、天命没有因为拉进人心“内在化”而不复成为敬畏的对象，也没有转化为一非人格性的形而上实体（Metaphysical Reality），“天”保有了他的超越性，同时又将天道、天理摄入其内，使“内在的遥契”成为可能，使得从人性向天道的跳跃亦成为可能。梵、表象世界不再是挡在人、神之间的迷雾，而成了天人感通的桥梁。“内在的遥契”乃“准天地”，“超越的遥契”乃“配神明”。实际上，孟子由知性、知天而事天、立命的修炼历程，已经融摄了“内在的遥契”和“超越的遥契”。

此天人之际正是东西、华梵、古今文化分途的节点。基督教始终为重客体性的宗教，但因为少了“内在的遥契”，对天人之理、天地之道没有深透的悟入，人的生命之真正主体不能透出，只在情识、理性上纠葛周折，所以造成天地人之间无法弥缝的分裂斗争。另一方面，中国文化，包括儒家、道家，特别是后来演变出的理学、禅学，越来越偏向“内在的遥契”，以致主体性被无限夸大，最后主体性取代客体性，作用取代本体，人僭越了天，理扼杀了情，超越之义、敬畏之心荡然无存。这个路子，消解了为孔子所继承的，天人有分、情理交融的原始大道。牟宗三先生不无自豪地将这个演变过程概括为“天道的严肃庄重的宗教意味转为亲切明白的哲学意味”，但是，干枯冥漠的哲思，怎能安顿躁狂饥渴的人心呢？

相比之下，《薄伽梵歌》对天人关系的阐释更为圆融通透，它所呈现的浑朴自然的原始大道，似乎为未来的文化融合提供了可能的契机。

华夏原始文化里也有一神与多神结合的神学体系。例如《诗经》里，既讲到“上帝”“天”（皇矣上帝，临下有赫），也讲到“神明”“百神”（怀柔百神，及河乔岳）；董仲舒《春秋繁露》谓“天者，百神之大君也”；《礼记》将“太一”与“鬼神”对举：

> 是故夫礼，必本于大一，分而为天地，转而为阴阳，变而为四时，列而为鬼神，其降曰命，其官于天也。

“大一”即“太一”，相当于《梵歌》所谓的“无上者”，是天地、阴阳、四时、鬼神（《梵歌》以“天地身相”统摄之）的根源，也是“礼”（包括祭祀）的根源。《鹖冠子》曰：“太一者，执大同之制，调泰鸿之气，正神明之位者也”，又“天也者，神明之所根”。天、太一是最高主宰，具有超越性、独立性、遍在性，而百神不过是天、太一之局部化现。

陈来先生根据对殷周甲骨卜辞的研究，也认为殷周的宗教信仰虽有多神，但所有神灵组成了一个具有上下统属秩序的神灵世界或神灵王国，而主宰这个神灵王国的至上神就是“有生育万物之功”（《礼记》郑玄注）的“天”或“帝”。（参考《古代宗教与伦理》）

《梵歌》批评单独祭祀天神，且谓之为淫祀，指出祭祀必以至上神毗湿努（Visnu）为主，以诸神为辅，这与华夏“上帝山川百神”同祀，但又尊卑有别的礼制是一样的。孔子“敬鬼神而远之”，对天却生赞美和信仰，乃至欲成为天的知己，其原因即在于此。

本章所谓“自性”，梵文 prakrti，英译 nature，nature 是自然的意思，但西方人性论也说 human nature，意谓人性，所以这里讲到的“自性”，意指 God's nature，即上帝的自性。低等自性指物质自然，也可译为元质、元气，当其混沌未分时，称为 pradhana，或译为冥谛。高等自性指灵魂，梵文 jiva，或译为情命、命我、个体生命。

无上者、物质、灵魂，相当于华夏文化体系里的天、地、人。故本章所讨论的，其实即是大《易》的“三才之道”，讲的是天、地、人及其相互关系、运作法则，韦檀多（Vedanta）谓之 sambanda-tattva，或可译为理谛，应属于本体论的范畴。

无上者，梵文 Isvara，或 purusa，在此体现为一具创造性、主宰性之本体，《易》以“乾元”表出之：

> 大哉乾元！万物资始，乃统天。云行雨施，品物流形。大明终始，六位时成，时乘六龙以御天。乾道变化，各正性命，保合大和，乃利贞。首出庶物，万国咸宁。

“万物资始”意谓万物资以为始，万物凭借依赖乾元始有其存在，乾元亦通过品物之流行，或说阴阳之气的变化来表现其创造性、主宰性，也就是说，现象源出本体，而不可见的本体则透过现象呈现自身，所以克利须那在这里列举出各种可以触知的现象，比如水之甘味、土地的原始芬芳、日月之光，显示作为本体的他，近在咫尺，就在万物之中、之后。当克利须那说“我的”“我是”，即是以人格主神涵摄了大梵或形而上本体。

“乾道变化，各正性命”，万物在乾的创造性、主宰性里面找到了各自的性、各自的命。这个“各正性命”是超越地讲，是从乾道的理上讲，是“用道为性”“天命之谓性”，万物特别指人的本性（义理之性）、本命（先天的势位），是从乾道、天命贯注下来的，是派生于乾道、天命的，这层意思，就是《梵歌》所谓的“万物依系于我”。

自性，或说 prakrti，是随顺本体而变化的能或生起的作用，在《易》为“坤元”：

> 至哉坤元！万物资生，乃顺承天。坤厚载物，德合无疆。含弘光大，品物咸亨。牝马地类，行地无疆，柔顺利贞。

“万物资生，乃顺承天”，凭借顺承天命而运作的坤元，万物、生命得以凝聚、生成。用《梵歌》的话来说即是：“一切受造之物都源于这两种自性”“灵与物皆自我流出，也消融于我”。

中国文化尊乾而法坤，尊乾就是以创造性、主宰性本体为尊，法坤就是取法于坤的柔顺博厚。尊乾是养成敬天返本的宗教情感，法坤是实践心性道德的修养工夫。尊乾而法坤，就是实现从心性之圆满向皈命无上者，或说从“第二层”向“第三层”的跳跃。按照数论哲学，自性（prakrti）

受补鲁莎觉照，乃化为大（Mahat）或智（Bhuddi）。智具足八种德：明（Jnana）、德（Dharma）、舍（Vairagya）、能（Ashivarya），与无明、无德、贪执、不足。前四德似乎即是《易》坤德之所本。

《易·系辞》曰：“一阴一阳之谓道”，阴阳指阴阳之气，道在一阴一阳的变化中显示出来。这种变化就是气化，气化是道的表显，道不是气化，所以产生气化的根源才是道。同样的意思，《梵歌》是这样说的：“一切存有之状态，无论为中和、强阳还是浊阴，无不根源于我。但是，我不在它们之内，相反，它们在我之中”。气化里面有“神”来指导运作，才不会冲突灭裂，才有和谐，才畅通。《易传》曰：“神也者妙万物而为言”，在万物后面运作万物，使万物生生不息，气化万千而不乱，这就叫做“神”。这里的“神”，是从本体的神妙作用言。孔子曰“天何言哉？四时行焉，百物生焉，天何言哉？”，从天命之流行来欣赏天、赞美天、效法天；《诗经·大明》谓天“明明在下，赫赫在上”，表达的都是这种即用见体的觉境。

不过，《易》着重阴阳气化里面的“神”，这使在一阴一阳的变化作用中显示出来的道体似乎有失去其超越性与独立性的危险，比如道家干脆通过“无”来表示这个陷落于阴阳气化之“有”的创造性本体（《道德经》云：无名天地之始，有名万物之母）。反之，《梵歌》的人格神摄持气化，却又超越于气化之外而独立存在。按照《梵歌》的说法，正是由于为气化所蔽，故此世人对人格主神一无所知。如此看来，若没有人格主神的摄持，本体便会在天道之流行、阴阳之变化当中丧失其纵贯的超越性。

构成低等自性或物质自然的八种元素：土、水、火、风、空、心、智、我慢，似乎对应于《易》的八卦。《易·说卦传》言八卦曰：

乾，健也。坤，顺也。震，动也。巽，入也。坎，陷也。离，丽也。艮，止也。兑，说也。乾为天，为圜，为君，……坤为地，为母，……震为雷，……巽为木，为风，……坎为水，……离为火，……兑为泽，为少女。

八卦是从宇宙万象里边归纳出来的八种基本元素，其中艮、坎、离、巽、震分别对应于《梵歌》所说的地、水、火、风、空。空与空间、声音有关，故震取象于雷。五行之土、水、火、木、金亦本于此。金发声，属于空的范围。心、智、我慢分别对应于兑、坤、乾。乾健主宰，为我慢之属性；智主分别，随我慢而动，故顺承而为坤；心流动不息，避苦而求乐，故对应取象于泽、少女的兑，兑通悦。

易有三义，曰不易、变易、简易。不易从本体言，变易从阴阳气化之作用言，简易是从本体起作用（故易行）、从现象见本体（故易知）；本章第二节以“人格主神”涵盖体、用、相，跟易理可谓机杼同出，且所论皆属于数论的范畴，亦与易理深相契合。可以说，易理实际就是一种“数论”，而本节几乎就像是《易传》的撮要。

注释：

（1）除了第八章，又回落到“第二层”。

（2）Robert Zaehner, *Bhagavad Gita*, Cambridge. 1969. p. 224.

（3）指偈颂 4~5 所提到的两种自性。

（4）参见《薄伽梵歌》7.14。

第八章

抛下肉体，尘世与彼岸

阿周那的八个问题

1．阿周那问：无上者啊！何为梵？何为自我？何为业？何为聚成造化的元质？何为神明？请向我开示。2．摩度魔之屠者呀！何为祭祀之原则？他怎样住在躯壳之中？那些克己自制的人，又如何在临终之际证知你呢？3．薄伽梵说：至上大梵不坏超绝，真我（Adhyatma）乃大梵之自性，有情之禀性所从出的创造力谓之业。4．人中之杰啊，聚成造化的元质变化无常，谓之“地”(Adhibhuta)；涵摄一切神明如日、月之神在内的宇宙大我，谓之“天”（Adhidaiva）；而居于一切有情心中的无上者——我，则为祭主（Adhiyajna）。5．无论是谁，离开躯壳时一心忆念我，当下获得我的神性，这是无可置疑的。

解读：

第七章末尾，克利须那说：“圆满觉知我，证知我是无上者，是天地、神明、祭祀的统摄之理，这样的人，即便临终之际，也能与我感通。”[1] 由此看来，临终之际如此冥思克利须那，是求解脱于生死的成功努力的顶点。不过，对相关概念的解释是必要的，此外，对离世时记忆无上者的论题也需要加以详尽的阐发。阿周那的八个问题正当其时：前七个问题关涉第七章末尾所提到的重大概念；克利须那在此简单扼要地解答了这些问题，尽管《梵歌》在其他地方也对它们有详论。梵在文本多处皆被提及，构成人之本性者在第十七章有论[2]，对业的全面论述出现在第三、四两章[3]，元质在第七章、第十三章有论[4]，天地身相在第十一章有论，第十五章以不同的方式又有论及[5]。祭祀之原则在第三、第四、第九章有论[6]。凡此皆为重大之概念，在《梵歌》以及奥义诸书里都有广泛的检讨。在类似输多罗（Sutra，格言、短句）风格的简要答复之后，克利须那详细解答了第八个问题：克己自制者如何在临终之际证知克利须那？此后这个话题将成为本章的主旋律。前章从“第三层”的角度审视实相，本章又反转回去，探入“第二层”领域。不过，由于一种更为高超的视点已经被纳入，现在是“从上面”来审视为解脱而进行的奋斗。实际上，本章对这个主题的陈述是最殊胜的，因为它一方面强调受拘限灵魂被捆缚的根由，另一方面也讲到了求取解脱所需要的努力。

离弃肉体时记忆无上者使灵魂解脱超升

6. 人离开躯壳时，无论存思何种境界，贡蒂之子呀，他必到达那境界。7. 因此，阿周那呀，你该一面时时想着我，一面践履你作战的赋定职责。心念和活动专注于我，一切皆为我而作，毫无疑问，你会接近我。8. 观想身为至上人格神的我，念念在我，绝无旁骛，帕尔特呀，如此必能接近我。9. 人当如此观想无上者：他全知，最古老；他是真宰，至小而无内；他是万物之衣养者，不可思议，超越一切名言概念；他光辉如太阳，超绝一切黑暗。10. 临终之际，借瑜伽力将生命之气灌注于两眉之间，精神专注，全然奉爱，决定到达至上人格神。11．通韦陀诸经者，持诵唵（Om）者，以及进入舍离期的伟大圣者，能证入大梵。追求这种圆满，须奉行独身。我现在就向你开示这通向救度的法门。12．关闭所有感官之门，意念集中于心，将生命之气贯注于头顶，如此卓立于瑜伽之境。13．安住瑜伽之境，持诵神圣的梵音——无上之唵，如此离开躯壳时，想着至上人格神，决定往生至高无上的彼岸。14．谁心无旁骛，忆念我，便可轻而易举地得到我，帕尔特呀，因为他不断为我做奉爱服务。15．臻达我后，伟大的灵魂便永不会重返这充满烦恼的无常世界，因为他们已经获得了最高的圆满。

解读：

这里确立了一个基本的原则：临终之际的心智状态决定了人的来生。相应地，灵魂抛下被精微的精神元素笼罩的身体，这些精神元素构成了人的经验性人格。精神元素或说细身代表了人的意识状态，它们在人的一生中结晶形成，死亡时以一种浓缩的形式呈露。思想、信念、情绪构成的细身吸引了环绕着它的物质因素，并聚合成下一个粗身。如是人便在另一个新的身体里降生，其外形与他前世所培养成的内心世界相符。新的身体未必是人形，它或许更低级，比如一株植物或一头动物的身体，但也或许更高级，比如一个天神的身体。总之，无论是一个较高级的身体还是较低级的身体，这里所表明的原则是：新的身体是前世心识或觉知状态的自然结果(7)。其中隐含的逻辑在于，若阿周那的目标是超生脱死，那么他必须当离开身体之际忆念克利须那，由于这个时间是未知的，阿周那必须时时刻刻记住他。按照这个观点(8)，阿周那应该战斗，与此同时忆念克利须那；显然，忆念克利须那不仅可以通过瑜伽冥想做到，也可以通过积极执行他的命令，比如战斗，做到这一点。相应地，为克利须那而行动，或执行他的训令，变成了“行动瑜伽”

或“业瑜伽”；这类行为具有瑜伽的特性，此前已经有所讨论[9]；不过，此处所强调的重心在忆念克利须那，并以之为业瑜伽修炼的一个必不可少的成分。

观想无上者的主题提出之后，本节接着详细阐释该如何做到，以及如此观想的结果[10]。就这方面，一个概念被提出来：abhyasa，这是瑜伽学派的核心概念，用来描述反复不断的修习，它指忆念无上者所必须付出的努力。为了助成这种努力，跟无上者相关的各种形容词被罗列出来。如前所述，阿周那起初想离开战场，逃避作战，以此暗示他的意愿是成为瑜伽士，获得圆满。第六章已经对瑜伽进行了深度的讨论，本章又更进了一步。由于讨论聚焦在离开身体的状态，克利须那论述了这样做的可行方法：透过瑜伽修炼，掌控生命之气，持诵神圣的“唵”（Om）。然而，奉献者不必再另外修炼这些，对于他们，得到克利须那轻而易举。

现象世界与彼岸世界

16. 尘世间，从最高的星宿到最低的星宿，全是生死轮转不休的苦地。但谁若到达了我的居所，贡蒂之子呀！就永不再投生转世。17. 人世一千劫等于梵天的一日，也等于他一夜的长短。18. 梵天白昼之始，有情众生从冥冥中现世；到了梵天的黑夜，众生又复归冥冥。19. 白昼再来时，众生又活跃起来，帕尔特呀！当黑夜再次降临时，众生全无助地解体。如此反反复复，周而复始。20. 但还有另一未展示的自然，它永恒存在，超越冥冥。它至高无上，永存不坏，即使尘世尽皆坏灭。21. 那个被人们称为永存不坏的，那个名为至高彼岸的，那个到达后便永不退转的地方——就是我的无上之乡。

解读：

现在，克利须那拿物质世界跟灵性世界比较，显然是为了进一步让阿周那信服，抛下尘世，超入另一个世界，将是他的终极利益。首先呈现的是往世书式（Puranic）的基本宇宙观；据此，宇宙由各种天体构成，其中最高的星宿是属于梵天或创世者的。宇宙延续一依梵天之寿命。梵天降生，宇宙创化，百岁之后，梵天死去，宇宙解体。当梵天生时，宇宙有局部性的生灭循环，这相对于梵天的昼夜：梵天之夜降临，局部的毁灭出现；梵天之昼到来，局部的创造发生。一劫（Kalpa）包含四纪（yuga）的一个循环，总计 4 320 000 年，一千个劫，即 4 320 000 000 年，构成了梵天的一日。同样的时段构成他的一夜。当梵天之白昼，众生现世，在气性的控制下，受形造业；当梵天之夜晚，他们融入冥冥，其中气性不复活跃。如是，众生于彼白昼时无助地再续旧业，重新在生死轮回中拼斗挣扎，而在梵天之夜，他们又无助地堕入昏睡沉寂之境。众生的处境是不幸的，他们在这巨大的时间跨度里，永恒地跟自然苦苦拼斗。与这种存在状态相对，一种别样的理想的状态涌现了：活在无上者的灵性居所，这里对此只有简短的论述。显然，这种生存状态代表了应该追求的至高彼岸，根据我们的范式，它指向“第三层”的圆满之境。

离开躯壳的时间

22~23．婆罗多之华胄呀！我现在告诉你，瑜伽士何时离开这个世界，还要返回；何时离开这个世界，不复回返。24．在月盈的十四天，在太阳运行于北方的六个月内的白昼吉时，在光明中，在火神的影响之下，证知至上梵的人离开这个世界，便能臻达至上梵。25．通玄者在下弦月的十四天，在太阳运行于南方的六个月内，在黑夜有烟的时候，离开这个世界，便升转月球，但还要再回来。26．根据韦陀经的看法，离开尘世的途径有二：一在白昼，一在黑夜。在白昼离开，不用回来；在黑夜离开，还须复返。27．帕尔特呀！认识这两条升天之路的瑜伽士永不起惑。

因此，你须稳住于瑜伽。28．知道这些的瑜伽士，超越从读经、苦修、祭祀、布施而来的果报，升登太初至上之境。

解读：

本章于末尾揭示了离开尘世的两条途径，解脱之道明显受到推崇(11)。本章最后一个词adi，意指“太初至上之境”，暗示灵魂当初离开本来、天然的至上之乡，沦落尘世。

按：

《白虎通·天地》篇对天、地有一段分说，风格也是格言式的，其言曰：

> 天者，何也？天之为言镇也，居高理下，为人镇也。地者，元气之所生，万物之祖也。地者，易也，万物怀任，交易变化。

梵语 Adhidaiva，意指“涵摄一切神明如日、月之神在内的宇宙大我”，颇近于《白虎通》“居高理下”之“天”。Adhibhuta，即所谓“聚成造化的元质变化无常”，跟《白虎通》里作为“万物之祖”“交易变化”的“地”是可以互通的概念。任通妊，有孕育的意思，“万物怀任”意谓“使万物得以在其中孕育”。

《礼记》云：“礼本于太一”，“太一”是“礼”背后的根基，其概念近于本节所阐释的“祭主”。跟“天”相比，“祭主”显然更具至高神的意味，比较接近《诗经》所说的“上帝”，“上帝临汝，无贰而心”“上帝其飨”，这样的上帝，跟“居于一切有情心中的无上者”——祭主，应该是等价的。《鶡冠子》之《泰鸿》篇论及天、地、人与泰一：

> 泰一者，执大同之制，调泰鸿之气，正神明之位也。故九皇受傅，以索其然之所生。……泰皇问泰一曰："天地人者，三者孰急？"泰一曰："爱精养神内端者，所以希天。天也者，神明之所根也。醇化四时，陶埏无形，刻镂未萌，离文将然者也。地者，承天之演，备载以宁者也。吾将告汝神明之极，天地人事三者复一也。"

泰一"正神明之位"，又知九皇之所资生，显然具有祭主的身位。地从承天载物一面讲，近于 prakrti 或自性、元质的概念。天为造化之所资始，又为"神明之所根"，尤契合 Adidaiva 所内涵之意蕴。天地人事皆为泰一所摄，又复归于泰一，故泰一为神明之极，而礼之归趣正在复归于太一。

注释：

（1）《梵歌》7.30

（2）《梵歌》17.3

（3）《梵歌》3.21~24，3.35，4.16~18

（4）《梵歌》7.4，13.5~6

（5）《梵歌》11.9~12，15.1~2

（6）《梵歌》3.9，4.12，9.15~16

（7）亦见于《梵歌》15.7~11。

（8）《梵歌》8.7

（9）如第三章所论。

(10) 《梵歌》8.8~10

(11) 这两条路径在《大森林书》6.2.1~16

和《唱赞奥义书》5.3.1~5.10.8 中有叙述。

第九章

对无上者之洞见
（第二部分）

介绍最玄秘的知识

1．至尊主说：亲爱的阿周那，因为你从不嫉妒我，我要传授你这门最玄秘的知识，你知道后，将远离世间一切凶厄。2. 此乃王者之学、皇华之秘，至为清净，能被直下认取。它契合正法，不朽永在，实践时喜乐盈人。3. 克敌者啊，对此大法没有信心的人，不但不能够接近我，而且要重返生死流转之途。

解读：

在第八章向“第二层”稍作下探之后，现在讨论又回到了“第三层”。克利须那上来先赞扬阿周那，说他没有嫉妒之心，正是凭借这个资格，使他能够获得将要被传授的知识。透过现量（Pratyaksa）或直接的体验，此学能被直下认取。此种现量乃是对神性的直接体验或洞见，故而它也可以用另外一个术语 darshana（见）来表达。此学契合正法（Dharma），因为它推进了对种姓 – 行期法（Varnashrama）语境下的职分的践履。不过，此处法也在一种符合“第三层”的不同的语境里被提出来，就此而言，它指向奉爱之道或巴克提（Bhakti）。本章的结构与第七章的结构之间存在着显著的相似性；这两章都以一小节对知识的颂赞开篇，第二节都是对无所不在的神性本体及其与现象界之微妙关系的论述；第三节都区分了奉献者和非奉献者，并对奉献者的本性加以阐发；第四节都强调了克利须那的平等心。从这一层的观点来看，世上既有不怀嫉妒、一心侍奉无上者的人，也有毫无信仰、多疑猜忌、玩世不恭，注定沉沦生死苦海的人。此层另一个值得注意的特征表现在：人的身份是根据他或她跟无上者的关系而被建构的。这不同于“第一层”，在那里身份是根据对法的持守而被建构和定义的；也不同于“第二层”，在那里身份是根据克己自制和舍离而被建构出来的。与无上者的关系使人卓立于“第三层”，不嫉妒无上者的人，对他有信心的人，为他奉献的人，向他靠近，远离一切凶厄，最终获得解脱。自然，对立面同样是真实的。

无上者既内在又超越

4．我以无形之身，充塞于天地之间。众生皆在我里面，我却不在他们里面。5．然而一切受造之物又不住我之中。看哪，这就是我的玄通大用！虽然我是一切有情的养育者，虽然我无所不在，我却在天地之外，因为我是天地之根。6．要知道，就像强风处处吹遍，却仍在天穹之内，一切受造之物皆住我之中。7．贡蒂之子呀！当劫终之际，天地万物皆消融入我的自性；当下一劫波开始，我又以自己的力量再造天地。8．天地大道从我流衍。在我的意志之下，天地不断自行复生；也是在我的意志之下，天地最后又归于崩坏。9．檀南遮耶呀！所有这一切作为不能束缚我。我冲虚自处，绝不会对此有所执着。10．贡蒂之子啊！物质自性在我的意志之下运化，创生动不动一切存有。天地顺乎自然之道，往复生灭以致无穷。

解读：

无上者既内在又超越；因为内在，他近在咫尺；他以无形之身周流遍在，透过他所监控的物质自性的力量，他不但摄持，而且操纵一切有情众生。天地被收摄在他之内，犹如风被收纳于天空，但与此同时，一切受造之物并未直接息止于他之上，而是无可奈何地受到自然的操控。无论如何，他保有显豁而独立的存在；仅仅卓立于他的本性之上，对一切阴阳气性（guna）之下的作为超脱而无所执著，他无法接近，以其幻力隐身于世界背后。如此看来，尘世直接受物质自性宰治，间接地受无上者掌控。这些重要的神学论述指出了神性本体丰富而微妙的内涵。在这节里，不复再有理性的辩难，透过直接的体认，克利须那似乎向阿周那呈现了一种洞见或 darshana，看起来，第七章和第九章对于阿周那接受克利须那的开示起了决定性的作用。阿周那不再争辩或询问，相反，他似乎被呈现在他眼前的神圣洞见的伟力迷住了，他仔细谛听克利须那的话语，深深地沉浸在他所听到的话里面。他对这个启示性经验的反应将在第十章开头继续下去。

魔与伟大灵魂

11．我以人形降临世上时，愚人对我冷嘲热讽。他们不晓得我作为万物宗主的超上自性。12．如此受到迷惑的人便为邪恶的和无神论的观点所吸引。他们受了蒙蔽，所有追求解脱、觉明以及果报的活动，尽皆落空。13．但伟大灵魂（Mahatma）不受蒙蔽，在神圣自性的福佑之下。他们晓道，我是首出的、无有穷尽的至上人格神，所以彻底投入奉爱服务。14．这些伟大灵魂时时赞颂我，向我顶礼，而且精勤贞固，永远以奉爱精神崇拜我。15．其他人则以致知穷理为献祭，视我为无贰之一、分殊之多，如是崇拜我的天地身相。16．我就是仪式，我就是献祭，我是祭祖的供品、治病的药草，我是超然的唱赞，我就是酥油[1]、火，我也是供奉。17．我是天地之父、之母、乾元、始祖。我是知识的对象、净化物和神圣的梵音“唵”。我也是《梨俱》《三曼》《夜柔》。18．我为究竟、养育者、主人、见证者、居所、庇所、最亲密的朋友。我是创造，也是毁灭，我是天地万物的根基，我是息止之地，是永恒的种子。19．阿周那呀！我散发热量、遣送雨水。我即是不朽，也化身为死亡。灵与物，两者皆在我之中。20．那些研习韦陀诸经，喝饮娑摩汁，求生天堂的人[2]，是在间接地崇拜我。涤除罪恶报应之后，他们便会转生于因陀罗所在的天界，享受神仙般的快乐。21．他们享受过天堂之乐后，耗尽了前世积累的福报，就会重返人间。所以，透过持守韦陀三明的原则，寻求感官享乐的人，所得到的无非是生死流转。22．常以专一的奉献精神崇拜我，观想我的超然形体，对于这样的人，无者我赐予，有者我保全。23．贡蒂之子呀！以虔信祭祀其他神祇，其实是侍奉我。然而，这是以错误的方式在崇拜。24．我是一切献祭的唯一歆享者、主人。若未能如理证知我，必退堕无疑。25．崇拜天神，便投生为天神；崇拜鬼魂和精灵，便投生为鬼魂或精灵；崇拜祖先，便到祖先处去；崇拜我，便来到我身边。

解读：

深深的奉爱之情在此被表露无余，这些都是“第三层”的表征。与此相应，那些蔑弃克利须那之神性的人心存魔性，故其救赎的希望尽皆落空。反之，那些为无上者而奉献的人，怀着巨大的爱心崇拜他，以各种方式洞见他无所不在，而且，他们赢得了跟他之间的亲密关系，以至于他要赐予他们所没有的，保全他们所已有的。显然，他们在死后将来到他的面前，在他的国里获得解脱。克利须那批评了旨在满足尘世欲望的韦陀祭祀，相对于挣脱生死轮回，它们只是带来转瞬即逝的业果。因为它们只不过缘生天堂之乐，这类祭祀的举践者在天堂之乐终结后，还要复返生灭无常的尘世。本节具有明显的奥义书风格，它对祭祀的成分进行了一种抽象化的表述[3]，此外，它还重点突出了有关祭祀的知识。不过，在这里，无上者本人就是仪式、献祭、供奉、咒语、酥油、祭火和供品，他还是韦陀三明以及神圣的梵音“唵”。谁若有此洞见，不但是直接地，而且透过韦陀祭祀之举践在崇拜无上者。反之，那些仅仅视韦陀祭祀为满足欲念的工具的人，只是间接地在侍奉无上者，缺乏圆满而真实的理解。因此，他们无法亲近他，也无法得到解脱，所赢得的无非是诸神的天堂。即便后者也只局限在有限的时间里，因为一旦祭祀之业果耗尽，举祭者还得复返人间。本节还以神学的观点表述了奥义书所提到的祖灵道和天神道；按照本节的说法，持循韦陀之法（Dharma）的人享受天堂，其后复返人间，而那些崇拜无上者的人来到他身边，不再回转。然而，根据奥义书的观点，返抵祖灵者回来再度投生，而臻达诸神者继续升进，超入大梵，涅槃解脱[4]。本节的奥义书风格还表现在对韦陀祭祀的批判，其可疑的性质在此被以一种新的眼光受到审视：问题不在于对祭祀之果的贪执，而在于背后的理解；当人以正确的理解祭祀，即了知祭仪无异于克利须那本人，便获得了对他的爱敬心。然而，当人认为韦陀祭祀有别于克利须那，便只能获得短暂易逝的天堂之乐。

纯粹奉献

26．以爱和奉献，不管向我供奉一片叶、一朵花、一个果，还是一杯水，我都接受。27．贡蒂之子呀！你所做的一切，你所吃的一切，你所供养的一切，你所布施的一切，以及你所行的一切苦行，该全奉献给我。28．如是，你便能摆脱业力之缠缚及其吉凶业果。于此舍离之道中，将心念凝注于我，你必得解脱，必到达我。29. 谁我也不妒忌；谁我也不偏袒。对一切，我都平等看待。但谁若满怀爱心为我服务，便是我的朋友，我也是他的朋友。30. 即使人造下了最大的恶业，只要一心为我奉献，也可算圣洁，因为他做了正确的选择。31. 他很快变得正直，获得持久的安宁。贡蒂之子呀！你要勇敢地宣布，我的奉献者永不颓败。32. 帕尔特呀！即使出身低贱的人，妇女也好，毗舍也好、首陀罗也好，只要托庇于我，皆能抵达至高无上的彼岸。33. 正直的婆罗门、奉献者、圣王们就更是如此。因此，既已来到这痛苦无常的世界，就献身为我服务吧！ 34. 心念时刻想着我，成为我的奉献者，侍奉我、顶拜我，全然凝注于我，那么，你必到达我。

解读：

本章无疑是整部《梵歌》诸多顶峰中的一座，它呈现了向所有人开放的、作为建立人神关系的直接手段的、指向无上者的巴克提（Bhakti）或奉献。在这里，知识或智能、繁复的祭祀、峻烈的瑜伽苦修都已不是必须，相反，跟无上者建立人格性关系所需要的只是一颗纯净的心。克利须那首先宣称，他接受一个心灵纯净、满怀奉爱的人所献上的供品，即使简单到只是一片叶、一朵花、一个果，或者一杯水。然后。他要求阿周那，践行一切世间活动，把它们视为对他的服务，他保证，所有业的枷锁，无论善恶，皆会随之崩解。接着，克利须那保证，他平等对待一切有情，但与此同时，他又突显了他跟那些献身于他的奉献者之间所保有的亲密关系。奉献的力量极为强大，甚至造恶者也能被转化为正义之士，并由此安立于正法之途。跟业行[(5)]、穷理之道不同，巴克提道向所有人开放，包括妇女、毗舍、首陀罗。跟需要智识能力的智瑜伽之道、需要苦行的禅瑜伽之道、需要仪礼之精纯的业瑜伽之道相比，巴克提道或许看似比较容易；相对于其他三条路径，巴克提所需要的似乎不过是一颗纯净的心，以及对无上者的真挚情感。然而，从某种意义上来说，巴克提道其实更难，因为智识能力，以及实践苦行或祭祀的能力可能会遮盖或掩饰各种各样对无上者的负面情绪，故此，嫉妒、嗔怒、宗教实用主义等会比修炼其他法门更快显露，如是，若不透过心灵的转化放弃这些东西，就很难向前推进，这绝对不是能容易办到的，需要跟意识和心灵的深层进行深刻而真实的对话。

恶[(6)]的问题，尽管做了种种尝试，但一直还没有得到令人满意的答案，现在终于有了最终、最圆满的回答。为无上者奉献使人摆脱一切业报，无论善的还是恶的[(7)]。这是因为，奉献者是在为无上者服务的心态中践行一切活动，作为回报，无上者成了奉献者的主人，为他的仆人的行为承担起责任；自然地，后者免除了所有责任或业报，无论是善的还是恶的。如是，巴克提之修持涵括业报的消除，这不但净化了修行者，而且使他安立于正法之途。或许有人会问：无上者是否会受到从他的奉献者那里所担下的业报的影响？已经给出的回答是：无上者不受业的染垢或捆缚，当然不为业报所影响[(8)]。至于这里所描述的崇拜的性质，似乎并不是指仪礼式的神庙崇拜，而是一种透过阿周那所做的一切表现出来的“实践式崇拜”；因而，战斗也可以被认为是以奉爱之心献给无上者的服务。奉献在两个层次上表现出来：第一个层次[(9)]指根据自身的禀性行动，并把业果献给无上者；第二个较高的层次在本章的结尾[(10)]有论述，里面描写了一种完全凝注于无上者的境界，它是自发的流露，不依赖人的禀性，代表了整部《梵歌》诸多顶峰中的一座。此颂至关紧要，以致《梵歌》在收尾部分几乎逐字逐句地再次加以引述[(11)]。本节所表述的巴克提，使人不但能把实际工作，而且能把全部生命奉献给克利须那，这为《薄伽梵歌》的普及和广泛流传提供了具体化的理由。此外，每个人都受到邀请来修习巴克提，甚至包括那些出身低贱的人。克利须那宣布，他的奉献者永无颓败，这也许暗示了，阿周那，作为他的奉献者，将赢得战争。最后，克利须那请求阿周那，彻底为他奉献，并且承诺，他终究将臻达他。

按：

梵，Brahman，字根为brmh，意为“长育”“生长”。《韦檀多经》第二偈对梵的定义是：Janmady asya yathan，意即“一切由此流生”。梵者，至大无外，至小无内，是涵盖了天地人的整体大全，一切物质和精神现象之本质皆为梵。《易传》云“生生之谓易”“易与天地准，故能弥纶天地之道”，可知梵理实通于易理。

按照毗湿努派（Vaishnava）师承世系的阐释，绝对本体或大梵是一，但却示现为三层体相，《薄伽梵往世书》（1.2.11）指出：

> 学识渊深的通玄者已证知绝对真理，称此非二元性本体为梵、超灵、薄伽梵。

梵、超灵、薄伽梵三位一体，根据修炼者或认知者所采用的修炼程序、体证方法以及相应的觉性层面，乃有不同体相的呈露。对沉浸于玄思的数论哲人（Jnanani）来说，存在显现为弥纶天地，消除一切分别对待的，具有同一性、普遍性特征的非人格梵；对苦修瑜伽八支的玄秘瑜伽士而言，大梵发露为内在于宇宙、人心乃至万物的独一超灵、宇宙大我；对于彻悟本来真性（Svarupa）的巴克提瑜伽士（Bhakta），至上梵透显出纯粹的超越性、人格性、美与爱，此即薄伽梵。

第七、八、九三章阐述天人义理，最后皆以“我”即薄伽梵涵摄梵、超灵，以向“我”归命奉献即巴克提瑜伽分别涵摄智瑜伽、禅瑜伽和业瑜伽，《梵歌》宗旨于此已是昭然若揭。

牟宗三先生认为“仁”具有两大特质：一是觉，即心灵的感通力；二是健，即健行不息。

“仁以感通为性，以润物为用，以生为体”，感通是生命觉知力的层层扩大，扩大的过程没有止境，必以与宇宙万物为一体，乃至“格于神明”“知天事天”为终极。润物是在感通的过程中付出爱和温暖，并且引发对方的爱和感动。“仁”是真实的生命，是遥契天道的内在的根，实为天命、天道的一个印证（Verification）。如果挂空地讲，没有内在的根，天道只有高高在上，永远不可亲切近人。

巴克提所依赖的也不过是一颗纯净的心，以及对无上者的真挚情感，它是表现为真常（sac）、觉明（cit）、妙乐（ananda）之灵魂本来真性（Svarupa）的自发流露，无始无终，永无止息，所谓“至诚无息”“肫肫其仁，渊渊其渊，浩浩其天”者即是。《中庸》云：

> 故至诚无息。不息则久，久则征，征则悠远，悠远则博厚，博厚则高明。博厚，所以载物也；高明，所以覆物也；悠久，所以成物也。博厚配地，高明配天，悠久无疆。

悠久是从真常、健行或生生不息一面说，高明是从觉明、智或感通的一面说，而博厚则是仁爱、润物的表现，由仁爱的滋润感动激发了天地妙乐。此灵魂之本来真性即为梵性，也是无上大梵或薄伽梵的本性，故觉悟本来真性乃可上达感通大梵，也就是庄子所说的“醇天地、配神明。”此本来真性即天命流行之体，即至诚无息之诚体，孟子形容此本体曰：“源泉混混，不舍昼夜，盈科而后进，放乎四海。有本者如是……”；《诗经·周颂·维天之命》云：“维天之命，於穆不已。於乎不显，文王之德之纯。”文王的德性精纯不杂，文王的生命力永恒不息，可以与无限深邃奥妙的天命相匹配相感通。

在纯净无染、奉爱不已的巴克提面前，至高本体不再透显为平等一味、玄妙高远的梵或超灵，而是现身为具有人格性的薄伽梵，变得“亲切近人”了。从这个角度来看，儒家之仁心所遥契的天道，也蕴含了人格性的一面，而儒家所行的仁道，乃是一种对无上者的“实践式崇拜”。梁漱溟先生对孔子之圣心与孔子之圣行似乎有极深的体会，他说：

> 上达只在下学之中，离开下学没有上达。孔子当时恒下学处指教人，从不说向高深幽渺而待其人自己慢慢悟入。对门人至多点出一句“吾道一以贯之”而止，而且苟非其人，非其时，就全然不说。门人遂有“子罕言利与命与仁”和“夫子之言性与天道不可得闻”的记载。但孔子本人生活殆造于“天人合一”之境，息息默默通于天命流行之体（自云“五十而知天命”），遇有横逆之来或疾病在身，恒有其自知自信者在，如曰“天之未丧斯文也，匡人其如予何”！如答子路请祷，则曰“丘之祷也久矣”！盖终日乾乾惕厉，不隔于天地，何时其非祷耶？后此中土只见周孔教化流行而一般宗教更莫得而盛者，或有其渊源远在周孔之前，而孔子以来的儒家之学如此，要为其影响最大的关键焉。（梁漱溟《人心与人生》之《东西学术分途》）

所谓“上达只在下学之中，离开下学没有上达”“一以贯之”，似乎就是“实践式崇拜”的表现。所谓“息息默默通于天命流行之体”，即是仁心的自发流露。夫子“罕言利与命与仁”，夫子之“言性与天道不可得闻”，似乎体现了“仁”超越语言、思辨、功利的自发性和纯粹性。要之，从孔子对于天的态度，透露出他对天的敬畏、皈依、冥思、专注，这些方面，跟巴克提的境界极为近似。并且，孔子与天的关系是特殊的、密切的，因而必然是涵摄了人格性的。

孔子自称上承尧、舜、禹、汤、文、武、周公之道，其道则备载于诗书。根据近来考古学、文字学方面的成就，学者已确认《尚书》为西周的作品。从《尚书》的义理脉络来看，华夏道术确实具有强烈的“巴克提”气息，例如《尧典》谓尧“钦明文思安安，允恭克让，光被四表，格于上下，克明俊德，以亲九族”，分明就是“与天地万物为一”的圣人境界；《皋陶谟》禹曰：“徯志以昭受上帝，天其申命用休”，体现出强烈的受命于天的皈依精神。

不过，儒家之“仁”毕竟过于偏重在具体生活中作顺成的表现，故和合圆融有余，而少精纯超越，故此，“仁”所遥契的对象——天和上帝，也没有充分表现出属于薄伽梵层面的纯粹的超越性、人格性、爱与美，而是更多地在梵、超灵的层面，呈露为天人合一的平等一味，或一阴一阳的大易之道。由于没有来自薄伽梵层面的摄持和净化，儒学在嬗变过程中，受佛学的影响，渐渐丧失了天人之分、灵肉之别，最终沦为俗不可耐的道德实用主义和狂妄自大的唯意志论。

注释：

（1）经提纯的黄油。

（2）这里所提到的对克利须那的崇拜似乎不是直接的；这点也跟第七章里与之平行的小节相对应，据那里说，崇拜诸神的人到达诸神。

（3）对祭祀的成分进行了抽象化的表述一个例子可以在《大森林奥义书》（1.1.1）找到，其中对祭祀之马做了宇宙论式的解释。

（4）《大森林奥义书》6.2.15~16，《唱赞奥义书》5.3.2

（5）指业瑜伽（Karma Yoga）。

（6）梵文 papa

（7）这个观点极其重要，故再次出现于尾声部，见《梵歌》18.66。

（8）《梵歌》4.14

（9）《梵歌》9.27，梵文 papa。

（10）《梵歌》9.34

（11）《梵歌》18.65

第十章

心灵的转化和神圣示现

克利须那显露他的神秘光辉

1. 至尊主说：臂力强大的阿周那呀，继续谛听。你是我亲密的朋友，为了你的益处，我现在进一步向你开示更殊胜的智慧。2. 诸神和仙圣，都不知道我的始源，因为，在每一方面，我都是他们的始源。3. 证知我无生、无始，乃天地之宗主——众人之中，唯有这等不受迷惑之人，才能脱离一切罪恶。4~5. 智慧、知识、无惑、无蔽、安忍、真实、制根、摄心、苦乐、生死、畏、无畏、不害、平等、知足、苦行、布施、荣辱——凡诸德性，皆由我造。6. 七圣，以及七圣之前的四灵、人祖摩奴，皆从我的心流生，而遍布天地间的一切有情，都是他们的后裔。7. 谁信服了我不可思议的光辉和权能，便会献身纯一的奉爱服务，这是无可置疑的。8. 我是灵与物的根源，一切皆从我流生。如是证知我的智者，全心全意崇拜我。9. 我的奉献者，思我想我，倾其毕生为我服务；他们谈论我，从互相启明中得到极大的满足和欢喜。10. 谁恒常以爱心事我、崇拜我，我便赐给他最高超的智慧，让他能来到我身边。11. 为向他们显示特殊的恩慈，我居于他们心中，以智慧之灯，驱散来自无知的黑暗。

解读：

无上者无法被经验性地认知，因为他是万物的根源。是故，要了解他，必须仰赖无上者本人。克利须那向阿周那解释，他如何能被认知。如是，他描述了各种存在的状态，以及远古的贤圣、繁衍宇宙间物种的诸摩奴，凡此种种无不流生于他。信受无上者为万物的根源，代表了一种觉悟的境界，自此，觉悟者一心一意为他奉献。此觉知之境并非独立的逻辑或学术推求的结果，相反，这类智慧来自对无上者的信靠和奉献。克利须那在看，他的奉献者在奉爱之情中有多么欢喜，他并且说，他本人，看到奉献者试图亲近他，会主动出手，透过赐予他们觉悟，摧毁无明。显然，无上者不会随便把有关他本人的知识授予所有人，相反，这是给予那些献身者的赐福。此外，赐予智慧是摧毁无明的手段，这显然是一个不会降于非奉献者之身的赐福。奉爱和智慧之间的密切关系似乎构成了《梵歌》认识论的核心议题之一。很可能，克利须那有关移去无明的话暗指阿周那所抱持的最后一丝怀疑。故此，这段讨论不仅只是理论性的，或许它正好把阿周那引领至放下一切问难的皈依之境；或许，对他来说，心灵转化的时刻已经到来了。

阿周那心灵的转化

12~13．阿周那说：你是至上梵、至高彼岸、能净者、绝对真理。你是永恒、超绝的原人；你无生、至高无上。所有伟大的圣者，如那罗陀、阿悉多、提婆罗及毗耶娑，皆如是说，现在，你又亲自向我开示。14．克利须那呀！你对我开示的一切，我皆奉为真理。主啊！无论是神还是魔，全不理解你的显现。15．实际上，只有你本人，透过你自己，才知晓你自己。无上原人啊！你是天地之根、众生宗主、诸神之神、万物真宰！

解读:

阿周那经历了一场对话或心灵的转变;故此,他宣称,他毫无保留地接受克利须那所说的一切为真理,并且相信他的神圣性。作为宣言的一部分,阿周那说,不但克利须那用这种方式挑明了他的神圣性,而且权威人物比如那罗陀、阿悉多、提婆罗及毗耶娑,也如是宣说,这句话传递了格外的分量。这似乎就是阿周那正在经历的这场对话的核心;一个接一个提出的众多问难,目的是导向克利须那之神圣性的呈现。阿周那到了这个阶段,凭着专定在“第三层”的觉性,他接纳了这种呈现,信其为真实,并最终放弃了所有的驳难。从更宽泛的角度来看,阿周那此前似乎对克利须那的观点和说教持有诸多疑异,因此无法完全信受他的神圣性。然而,渐渐地,透过一步一步地攀登内心阶梯,阿周那接受了克利须那的神圣性,并渐渐摒弃狎熟不恭之心,以利于培养爱敬。看来,朋友已经变成了弟子,而弟子又变成了目标专一的奉献者。看来,奉献的体验以及继之而来的对克利须那神圣性的信受,具有不可分说的特征,故此阿周那放弃辩难性的方法,让自己沉浸于欢喜满足的境界,以及对神圣意象的冥思。而克利须那,就他这方面来说,在给予阿周那神秘启示的同时,并没有改变他对战事的基本观点;他依然要求阿周那作战,似乎只要阿周那接受了这一点,就会去做任何他所要他做的事情。

世间的神圣示现

16. 请详尽阐述你的玄通,凭着它,你弥漫于天地之间。17. 如何认识你?如何思念你?至高无上的通玄者呀!该以何种身相冥思你?18. 瞻纳陀那呀!请再细说你的玄通大用。听你说话,我永不厌足,我听得越多,就越想品味你言语的甘露。19. 至上人格神说:好的,我将告诉你，我辉煌的神迹，但只提显著的，因为，阿周那呀，我的美富无有穷竭。20．古达开士啊！我是胜我，居于一切有情心中。我是众生之始、之中、之末。21．在阿底提诸子中，我是毗湿努；在雷电神诸摩鲁陀中，我是摩利支；在众曜中，我是光芒四射的太阳；在诸宿中，我是月亮。22．在韦陀诸经中，我是《三曼韦陀》；在诸神中，我是因陀罗；在感官中，我是心；在生命中，我是知觉。23．在诸楼多罗中，我是湿婆；在诸夜叉、罗刹中，我是财神（俱维罗）；在众婆薮中，我是火神（阿耆尼）；在群山中，我是迷卢。24．阿周那呀！在祭司之中，我是天师蒲厉贺斯钵底；在将领之中，我是战神塞健陀；在水体之中，我是海洋。25．在圣贤中，我是布黎古；在音流中，我是超然之“唵”；在献祭中，我是持名（japa，迦帕）；在不动者中，我是喜马拉雅山。26．在树木中，我是神圣的菩提树；在诸天贤圣中，我是那罗陀。在乾达婆中，我是吉多罗阿陀；在众悉檀中，我是伽皮罗牟尼。27．马族之中，我是乌蝉舒华，出现于为求甘露而搅拌乳海的过程中；在尊贵的大象中，我是蔼罗筏陀；人类之中，我为君王。28．武器中我是霹雳；乳牛中我是妙如意；生殖者中我是爱神堪陀般；蛇王之中我是洼苏吉。29．天龙中我为阿难陀；水神中我为婆楼拏；已逝先人中我为阿利摩；执法者中我为死神阎罗王。30．在底提耶魔族中，我是虔诚的巴腊陀；在征服者中，我是时间；在百兽中，我是狮子；在飞禽中，我是大鹏伽鲁达。31．能净者当中，我是风；身负武器者当中，我是罗摩。鱼中我为鲨；河流中我为亘伽。32．阿周那呀！在一切造化之中，我是开始、结尾，也是中间；在一切知识中，我是关于自我的学问；在逻辑辩难中，我是最后的结论。33．在字母中，我是字母之首“呃”；我是离合释中的相违释；我是无穷无尽的时间、是创造者中的四面梵天。34．我是吞没一切的死亡；我是创造一切将生之乾道。坤德当中，我表现为名声、吉祥、辩才、记忆、智慧、贞定、安忍。35. 在颂歌中，我是为天帝而唱的蒲历赫三摩；在诗律中，我是婆罗门每天吟诵的伽耶特黎；在月份中，我是一年中的正月；在季节中，我是百花盛开的春天。36. 我是骗术中的赌博；我是辉煌者中的辉煌；我是胜利；我是冒险；我是强者的力量。37. 在毗湿尼的后裔当中，我是华胥天人；在般度诸子当中，我是阿周那；在圣者中，我是毗耶娑；在伟大的思想家中，我是乌商那。38. 在刑具中，我是法杖；在追求成功者中，我是道德；在秘密中，我是玄默；在智者中，我是智慧。39. 还有啊，阿周那，我是孕育万物的种子。任何造物，无论动、不动，没有我，皆不能存在。40. 克敌者呀！我神圣的表象无穷无尽。我所说的，不过是我无量权能的一点点提示。41. 你要知道，一切尊贵、华妙、伟大的创造，全来自我辉煌的一闪。42. 阿周那呀！你又何须逐一认识这一切呢？我的一小部分既足以弥漫、摄持整个宇宙。

解读：

克利须那描述了他在世间的种种示现，以答复阿周那的请求。这是《梵歌》所给予的额外启示，作为所有现象之精华和极致之典型的内在神圣性的启示。最终，克利须那断言，这些细节微不足道，只是凭着他一小部分的力量，他就摄持了整个宇宙。

按：

对上帝的觉证不能离开个体心性的自觉和超升，杜维明先生认为：

> 上帝不是完全超越而外在的实体，不是人的理性所不能理解的至高无上的全能，仿佛只有通过对他无限信仰和祈求才能得到福赐。上帝很可能存在于我

们内心深处，作为我之成为我的最根本、也最自然的终极基础。而这个精神实体必须通过我个人的自觉和反省，通过人与人之间互助互爱所表现的共同德性，也就是全体人类的自觉和反省，才能充分体现出来。这种上帝的新观念不是超越而外在的，它恰恰是超越而内在的。（《儒学第三期发展的前景问题》）

从《梵歌》的角度来看，这种上帝观并不新，它只是对古老东方传统的回归。

无上者之所以不可言说，就在于他是整体大全（complete wholeness），是综摄本体与现象的存在本身，而名言所指称的对象只能是局部的、特殊的存在物或表象。但若能得意于名言之外，见道于日用之间，那又何妨“以卮言为曼衍，以重言为真，以寓言为广”呢？本节列述种种神圣示现，用意亦不外此。

《庄子·知北游》也有一段论述道无所不在的奇特文字：

东郭子问于庄子曰：“所谓道，恶乎在？”庄子曰：“无所不在。”东郭子曰：“期而后可。”庄子曰：“在蝼蚁。”曰：“何其下邪？”曰：“在稊稗。”曰：“何其愈下邪？”曰：“在瓦甓。”曰：“何其愈甚邪？”曰：“在屎溺。”东郭子不应。

道在屎溺，固然玄妙，但跟本节所述的种种神圣示现相比，明显多了些玩世不恭，少了些庄严华美。或许，这就是神性与自然的区别罢，然而，人性岂不是在神性中才得以呈现其深度和高度？秦汉以后的中国文化只把“道”看作宇宙、生命的本体，却有意无意地忽略了这个绝对本体的客观性、人格性一面，因此天道性命万物皆通而为一，本体的超越性、独立性被作用、现象埋没了，按《梵歌》的分判法，似乎应在平等一味的梵觉层面。追溯其源，是老庄一派凭空以有、无来设定体用，造成本体从人格主神（上帝）、超灵（太一）向非人格梵的滑落，开了华夏文化的一大变局。

熊十力先生持大易生生之理，以本体与作用分裂批判佛道，其《新唯识论》有言曰：

> 凡物刹那灭，佛氏和吾儒《大易》都见此理，老、庄皆达《易》旨。然余独宗《易》，究与二氏殊趣。夫刹那刹那灭，实即刹那刹那舍故生新，儒者以此明人道与群治，当体现天行之健，常去故取新，自强而不息也。佛氏以刹那灭即是无常，而作空观，卒流于反人生，老、庄虽见到刹那生灭，而卒归于本自然，遂至守静任化，而废人能。老、庄皆无裁成天地、辅相万物之功，是不悟《大易》圣人成能之旨。

依熊氏的看法，缘起性空，则世界、人生为虚幻；大易生生，方显天行之健。圣人成能，实有赖于乾坤之设位、天人之分定，如此才能生发敬爱之心为其裁成辅相之根本动力。惜熊氏于根柢处未出佛氏牢笼，又归《大易》生生之本体于一心，只见天人之合一，而不见天人之分际，终究未能回归“天地之纯”与“古人之大体”。

第十一章

天启灵象

阿周那的请求

1. 阿周那说：你如此仁慈，传授给我这门秘密的灵性知识。聆听了你的开示，我的迷惑已一扫而空。2. 眼若莲花的人啊！我已详尽地听闻了，你关于有情生灭的开示，并且体悟到你无穷无尽的荣光。3. 无上原人啊！无上之身！虽然我在此看到了处于真实地位中的你，就如同你自己所启示的一样，我仍想看到你怎样透入天地万物。我想一睹你的天地身相。4. 我主，一切玄通之主啊！如果你认为我可以一睹你的天地身相，那么，请你慈悲，向我显示你那无穷无尽的宇宙大身吧。5. 至上人格神说：帕尔特呀！现在，看我的威德吧——成千上万的形体，种类殊异，缤纷神圣。6. 婆罗多之华胄呀！看这里的总总示现：阿底提诸子，诸婆苏、诸楼多罗、诸摩鲁陀、双阿室毗尼以及无数其他的天神。看哪！这许许多多的奇观，谁都未曾看过、也未曾听过。7. 古达开士啊，在此身之中，你想要看到什么，当下即可得见。天地身相能向你示现，你于现在、将来所想看的一切。动、不动者皆在此圆融为一。8. 但你无法用你现在的眼睛看到我。我给你一对灵目，让你能看到我的玄通大用。

解读：

阿周那现在已经信受克利须那的神圣性，并且对此做出明确的宣说[1]；此后，他听说了克利须那在世间的种种示现。阿周那自然很好奇，想要体验克利须那之神圣性的更为具象化的呈现，或说是一种类似古典式显灵的更为直接的示像。然而，他也恰当地表达出一点担心，他问道，他是否能够承受这类显像，而不致于心智失衡。阿周那颇为正式地称呼克利须那为“我主”，也预示了将要到来的事件，因为面对克利须那之神圣显像，阿周那将无法维持迄今为止一直保有的友谊关系，甚至师徒关系。克利须那打算满足阿周那的请求，为此，他赐予他一对灵目，使他能看见整个宇宙，以及所有在他身体之内的种种神圣显像，而他依然还在阿周那的身边。

天启

9．桑遮耶说：王啊！[2]说完这番话，一切玄通之主、至上人格神赫黎，向阿周那示现其天地身相。10~11．在那天地身相里面，阿周那得见无数张嘴，无数双眼，无数奇景。这形体佩戴着许多天神的饰物，高举着许多神圣的武器。他披挂天鬘，身着天裳，复有天香，遍涂其身。凡此诸象，无不奇妙辉煌、无量遍周。12．若有千万个太阳同时在天空升起，其辉光或可比拟无上原人在那天地身相中散发的光芒。13．其时，阿周那能在主的天地身相中看到，宇宙的无限扩展，虽散殊而成千千万万，却汇聚为一。14．阿周那迷惑不解，大为惊奇，乃至身毛为竖。他叩首顶拜，双手合十，开始向至尊主祷告。15．我亲爱的主克利须那啊！我看到，在你的身体里，聚集着一切天神，以及其他各种族类的生命。我看到，梵天、湿婆和全体圣人、神蛇，皆坐于莲花之上。16．宇宙之主啊，天地身相！在你的身体里面，我看到无量数臂、腹、口、目，到处延展，无边无际。在你之中，我看不到终结、中间和起始。17. 你的身体，光辉四射，像熊熊大火，又像无边无际的日光，让人不易看清。不过，我还是在一切处，得见此光明身，顶冠戴冕，持杵转轮。18. 你是至高无上的本体，是宇宙的最后息止之地。你无穷无尽，你最古老。你是永恒宗教的护持者——至上人格神。19. 你无始，无中，无末。你的荣光无边无际。你有无数的手臂，日月是你的双眼。我看见熊熊大火从你口中喷出，你以自身的光焰，烧灼整个宇宙。20. 虽然你是一，却周流遍布于天空、星辰，以及天地间所有空间。伟大啊！看到这神妙可怖的大威德相，所有星系无不惊慌失措。21. 成群的天神皈依你，进入你之中。有的显得很恐惧，在合掌祈祷。成群的仙圣和悉檀，唱着韦陀赞歌向你祷告，高呼："和平万岁！"。22. 诸阿底提、诸婆薮、诸楼多罗、双阿室毗尼、诸摩鲁陀、萨帝耶、韦施威、祖先、乾达婆、夜叉、阿修罗及众悉檀等，都惊奇地看着你。23. 臂力强大的人啊！所有星宿上的天神，看到你巨大的身体，生着很多面、目、臂、股、腿和腹部，又长着很多可怕的牙齿，都惊慌失措，我也是如此。24. 遍入万有的毗湿努啊！看着你直刺天穹的熠熠光彩，看着你张开的大口和闪光的巨眼，我心惊胆战，再不能沉着冷静。25. 众神之神啊！世界的庇护所啊！请对我仁慈。看到你闪闪的死亡一般的面孔和可怕的牙齿，我无法保持平静。我在各方面都迷惘了。26~27. 狄多罗·史德罗诸子，连同跟他们联盟的国君、毗史摩、陀拏、喀尔那，还有我方将帅，尽遭毁灭。我看到他们纷纷涌进你可怕的巨口，头颅在你的齿牙间化为齑粉。28. 如江河之浪涌入大海，所有这些伟大武士都燃烧着涌进你的口中。29. 我看见所有的人正在全速冲进你的口中，好似飞蛾扑向炽烈的火焰，尽遭毁灭。30. 毗湿努啊！我看到，你的巨口喷焰吐火，吞没了所有的人。你以炽热、可怕的光芒，覆盖整个宇宙，显示自身的力量。31．众神之神啊！多么威猛的形体，请告诉我你是谁。我向你顶拜，请对我慈悲。你是首出之主。我想了解你，因为我不知道你的使命是什么。32．至上人格神说：我就是时间——世界最大的毁灭者，我到这里是要毁灭所有的人。除了你们（般度诸子）外，这里双方的士兵都将丧生。33．因此，起来，准备作战，去赢得光荣！征服你的敌人，去享受繁荣的王国吧。他们在我的安排下已被置于死地，而你，神射手呀！在战斗中是我的工具。34．陀拏、毗史摩、遮耶图罗陀、喀尔纳以及其他伟大的战士，早已被我消灭。因此，去杀死他们，不要慌乱。只管去战斗吧，你必在战斗中征服你的敌人。

解读：

一场巅峰状态的尊神显灵在此展开；它无疑是《薄伽梵歌》诸多高潮之一，也是世界宗教史上一个重大的天启事件。克利须那，阿周那的密友，如今又是他的上师（Guru），变身为巨大无比的宇宙尊神毗湿努；于是，两人之间朋友式的轻松对话变成了阿周那的惊叹和宣告。眼见神圣力量可敬、可怕的宏大展示，阿周那觉得很难保持镇静和坚定。在整个变现过程中，阿周那看见在场的大部分武士将被这天地之相杀灭。毗湿努宣告，他就是时间，前来摧毁一切；因为他的预言和计划是消灭绝大部分的武士，所以阿周那受到委命，成为他手中的工具，作战并赢得胜利。

阿周那的赞词

35．桑遮耶对狄多罗·史德罗说：听罢至上人格神这番开示，战栗中的阿周那双手合十，再三顶拜。他以颤抖的声音，诚惶诚恐地对薄伽梵克利须那说了下面的话。36．阿周那说：感官之主啊！听到你的名号，世界一片欢腾，人人都倾慕你。众悉檀向你祷告，而罗刹却害怕你，四处逃窜。这一切无不恰到好处。37．巨灵啊，你比梵天还要伟大！你是首出的创造者。他们怎能不敬拜你呢？啊，无限者，众神之神，天地之根！你是不可毁坏的始源，一切因缘之因，超越世间万象。38．你是首出的人格主神，你最古老，你是天地之根。你是能知，又是所知。你是至高无上的庇护所，凌驾于物质气性之上。无极之身啊！你弥满乾坤！39．你是空气，是至高无上的主宰！你是火，是水，是月亮！你是第一造物——梵天，你是始祖。因此，我要向你虔敬顶礼，千百次以至无数。40．从前，从后，从各方各面顶拜你！啊，无限的力量啊，你是无限力量的主人！你遍透一切，因此，你就是一切！41~42．从前，我不知道你的荣耀，只当你是我的朋友，冒昧地叫你："克利须那呀""雅达筏呀""我的朋友呀"。无论我在愚狂和友爱之中做了什么，都请你宽恕。我曾多次失敬于你，在我们休息时的玩笑中，在同床而卧，同坐同吃时，有时是单独相处，有时是在众多朋友面前。永无谬误的人啊！请宽恕我所有那些冒犯。43．你是天地万物、动与不动者之父。你是最值得崇拜的主，至高无上的明师。无人等同于你，也无人能与你合一。无量威力之主啊，三界之内怎会有人比你更伟大！44．你是至尊主，为一切有情所崇拜。因此我俯身敬拜你，乞求你的恩慈。就像父亲容忍儿子的不周，朋友容忍朋友的鲁莽，妻子容忍夫君的随便一样，请宽容我对你的冒犯。45．看到这从未见过的天地身相，我分外欢欣，但同时我的心意又因恐惧而凄惶纷乱，因此，请垂恩于我，再次示现你作为人格主神的妙相。众主之主！天地之根！46．天地身相、千手之主啊！我想看到你的四臂相，头戴冠冕，手持神杵、法轮、海螺和莲花。我渴望一睹你的那个形体。

解读：

现在，阿周那不仅满足了对克利须那之神圣性的好奇心，而且因为见到超自然力之神妙变现而欢欣鼓舞。与此同时，他陷入一种惶惑不安的情境，希望见到显灵之前的他所熟知的克利须那——作为具有人形的朋友。显然，显灵引起了双方关系从友谊向敬畏的变化。在友谊的背景下，阿周那和克利须那曾经不拘礼节地表达相互间的友情，但在显灵之后，朋友之情被取代了，在阿周那这一边，表现出惊诧、赞叹、畏惧、崇敬、臣服、恍然若失、惶惑以及几乎无法控制的心智煎熬。阿周那一次又一次地向至尊者顶拜，赞美他的伟大和权能；并且，他为先前不知克利须那究竟为何人，为自己对克利须那亲昵无礼的行为感到悔恨，他祈求宽恕。显然，阿周那和克利须那都喜欢不受拘束的友情交流，而不是庄严肃穆的敬畏之情，此外，后者多少已经溢出了《梵歌》相对平和、疏阔的主导情态。尤其是，面对尊神显灵，阿周那心中所唤起的情感并不是深情、爱和奉献，而是拉开彼此距离的敬畏。在这种情感状态下，阿周那心生悔恨，为以前不拘礼节对待克利须那而道歉，那种行为曾经是兄弟友情的表达。阿周那心愿得偿，但令人怀疑的是，他是否还会要求再经历一次显灵的体验。

结论：只有透过奉爱，才能洞见无上者的本来面目

47．薄伽梵克利须那说：我亲爱的阿周那，你很幸运，我以内在能力，在物质世界之内，向你示现了这至高无上的天地身相。在你之前，还从未有谁见过这无比辉煌的形体。48．俱卢武士之骁雄哟！在你之前，没有谁见过我的天地身相，因为无论是靠诵习《韦陀经》、举行献祭，还是靠布施、善行，或是峻刻的苦修，都无法在这个形体中见到我。49．看了我这可怕的形体，你已凄惶不宁，迷惑不安。现在让它结束吧。我的奉献者呀，再次抛开所有烦扰吧。你现在可以安心看你想看的形体。50．桑遮耶对狄多罗·史德罗说：至上人格神克利须那这样对阿周那说罢，便示现出四

臂身相，之后又示现其本来的两臂身相，以抚慰惊恐失色的阿周那。51．看到克利须那的本来身相，阿周那说道：瞻纳陀那呀！看到你如此妙美的人形，现在我的心意已舒缓，情绪也恢复过来。52．至上人格神说：我亲爱的阿周那，你现在所见之身相，稀有难见，甚至天神也一直在寻找机会，想要一睹这无比甜美的妙相。53．你以超凡之眼看到的形体，仅仅靠诵习《韦陀经》、践行峻刻的苦修、布施、崇拜，皆不能理解。靠这些方式并不能如实看到我。54．我亲爱的阿周那，只有透过纯一的奉爱服务，才能如实了解我，才能面对面地看到我。只有用这个方法，你才能悟入我的奥秘。55．我亲爱的阿周那，谁献身为我做纯粹的奉爱服务，清除了果报活动和情识攀援的染污；谁为我做工，视我为生命的至高归趣；谁与一切众生为友——他必能来到我跟前。

解读：

本章结尾强调了《薄伽梵歌》的核心主题——巴克提（Bhakti）或奉爱。克利须那说，通常的祭仪、苦行皆不足以证知或臻达他，并且，体验阿周那所体验过的那种尊神显灵显然也不是受推荐的方法。结论是，人性化的奉献才是觉解克利须那的最佳途径。如是，下一章论题转入了奉爱。

按：

所谓天地身相、宇宙大身（Virat Rupa），即宇宙大我、宇宙灵魂或无上者在天地间示现之“相”。前面两章从体用讲，本章从相上阐演，即《易·系辞》所谓“在天成象，在地成形”。其实，这三章皆融摄了体相用，只是侧重面有所不同，故薄伽梵具足体相用三大，三大一而三、三而一，弥纶天地，圆融无碍。

《淮南子》之《天文训》篇论宇宙之化生，也是从体相用三大阐发：

> 古未有天地之时，惟像无形，窈窈冥冥，芒文漠闵，项濛鸿洞，莫知其门。有二神混生，经天营地，孔乎莫知其所终极，滔乎莫知其所止息，于是乃别为阴阳，离为八极，刚柔相成，万物乃形，烦气为虫，精气为人。

神为体；气化是用，表现为阴阳、刚柔；天地、八极、万物、人兽为相。其有神论的观点，与《梵歌》之说尤为契合。不过，与《梵歌》相比，华夏道术似乎尤重相用，道体亦在相用中表现出来。可以说，华夏道术是从对天地身相的体悟中演化出来的。比如《庄子·知北游》曰：

> 天地有大美而不言，四时有明法而不议，万物有成理而不说。圣人者，原天地之美而达万物之理。是故至人无为，大圣不作，观于天地之谓也。

这是老庄一派的默观态度。儒家一派则更注重对天地万物的效法运用，比如《礼记·礼运》有言：

> 故人者，天地之心也，五行之端也。食味、别声、被色而生者也。故圣人作则，必以天地为本，以阴阳为端，以四时为柄，以日星为纪，月以为量，鬼神以为徒，五行以为质，礼义以为器，人情以为田，四灵以为畜。以天地为本，故物可举也。以阴阳为端，故情可睹也。以四时为柄，故事可劝也。以日星为纪，故事可列也。月以为量，故功有艺也。鬼神以为徒，故事有守也。五行以为质，故事可复也。礼义以为器，故事行有考也。人情以为田，故人以为奥也。四灵以为畜，故饮食有由也。何谓四灵？麟凤龟龙谓之四灵。故龙以为畜，故鱼鲔不淰。凤以为畜，故鸟不獝。麟以为畜，故兽不狘。龟以为畜，故人情不失。

这里的“事”指祭政礼乐。这段话将人的行为与天地之相用结合起来,显示出对包罗天地、阴阳、鬼神、四时、日月、五行、纲常在内的宇宙大身有非常深妙的理解及运用。实际上，礼就是在宇宙大身的维度里展开的:

> 是故夫礼，必本于大一，分而为天地，转而为阴阳，变而为四时，列而为鬼神，其降曰命，其官于天也。夫礼必本于天，动而之地，列而之事，变而从时,协于分艺。其居人也曰养,其行之以货力、辞让、饮食、冠昏、丧祭、射御、朝聘。故礼义也者，人之大端也，所以讲信修睦，而固人之肌肤之会、筋骸之束也。所以养生、送死、事鬼神之大端也，所以达天道，顺人情之大窦也。（出处同上）

华夏文化似乎将其全付注意力皆放在透过天地身相与无上者感通上面，儒道两家皆信奉感应说，就是一种表现。崇奉祭祀星占祥瑞谶纬的儒家固不必说，即使黄老一系也从天地与人的感应来彰显无为之妙，《老子》有曰:

> 天地相合，以降甘露，民莫之令而自均。

《文子》将此天人感应之道归于帝王南面之术，其言曰:

> 帝者礼太一，王者法阴阳，霸者则四时，君者用六律。体太一者，明于天地之情，通于道德之伦，聪明照于日月，精神通于万物，动静调乎阴阳，喜怒和乎四时。覆露皆道，博洽而无私，蠉飞蠕动，莫不仰德而生。

杜维明先生驳斥了把儒家视为无神论和祖先崇拜的观点，他指出：

> “祭如在，祭神如神在”，孔子对祭祀是非常重视的。当时所理解的人伦世界，和我们今天所想象的一个凡俗而现实的人伦世界有很大的不同，它和超现实的乃至超人伦的鬼神世界有着内在的联系。……在中国传统的宇宙里面，整个无机界、生物界、动物界、人和各种不同的灵魂乃至上天，即各种存有界，都有内在的联系，并且是一气贯穿。“气”的观念，从最物质性的东西到最高神灵的体现都包括在内，有所谓浩然之气、精气、灵气、气质等等。……人应该在这一大化流行的过程中，使各种不同的生态系统达到高度的平衡。从这个角度看，从孔子开始，儒家就有强烈的宗教情感。(《儒学第三期发展的前景问题》)

这个“连续的存有”，或“存有的连续”，几乎可以说是对宇宙大身的现代解读。而所谓贯穿万有的“气”，其实就是韦檀多哲学所说的 Shakti 或曰能量。浩然之气、精气、灵气相当于高等的灵性能量，而气质、元气则相当于低等的物质能量。

注释：

（1）《薄伽梵歌》10.12~15

（2）指狄多罗·史德罗。

第十二章

奉献的阶段

何者更佳：崇拜无上者还是礼敬大梵？

1. 阿周那问：哪种人更圆满，是那些恰当地为你做奉献服务的人，还是那些崇拜无形的非人格梵的人？2. 至上人格神说：我认为，一心凝注于我的人形身相，怀着贞固、超绝的信念，不断崇拜我，这样的人最完美。3~4. 全心崇拜无形者——超越感官、周流遍入、不可思议、真常不变，如如不动的绝对真理的非人格之理，调伏诸根，以平等心对待一切有情，这样的人，造福众生，最终也能到达我。5. 心念执著无上者之非人格体相的人，很难进升。对于躯体化的灵魂来说，修炼此法，困难重重。6~7. 崇拜我，将一切活动奉献给我，忠贞不二；践履奉爱服务，冥思我，一心凝注于我，帕尔特呀，对于这样的人，我是迅速拯救他们脱离生死苦海的救主。

解读：

阿周那明确要求分判奉献之途和非人格梵觉悟之途，他问这两者究竟何者较胜。这两条灵性觉悟之途间的冲突是韦檀多学说的基本论题，和其他观点一起，表现于中世纪商羯罗（Sankara）和罗摩努遮（Ramanuja），或不二宗（Advaita）

与外士那瓦宗（Vaisnava）之间的论战当中。以神圣之人格性概念为至上的人，认为证梵是通向解脱的一个有效的灵性成就，但却次于透过奉爱而获得的对无上者的圆满觉解。而另一方面，以神圣之非人格性概念为至上的人，认为对无上者的奉献是灵修的初地，不过是为了帮助那些依然需要崇拜实体对象的人能够逐渐证入无相、精微、遍在的非人格大梵。因为《薄伽梵歌》同时推出了这两条路径，又在末章强调了人格神和奉爱，所以对两者的分判是必须的。问题很清楚，回答也很清楚：克利须那开始就说，比起执持非人格性梵理的人，那些以他为至尊者而奉献的人，更为高超。那些透过梵理而追求灵性圆满的人，也能成就，但他们的路更加艰难曲折，因为他们的目标难以捉摸，并且，对于受躯体拘限的人而言，非人格梵很难被概念化。克利须那强调，对于他的奉献者，他是救他们出离生死轮回的救主，接着，透过开示“奉爱阶梯”，他又进一步深化了对人性化奉献的讨论。

奉爱之梯

8．只要一心凝注于我——至上人格神，将你的全部智慧奉献给我，如此，你必常住于我。9．檀南遮耶呀！若你不能一心凝注于我，无有偏违，就持守巴克提瑜伽的戒律吧。如此，你会培养出想达到我的愿望。10．如果你不能修持巴克提瑜伽的戒律，那么，就努力为我做工，如此，你也能够达到圆满之境。11．然而，若你不能在此觉性里面为我而作，那么，就舍弃一切业果，争取安处自我。12．穷理高于实践，观修高于致知；比观修更好的是舍离业果，透过舍离，便能获得心灵的宁静。

解读：

本节阐述了隐伏在整部《梵歌》之下的阶梯性原则，

跟实在之三层次一起，此阶梯性原则建立起了《梵歌》的结构。这里的阐述方式是自上而下的，有别于从第二章以来所呈现的自下而上的阶梯层级。就三层境界或实在而言，本节的讨论始于第三层，即专注于对神圣的体验，接着下行至第二层，论述受尘世捆缚者为求取解脱而进行的努力，最后再降到第一层。最高境界[1]是一心凝注于至尊者，由于它是随性自发的，所以不需要任何外在的约束，如是可谓之自发性奉献阶段。较低的层面[2]是持续不断的修炼（Abhyasa），跟最高境界不同，这个层面特别注重各种瑜伽原则和戒律。因为巴克提在此采取了瑜伽修炼的形式，所以可以称其为巴克提瑜伽（Bhakti Yoga）阶段。下一个阶段[3]是奉献给克利须那的行动；这类行动是根据法（Dharma）而采取的行动，因此，它是按照践行者的天性而被实践的，其果实被奉献给无上者。可以把它归于业瑜伽（Karma Yoga），第三章、第五章对此有大幅论述。再下一个阶段[4]是舍弃业果；这是一种自我约束，自然会带来宁静。相对于把业果奉献给无上者的较高阶段，这个阶段所促发的是一种一般性的舍离，故此被认为是较低级的。再低一层的是观修，其次是致知，最后是实践，这并不是指阶梯之第二层所提到的瑜伽修炼，而是指韦陀典之实践[5]。此处对业瑜伽胜于智瑜伽的论述是毫不含糊的[6]，这不但跟《梵歌》的总体姿态是一贯的，也跟本章内容一致，按照本章的说法，积极奉献或服务比形而上思辨之途更高超。

为克利须那所钟爱的奉献者

13~14．不怀嫉妒，作众生的良友，不以所有者自居，远离我慢，苦乐如一，宽容安忍，知足自制，坚定地践履奉爱服务，心智凝注于我——这样的奉献者我很珍爱。15．不置人于困境，亦不为人所困扰，于苦乐、忧惧中均持心虚静，这样的人我很钟爱。16．不落俗套，精纯，练达，无忧无虑，远离一切烦恼，不追逐业果，这样的奉献者，为我所爱。17．无悲无喜，无悔无求，吉凶祸福，一概舍离，这样的奉献者，我分外钟爱。18~19．平等对待敌友，对荣辱、冷热、苦乐、毁誉，皆无动于衷。不受世俗熏染，宁静玄默，知足少欲，随遇而安，心智贞定，践履奉爱服务，这样的人，为我所爱。20．遵行这不朽的奉爱之路，彻底投入，满怀信心，以我为最终极的归趣，对这样的人，我非常、非常地钟爱。

解读：

克利须那详细地描绘了那些献身于他的人，赞美他们的品质，并且强调，他多么地钟爱他们。一方面，奉献者至少在内心出离尘世，培养对尘世的超脱心、平等心，而另一方面，他们建立了跟至尊者的私人关系，成了他十分心爱的人。本节总结了《薄伽梵歌》的中间部分（包括第七章到第十二章），这部分大量涉及到神圣性和奉爱的理念。下一章从数论和韦檀多传统的角度推演义理，以支持奉爱说。

按：

本章彰显道德人格之最高境界，也即圣人之境界。孟子曰："仁且智，圣也"，即是说圣人的生命既能表现仁爱，又能里外明澈、毫无幽暗，不为外物所化，可以经得起任何引诱与试探，能够抵得住一切折磨与风浪，永远不会见利忘义，乃至利令智昏。仁和智的本体并不拘限于个体，而是同时上通天命、天道，具有一种内心的超越企向，也就是对于天命、天道的契悟与虔敬。《白虎通·圣人》云：

> 圣者，通也，道也，声也。道无所不通，明无所不照，闻声知情，与天地合德，日月合明，四时合序，鬼神合吉。

体现原始儒家精神的帛书《五行》篇对圣、智之超越企向以及内在关系有更为明确的表述，其言曰：

> 不聪不明，不明不圣，不圣不智，不智不仁，不仁不安，不安不乐，不乐无德。
>
> 见而知之，智也。闻而知之，圣也。明明，智也；赫赫，圣也。“明明在下，赫赫在上”，此之谓也。
>
> 闻君子道，聪也。闻而知之，圣也，圣人知天道也。
>
> 不仁，思不能精。不智，思不能长……不仁，思不能精。不圣，思不能轻。

“见而知之”是知流行于万物的天道，“闻而知之”是知内在于人性的天命。人性与天命，通过圣人之仁，融通为一，董仲舒《春秋繁露·王道通》云：

> 仁之美者在于天……察于天之意，无穷极之仁也，人之受命于天也，取仁于天而仁也。

此“仁”往来流通于天人之际，颇近于本章所阐说的“巴克提”，或曰奉爱。

圣境之超脱、平等一面，也即智的一面，似乎在黄老道家一系表现得更为突出。《黄帝四经·称》云：

> 圣人不为始，不剸己，不豫谋，不为得，不辞福，因天之则。

《庄子·应帝王》云：

> 无为名尸，无为谋府，无为事任，无为知主。体尽无穷，而游无朕。尽其所受乎天而无见得，

亦虚而已！至人之用心若镜，不将不迎，应而不藏，故能胜物而不伤。

也就是说，不要追求名声，不要图谋私利，不要专断自为，不要自以为是主宰。体会无穷的大道，游心于无著的境界，接受天所赋予的一切，而不要以为有什么属于自己。象这样的人就是至人，其心虚明若镜，不将不迎，无所希冀于未来；应而不藏，无所留恋于过去，只是专注于当下义之所当为，故不受业果缠缚，“胜物而不伤”。如此，乃“上与造物者游，而下与外死生、无始终者为友”。

从郭店楚简《老子》看，儒道两家似乎同出一源，旨趣也相互贯通。老子不但没有批评儒家，而且对儒家所遵奉的价值如圣、仁、义、礼、孝、慈等持积极、肯定的态度。《薄伽梵歌》所推出的圣境融摄儒家之仁爱、道家之玄智，呈现出一种原始大道浑朴纯全的气象，或许，这部世界第一玄理诗能为中国文化的复兴提供一条带动全局的线索。

在佛家体系里，净土一宗的修法独与巴克提瑜伽相契近。跟净土的念佛法门一样，巴克提瑜伽也是通过时刻持名念诵，一心观想忆念薄伽梵所居的珞珈，以及薄伽梵的名号、身相、功德、游戏，以求与神心相应，死后往生不死乐土、灵魂故乡；修行者所凭借的，也是来自他力的慈悲接引，以及修行者自身的诚敬、信心和愿力。在佛法中，净土一法被认为是最方便、快速、稳当，三根普被、利钝全收的总持法门，印光法师谓其“乃律、教、禅、密诸宗之归宿，人、天、凡、圣成佛之捷径”；而在《薄伽梵歌》的诸多瑜伽体系里，巴克提瑜伽显然也具有同样的特质和地位，虽然两者有时都被无知者错误地认为是愚夫愚妇之修法。纯粹巴克提之下的持戒、致知、舍离、观修诸层面，似乎分别对应于律、教、禅、密的修法及其原则。

净土法门要求修行者念佛当怀报恩之心，报答佛恩、师恩、父母恩、众生恩，又念佛须如子忆母，心怀仁恕，这些无疑都具有巴克提的特征。不同的是，按照佛教的理论，无论佛、师、父母、众生，或者西方净土、极乐世界，皆为缘生，终由缘灭，终究归于空性，所以，巴克提在此只是一种修炼成佛的手段，而非究极的归趣。但在巴克提瑜伽里，巴克提本身即是手段，也是目的，对神的爱已经超越了对解脱的追求，纯粹不息的神爱本身已经让灵魂在当下的妙明极乐中得到了完全彻底的实现和满足。超越之爱不落俗谛，不从缘起，爱不能成为手段，爱的原则至高无上，或许，这就是人格性与非人格性相区别的根本所在，也是净土之所以不可能成为灵魂故乡的根本原因。

印光法师论净土修法，谓修净土者当“行住坐卧，语默周旋，一句佛号，绵绵密密，任何事缘，不令间断。都摄六根，净念相继。……又须心念仁恕，气象浑穆。忍人所不能忍，行人所不能行。代人之劳，成人之美。常思己过，莫论人非”，应该可以与本章论“为克利须那所钟爱的奉献者”之德行互相印证。

注释：

（1）《梵歌》12.8

（2）《梵歌》12.9

（3）《梵歌》12.10

（4）《梵歌》12.11

（5）Johannes Van Buitenen, *The Bhagavadgita in the Mahabharata*, Chicago and London. 1981. p.168.

（6）见同书同页。

第十三章

内心的无上者

六个问题，田和知田者

1~2．阿周那问：我亲爱的克利须那呀！我想了解何为自性[1]、补鲁莎[2]、田、知田者、知与所知[3]。至尊者答道：贡蒂之子呀！此身名为田，观身者名为知田者。3．婆罗多之华胄呀！你当明白，我也是一切身田的知者。对身和观身者的觉解，名为知。我之见解如是。4．现在，请听我概说此田：它如何构成，有何变化，因何而来，知田者为谁，以及此知者的能力。5．在各种韦陀典籍中，不同的圣者对田、知田者，皆有所论述。尤其《韦檀多经》，对其中的因果关系做了全面的推理。6~7．五大、我慢、智、冥谛、十根、一心、五根尘、欲望、憎恨、快乐、苦恼、聚合、觉知、信——这一切，概言之，即田及其交互作用。

解读：

在前六章里广泛论及奉爱主题之后，现在，讨论又采取了一种不同的风格。它变得更为理论化，更接近韦檀多和数论的论说模式。从某种意义来说，现在文本从覆盖前面数章的第三层下降到了第二层；如是，目前的讨论更关注生命个体受生死轮回束缚之境况，以及解脱的手段。经过前面数章从第三层的高度对真际的审视，文本现在具有了更为高超的视角。因此，它达到了一种前六章所未见的成熟之境。本章从阿周那的六个问题开篇[4]，本节回答了第三、第四个问题；这两个问题关涉到田和知田者。灵魂需要一片造业之田，借此在尘世生活中表达自身，这片田就是躯壳，它决定了灵魂涉入世间的特殊形式。通常，种子被播撒到田里，然后结出果实；同样，人类之造作业行相当于播下种子，其后便以未来业报的形式结出业果。田这个概念不但指粗身，也指细微的或心理的方面，第6~7颂列出了构成身田的各种成分。关于知田者之身份的回答相对比较简单；它就是自我，即阿特曼（atman）。但克利须那加上了一个有趣的评语，他说，他也是知田者，并且，他临在于一切身田[5]。他所指的似乎是大我（paramatman），或内在之我（antaryami），也即一直伴随着每个灵魂穿越轮回旅程的无上者。此相代表了一个中间的位置，它介于完全人格化的以超越之德特立自显的至尊者与无分别遍在之梵的中间。

关于知

8~12. 谦下、无骄，不害，安忍，真纯，亲近正宗的灵性上师、洁净、坚稳、自律、舍离感官享受的对象、无我执、洞明生老病死之苦、超脱自在、不为妻儿室家所累、祸福等受、凭借瑜伽为我精诚奉献、好隐独处、以自我觉悟为究竟、致知穷理——我宣布，凡此皆为知，余者皆为无知。

解读：

作为对阿周那询问何为知的回答[6]，克利须那列举了一组内在的品德；这些品德代表知，其缺失则表现为无知或愚昧。这里所讨论的知不是量化的、理智性的或百科全书式的知识，它是一种截然不同的知，是通过内心转化、道德修炼和人格磨砺获得的。按照我们的模式，它或许可以被归于第二层境界，因为它有助于不执和瑜伽式见地的养成。浮现在我们眼前的智者的图像是一位避世隐遁的苦行僧，怀着对至尊者的奉爱之心，致力于冥思观想。这引起了一个问题：克利须那如何能将隐修士的形象跟他所期望于阿周那的勇健威猛的武士形象联系起来？答案可以在第十颂所提出的瑜伽理念里找到：通过战斗，把践履职分作为积极服务至尊者的手段，这构成了瑜伽的另一种形式。此奉爱瑜伽或巴克提瑜伽（Bhakti Yoga）涵摄了古典瑜伽的成分，但其实践却不是通过隐居岩穴修炼瑜伽体位，而是通过怀着对无上者的奉爱之心持守职分。如是，安忍之德将透过阿周那的克制私欲以实现克利须那的意愿而表现出来。无我执将透过他接受仆人的角色并把战斗当作对克利须那的服务而表现出来。同样，致力解脱于生死轮回将通过舍弃对感官对象的贪著以便把战斗的结果奉献给至尊者而得以实践。那么，阿周那该如何实践不害呢？答案似乎可以在奉爱概念里所包含的工具说里找到。从某种意义来说，至尊之人才是真正的作为者，而阿周那不过是他手中的工具；因此，责任全都落在无上者身上，他为在他命令下的他的仆人的所作所为承担责任。这个观念出现于第十一章，阿周那被要求仅仅成为至尊者手中的工具[(7)]，第十八章对此又有进一步的讨论，那里面说，一个未持以自我为作为者的虚假观念的人，虽杀而无杀[(8)]。需要注意的是，虽然传统的方法通常要求弟子经历修炼和人格磨砺的过程，但在特殊的境况下，例如突如其来的开悟或神圣的启示，知先于自我修证而产生也是可能的。关于后者的一个案例是第十一章所描述的阿周那目睹尊神显灵，结果他变得谦卑无我，等等。

关于所知

13．现在，我要解说知的对象，你知道后，就会尝到不死之甘露。此即梵、灵，它无始，从属于我[9]，超越世间因果。14．他的手、足、眼、脸、耳无处不在，就是这样，他存在着，无所不知，弥纶天地万物[10]。15．他是一切感官之始源，但他却没有物质感官。他虽为众生之生养者，却无为不执。他超越阴阳，却又是气性之主。16．绝对真理存在于动、不动一切有情之内、之外。他至精至微，超越诸根知见之力。他遥不可及，却又近在咫尺。17．他看似散入万有，其实从未割裂。他一本而圆融。他衣养万物，生之、长之、坏之、灭之。18．他是一切发光体之光源。他超越物质的黑暗，希夷未显。他是知，也是所知，他是知之所至。他安住每个人的心中。19．至此，我已经概述了田、知与所知。只有我的奉献者，才能彻底觉解这一切，进而证入我的体性。

解读：

关于"何为所知"的问题[11]，克利须那说，那就是神性。答案开始直接指向梵，但随即转换到对神我或超灵（paramatman）的描述，那是居于内心之神性的人格化体相[12]，也被称为内在之本我（antaryamin），他伴随被躯体化的灵魂穿越生死轮回之旅[13]。这个有趣的观点也出现于《奥义书》，构成了《薄伽梵歌》所涵摄的多重神性概念的重要部分。此相通常跟瑜伽的或神秘的冥思有关，很自然地会唤起庄严和平的心境，那是心在宁静、玄冥状态的流露。根据外士那瓦宗神学，Antaryamin 或"内心的主人公"是神的一个形体，他居停于人心，陪伴、指导着它经历天堂和地狱[14]。《羯陀奥义书》第四章[15]十分清晰地描述了这人格化的神:

> 有人居内中，大唯似拇指，过去未来主，彼自无覆藏，嗟乎此是此！（4.12）

有人居内中，大唯似拇指，如火光无烟，过去未来主，今明同一彼，嗟乎此是此！（4.13）

《白净识奥义书》第四章[16]以二鸟同栖一树喻解细灵与超灵的关系：

美羽情亲侣，同树栖一枝。一啄果实甘，一止唯视之。（4.6）

魂栖同此树，沦没在无明，昧觉能力孱，痴惑自伤情。时若见其邻，可敬拜之主，得睹其光荣，遂尔离忧苦。（4.7）

超灵是一种“针对个人的天意”(personal providence)，他管辖、指导，并陪伴灵魂（atman）穿越生死旅程。因为他单独陪伴每一个生命体并见证他的行为，所以说他拥有无量数手足耳目；因为他精微而不可见，所以说他近在咫尺，却又遥不可及。灵魂欲求享受树上的果实或说享受尘世，如是体验到痛苦和欢乐；然而，无上者对树上的果实毫无兴趣，他超然自处，只是陪伴着灵魂。不过，他似乎在等待着，或盼望着灵魂转向他，尽管灵魂通常只为树上的果实而忙碌，对他根本不屑一顾。内心本我是神圣之示现，涵括人格化与非人格化两重特性；就其拥有人格特征比如庄严妙相而言，超灵是人格性的，而他的非人格性则表现在他弥纶周遍的一面。这并不是说他是非人格的，只是他以此相示现可能会使人持非人格的观点去看待他，冥思他，效仿他，甚至欲求跟他融为一体；这有别于神的亲身临在所唤起的亲密关系和强烈情感。在结束本节时，克利须那为迄今已经被回答过的问题做了一个小结[17]，并将此与奉献关合起来，他说，若有为他奉献的人，获得了这等玄理，便能证入他的体性。

自然、生命和内心的至尊者

20. 应该明白，物质自然、生命个体，二皆无始。其变化以及气性皆生于物质自性。21. 据说，物质自性是一切物质因果的原因，而生命个体则是此世种种苦乐的原因。22. 活在物质自然里的生命个体就这样循着生命的道路，消受物质自然之三极气性。这是由于受到物质自然的熏染。如是，他便在各种生命种类中经历祸福吉凶。23. 此身之中，还有另一超上的受用者，他就是主、至高无上的所有者，作为观监者和许可者临在，被称为超灵。24. 此义理涉及物质自然、生命个体，以及物质气性的相互作用。谁懂得了它，肯定能获解脱，无论当前处境如何，他将永不投生世间。

解读：

本节讨论剩下来的两个问题，即关于物质自性 (prakrti) 和生命体 (purusa，补鲁莎) 的问题。气性 (guna) 构成自性，它永恒存在，为因果业报提供了框架，生命体在它里面体验其业行。触受气性是生死轮回的原因，依照跟气性互动的境况，个体乃有或好或坏的投生。第 22 颂在自性和生命体之外又加上了第三个要素；此即超灵神、神我（Paramatman），被称为 purusah parah 或至尊者。他作为观临者和护持者居于躯壳里面，同时跟极微的个体共同经历其受拘限的生命。这套数论（Sankya，即僧佉）不只由两种要素，而是由三种要素构成：物质自性、补鲁莎、无上补鲁莎亦即内在于所有躯体的无上者。本节开示了最为殊胜的数论；自性和生命体都被认为是无始而永存的；气性在自性的界域内化行，在每一个体的生命里，以及整个宇宙的生化中，引起持续不断的变动和永无止息的转换[18]。也就是说，气性施设大体的构架，而生命体，在欲念的引领下，穿越生死轮回，由是体验欢乐与痛苦[19]。

生命体在轮回过程中所觉受的无数种类的体验，被认为不过是三类气性之不同组合。只要生命个体还在肆力于对气性的体验，便依然未脱离生死轮回，还得在各种胚胎里投生。本节最后将此理跟解脱联系起来，声称谁若觉解了生命体和自性之间的关系，将不复投生。

结语和对各种见解的论述

25．有些人通过观想，有些人通过致知，另一些人则通过不计功利的工作，洞见心中的超灵。26．还有些人，虽然并不精通灵性义理，却从其他人那里听闻并开始崇拜至尊者，由于他们有听从权威的倾向，所以也超越了生死之途。27．要知道，你所看到的动、不动一切存有，都只是田与知田者的和合。28．能在一切身中，洞见陪伴细灵的超灵，了知此能坏之身中，灵与超灵皆永无坏漏，是人确乎有见。29．能见到超灵平等周遍，临在于一切有情心中，这样的人，不会因心意而退堕。如是，他向彼岸进发。[20] 30．能看到自性化生身体，身体造作一切活动，而真我寂然无作，是人确乎有见。31．存在表现为存在之万殊，明达之人却看到万物一体，如此，他已证入梵境，洞见一体之一充塞天地。32．洞察永恒的人能见到，不朽的灵魂超越、永恒，在物质气性之外。阿周那呀！尽管跟物质身体接触，灵魂并无造作，也没有被束缚。33．空性精微，故虽遍入万物，却并不与任何东西相混。同样，灵魂虽然居于身体之中，却不与身体为一。34．婆罗多之华胄呀，正如太阳独力照亮整个宇宙，躯壳内的灵魂也以觉知照见全身。35．能以知识之眼洞见田与知田者的区别，又懂得解脱之法，这样的人，必达彼岸。

解读：

通过就已经被揭示的知识提出更宽泛的视角，本章被加以概述。这里给出了四种可能的方式，凭借它们便能证得这门知识[21]；观想[22]、致知穷理[23]、瑜伽式行为[24]以及听闻于权威[25]。随后，发生了从理论性的或理性的探讨模式向见道或 darshana 的转变。在第 27~33 颂中，克利须那赋予阿周那种种洞见；这并非成体系的神学表述，而是 darshana，或对已经被理论性地加以阐发的真谛的直接体证。第一个洞见是无上者虽弥纶遍在，却不受染污[26]。第二个洞见涉及气性的运化，与真我的寂然无作形成了对照[27]。下一个是对一体性大梵的洞见[28]，然后是对灵魂的觉照[29]。真我的纯净和精微被比作空[30]，接着真我又被进一步比作照亮整个宇宙的太阳[31]。本节的总结性偈颂也总结了全章[32]：以知识之眼观照的人能分别田与知田者。他们了解使知田者脱离田的法门，正是这种觉解解放了他们，让他们证入无上。

按：

文子所谓之“真人”“圣人”“通于灵府，与造化者为人，执玄德于心”，颇近于本节中洞见灵与超灵的瑜伽士。《文子·九守》云：

> 精神本乎天，骨骸根于地，精神入其门，骨骸反其根，我尚何存！故圣人法天顺地，不拘于俗，不诱于人，以天为父，以地为母，阴阳为纲，四时为纪。
>
> 所谓圣人者，因时而安其位，当世而乐其业。夫哀乐者，德之邪；好憎者，心之累；喜怒者，道之过：故其生也天行，其死也物化。静即与阴合德，动即与阳同波。故心者，形之主也；神者，心之宝也。形劳而不休即蹶，精用而不已则竭，是以，圣人遵之不敢越也。以无应有，必究其理；以虚受实，必穷其节。恬愉虚静，以终其命，无所疏，无所亲，抱德炀和，以顺于天，与道为际，

与德为邻，不为福始，不为祸先，死生无变于己，故曰至神。神则以求无不得也，以为无不成也。

“圣人”能够做到无我顺天、天行物化，当然是已经生活在对灵与超灵的觉悟之中了。

本章所谓“针对个人的天意”，在儒家则谓之“天命”。《诗周颂·维天之命》曰：“维天之命，于穆不已。于乎不（通丕）显，文王之德之纯”，天命深奥而且深透，永远起着推动变化的作用，它向下贯注到文王，透过文王精纯不杂的德性而得到彰显，另一方面，文王能敬德来保住天命，故其德性之生命亦永远呈现出光明。《诗·大雅·烝民》曰：“天生烝民，有物有则。民之秉彝，好是懿德”，从天而生的生命并非漆黑一团，而是秉受了天命，受到天的管辖、指导，所以“有物有则”，有职分也有原则，并且具足恒常之性（秉彝）。再结合前文所引《召诰》：“今天其命哲，命吉凶，命历年。”天或天命作为即超越又内在之宇宙大我、内心超灵之意义，已经昭然若揭。

超灵和灵的关系，在儒家义理里表现为天命与性的关系。《中庸》劈头就说：“天命之谓性，率性之谓道，修道之谓教”，天命向下贯注，规定了人之本性，反过来说，人之具足恒常之性，乃是秉受于天命。郭店楚简《性自命出》篇有云：“性自命出，命自天降”；《语丛》曰：“有天有命，有物有名”；《大戴礼记》曰：“分于道谓之命，形于一谓之性”，天与命之间，命自天降，命是天之所命，天具有发命或施命的地位，性则秉受于天命，故授命是天之德，禀命是人之性，授命与禀命把天人连接贯通起来。此性、命皆是超越的，绝非由阴阳五行之气化而来。

从《奥义书》二灵说的角度来看，“性”相当于灵魂所具之梵性或本来真性（梵语 Svarupa），“命”则近似灵魂相对于超灵之从属性关系；“天”有具超越性之人格神的意味，而“天命”则跟超灵之内在性相关。大抵华夏义理注重作用、德性，而天竺神学强调本体、位格。

出土简帛显示，原始儒家的性命说似乎绝不乏巴克提色彩。郭店楚简《性自命出》篇有一节从未见于后世儒家典籍的文字：“性自命出，命自天降，情生于性，道始于情”，道不仅是“穷理尽性以至于命”，而且还有一条返情复性、知命敬天的路径。这个彰显天命的情，当然不是血气爱欲，而是超越之情——巴克提（Bhakti）。

一方面，作为性之流露的情使圣贤及其所践履的礼乐获得了真实性和超越性，《性自命出》篇云：“（圣人）理其情而出入之”“礼作于情”“君子美其情”“信，情之方。情出于性”“韶夏乐情”，又曰：

> 凡人情为可悦也，苟以其情，虽过不恶；不以其情，虽难不贵。苟有其情，虽未之为，斯人信之矣，未言而信，有美情者也。

另一方面，礼乐的作用就体现在返情以报本，《礼记·乐记》曰：“乐章德，礼报情，反始也”“君子反情以和其志，广乐以成其教”，《大戴礼记·礼三本》曰：“复情以归太一”。通过“复情”的历程，“情”恢复了纯粹、超越的状态，在对天、太一的爱敬中得到圆满的实现和终极的归宿。《礼记》的复情说和楚简的“道始于情”显然是一脉相承的。今世学者大多好以西方人文思想解说楚简之性情论，可谓暴殄天物。

实际上，这种以天命为归极的超越之情，在耕战至上的战国时代就已经受到功利主义的粗暴嘲讽。《荀子》言：“大天而思之，孰与物畜而制之？从天而颂之，孰与制天命而用之？”飘渺深邃的情思，与大丈夫治国平天下何干？高远幽深的天命，怎能拘限手中的权杖？从此，礼乐变成了统治天下的工具、装点君权的冠冕，阴惨酷烈的功利之“法”代替了深挚博大的人性之“情”，成为隐藏在礼乐之下的思想实质。“情”则被贬为与“性”相对的私情人欲，失去了升华纯化的“复情”机会。主张性恶的荀子不必说，即便董仲舒也说“人欲之谓情，情非制度不节”（《前汉书·董仲舒传》），礼乐天命成了外在的桎梏威权，不再是从性情自然流露显发的君子之教。其后释道玄风、宋明理学，皆置“情”于不顾，甚至以所谓天理、空性灭“情”去“情”，造成超越之“情”的缺席和退隐，在华夏文化的最深处留下了致命的黑洞。似乎只有在稗官野史、诗词曲话里，才通过才子佳人、春花秋月传递出绵延不绝的对“情”的渴望。从汤显祖的“情至”说，冯梦龙的“情教”说，曹雪芹的“以情补天”说，到蔡元培的“以美学代替宗教”说，都是对灭“情”、去“情”话语权的颠覆和抗争。所采取的方法，大致都沿用了庄子的言路，外则攘弃仁义礼乐，内则追求适性逍遥。然而，这却走到了另一个极端，“情”并没有复其本初、返其本位，找到超世的归宿托命之处，只是在山水自然或男女爱恋之间得到了慰藉和消解，因此，其内在的偶在性、盲目性决定了结局必然是悲剧。

对理的一面的过度注重、对人心的无限夸大，以及相应地对情的一面的贬低蔑弃、对天与天命的失去爱敬感应，是华夏思想自秦汉后逐渐衰退变质，以致流入冥顽粗暴的关键。造成这种情、理失衡的根本原因，就是向天命或宇宙大我之非人格性一面的单方面倾斜，“使人持非人格的观点去看待他，冥思他，效仿他，甚至欲求跟他融为一体”，由此抹杀了天人之分、人神之爱。

注释：

（1）prakrti，自性，或说物质自然。

（2）purusa，补鲁莎，意为受用者，指神我。

（3）有些版本没有第 1 颂。

（4）《梵歌》13.1

（5）《梵歌》13.2

（6）《梵歌》13.1，第五个问题。

（7）《梵歌》11.33

（8）《梵歌》18.17

（9）商羯罗分之为 Anadimat param，译作“无始大梵”，而罗摩努遮分之为 Anadi matparam，译作“它无始，从属于我”。笔者参照了后者。见：*The Bhagavad Gita With The Commentary of Adi Sri Sankaracarya*，A.M.Sastri，Chennai. 1995. p.344，*Sri Ramanuja Gita Bhasya*，Adidevananda Swami, Madras. 1991. pp. 437–439.

（10）这里使用了中性格式，本节末尾才使用阳性格式，为的是强调超灵之为客体。

（11）13.1 第六个问题。

（12）《梵歌》13.17

（13）《梵歌》13.22 也有论述

（14）K.Klostermaier, *A Concise Encyclopedia of Hinduism*，Oxford. 1998. p.23.

（15）Patrick Olivelle, *Upanisad*, Oxford. 1996. p.242.

（16）类似的格言也出现在《蒙查羯奥义书》中 3.1.1~3。

（17）13.18. 第 18 颂只提到三个主题，即田、知、所知。第四个主题，即知田者已经被讨论过了；见 13.1~2。

（18）Vikara

（19）《梵歌》6.20

（20）梵文短语 atmanamanam 可以用不同的方式加以理解，因为 atman 一词可以解释为“自我”，即指灵魂，也指心意。虽然梵文 Hinasti 通常翻译为“伤害”“损害”，笔者认为在这里取“退堕”之意更合适。

（21）偈颂 24~25

（22）禅，Dhyana

（23）僧佉或数论，Sankhya

（24）业瑜伽，Karma Yoga

（25）显然是从上师（Guru）或仙圣（Rsi）处。

（26）《梵歌》13.27~28

（27）《梵歌》13.29

（28）《梵歌》13.30

（29）《梵歌》13.31

（30）《梵歌》13.32

（31）《梵歌》13.33

（32）《梵歌》13.34

第十四章

三极气性

至尊者、梵、自然和气性

1. 薄伽梵克利须那说：我要再次向你开示这无上的智慧、最殊胜的妙理。证得它，圣者们达到了究竟圆满。2. 心住此理，就能获得跟我一样的超妙体性。如此安立之后，天地开辟时不投生，天地坏灭时无惊怖。3. 婆罗多之华胄呀！大梵乃天地生生之胎藏[1]。我播种子于其中，众生由是而繁衍。4. 贡蒂之子呀！你要明白，族类繁多的生命之所以能在物质自然里受生，皆因有我这个播下种子的父亲。5. 物质自然涵摄三极气性：中和、强阳、浊阴。当永恒的生命跟物质自然交接，便为气性所拘限。6. 无罪之人啊！中和气性光明能照，比其他气性要清净，能断除一切恶报。安住中和气性之人，为安乐和知识所拘限。7. 贡蒂之子呀！强阳气性产生于无限的欲望和渴求。为此之故，躯体化的生命个体为果报活动所束缚。8. 婆罗多之华胄哟！须知浊阴气性生于无明，颠倒一切有情。它招致疯狂、怠惰、昏睡。9. 婆罗多之华胄哟！中和气性拘人于安乐；强阳气性拘人于业行；而浊阴气性蔽覆灵明，使人颠倒迷狂。

解读：

本章专论三极气性（tri-guna），故此可以认为是对数论深入详尽的阐发。克利须那开始就说，他所要引介的知识具有玄学的特征；故此，它能使人解脱于尘世的缠缚，并予人跟他相似的灵性特质。然后他以子宫里的胚胎为喻，描述众生之起源；就像灵魂借着父亲的精子进入子宫，无上者以灵性的种子或说灵魂使物质自然受孕，如是各种形状的身体得以成形。在这个意义上，至尊者乃是众生之父，而自然则是母亲[2]。接着，是对由三极气性所构成的物质自然或自性（prakrti）的论述。尽管梵语guna有时被译为"德"（quality，品质），更深入的审视会发现，guna（气性）这个概念颇为微妙，它们不单单指品质，还是实体或材质。诸guna不仅赋予生命或精或粗的特质，而且还活跃地将其拘制于各种缠缚之中。如是，每一气性皆以某种特殊的方式捆缚生命个体；中和——透过执著安乐和知识，强阳——通过执著业行和业果，浊阴——透过迷幻、懒惰和疯狂。诸气性不但拘制，而且为每一个体铺设下存有之轨辙；如此，每一个体皆按照或多或少已经被预先设定的路径演进，随顺缠缚他的诸气性。如此，他以某种方式行为，并承受相应的业报，这些业报让他被限制在同一个气性之场内。

诸气性的特征，完全超越气性

10．婆罗多之华胄哟！有时中和气性突出，打退强阳气性和浊阴气性；有时强阳气性增盛，打退中和气性和浊阴气性；还有些时候，浊阴气性掩盖了中和气性和强阳气性。如是，三极气性往来消长，推排争胜。11．当一身诸门为灵明所照亮时，便能体会到中和气性的流行。12．婆罗多之华胄！当强阳气性增盛，贪著、功利、奋争之相，以及无法克制的欲念和渴求便会发露出来。13．当浊阴气性增盛，便出现疯狂、幻觉、怠惰、黑暗。14．若人死时，住中和气性，就能往生圣贤所居的天界净土。15．若人死时，住强阳气性，便投生于求取果报者中间；若人死时，住浊阴气性，便投生于畜生道。16．虔诚活动的结果是清净，处中和气性；在强阳气性中造作的活动，带来烦恼；在浊阴性中造作的活动，招致愚顽。17．从中和气性，生发出真知；从强阳气性，生发出贪欲；从浊阴气性，生发出愚顽、疯狂和幻觉。18．安住中和气性，渐升天界；处强阳气性，生息中土；处浊阴气性，堕入地狱。19．若有人洞察到，一切作为只是物质气性的运化，除此之外，别无其他作为者在作为，而至尊主则超越一切气性，他就证入了我的灵明自性。20．当躯体化生命能超越这些作用于躯体的物质气性时，就可以挣脱生、老、病、死诸苦，甚至当身享用到永生甘露。

解读：

诸气性的运化并不稳定，在不同的时候，不同的组合占优势。某一气性之增胜，可以根据各种征兆来判定；如是，当躯体众门受到控制，明显处于瑜伽态势时，须知此时中和气性占优势。躁动不息、贪求不止是强阳气性的征兆，怠惰、迷惘、疯狂表明浊阴气性发露。临终时的状态也根据气性来判明，相应地，来生也被确定下来；中和引向更高的星宿，强阳让人投生于追逐果报者中间，浊阴导致投胎畜生，这种下生自然更加愚昧、晦暗。论题的另外一种不同的角度，是通过业果或结局来审视行为；带来清净无染之结果的行为必然受中和影响，带来某种烦恼的行为是强阳里面的行为，造成愚昧的行为一定是在最低等的气性——浊阴的影响之下。还有一种检测气性的方式：真知生于中和，贪求出于强阳，愚顽来自浊阴。宇宙性的进化原则再次得到肯定：安住中和气性，渐升天界；处强阳气性，生息中土；处浊阴气性，堕入地狱。

本节最后提出一种更宽泛的洞见，根据这种洞见，整个世界是在诸气性的作用下运化，以至于除此之外，别无其他作为者在作为。保有这种洞见似乎是解脱的先决条件；甚且，透过完全超越气性，就能摆脱生死，获得永生。

这番议论的结论是什么？首先是，受到荐举的行为方式在中和气性的范围内；另外，这番议论跟消除阿周那的疑惑有关，克利须那的目的在于说服阿周那拿起武器去战斗，这次是通过气性的观念。克利须那的主要论据是，阿周那之厌战乃是受情欲和无明的影响，他必须克服自身的弱点，在中和之境行动。听起来或许令人惊讶，按照克利须那的意见，战斗居然是中和之行为，而避战反而是强阳、浊阴的行为方式。需要格外加以澄清的一点是气性之外还能找到什么的问题，克利须那讲到了这一点，这将在下面的偈颂里被论及，其中说道，梵住气性之外，并息止于克利须那本人之上。换言之，有关克利须那的知是在气性之外呈露的那类知。阿周那似乎接受了挣脱气性为理想境界的说法，故此，下一节就从他有关超越气性的询问开始。

超越气性者的特征，巴克提和至尊者的地位

21. 阿周那问：我亲爱的主，凭什么迹象，可以知道一个人超越了三极气性？他的举止如何？他又怎样超越物质气性？ 22~25. 至上人格神说：觉明、贪执、幻惑现前时不厌离，消退时不企慕；面对物质气性的屈伸作用，泰然自若，毫不动摇，始终保持中立、超然的态度，洞悉凡此皆为诸气性之运化；安住自我，苦乐等视；以平等心，视土石与黄金无有分别，乃至如不如意事，一皆等平；贞固坚稳，平等对待褒贬荣辱，乃至敌友；舍

离一切业行——这样的人，据说已经超越物质气性。26. 彻底投入奉爱服务，在任何情况下，皆无动摇，这样的人，当下超越物质气性，证入大梵之境。27. 大梵不朽、不灭、长存，其先天质地为无上妙喜，而我为大梵之所宅。

解读：

克利须那把平等心视为远离气性者的特征，并对此加以详细描述，这其中包括不分敌友。他说，巴克提之道，或对他本人的奉献，乃是挣脱气性之缠缚的途径，能让人证入大梵之境。甚且，他说自己是大梵之所宅。如此看来，克利须那是从两个层面来说服阿周那；第一层，他劝告阿周那该基于气性的理念而战斗；第二层，他激励阿周那战斗，以之为奉献心的表达。在第一个层面，克利须那所面对的挑战是，他要单凭气性的理念说服阿周那。在这种论说中，克利须那不能以他的神圣性为理由，相反，他必须证成，战代表中和，而怯战代表强阳和浊阴。这挑战并不轻松，不过对于克利须那来说，预期的论争所带来的收获是相当大的，因为这能增强整部《薄伽梵歌》的理论根据，它将把道德阶梯一直延伸到最低等的气性。如此，强阳中行为比浊阴中行为要好，而在中和里行为更好；中和里行为意味着持守法所赋定的职分，这构成了道德阶梯较低的层级，并使整架梯子得以建构起来，它从最低等的气性一直上通到解脱。在论述第二个理由时，克利须那辩称，一个人必须通过巴克提瑜伽或瑜伽式的对克利须那本人的奉献，超绝尘世及其三极气性。这个说法下面隐伏的理由是，克利须那就是至尊者，安住气性之上，并为大梵之所宅。若阿周那满足了克利须那的愿望，起而战斗，便能获得跟克利须那一样的神圣体性，并由此获得解脱。战斗在这里被视为是巴克提瑜伽的一种修炼，其正当性来自这样一个事实，即克利须那出于他神圣的原因，想要这场战争发生。

按：

《易·系辞下》谓“天地絪缊，万物化醇；男女构精，万物化生”，也是用怀胎受孕来喻解万物化生之源于天地交合。《易·系辞上》曰：“乾知大始，坤作成物”，意思是乾卦主导着万物的创始，坤卦孕育形成万物。有天没有地，万物无法生成；有地没有天，万物无从创造，必须天地交合，万物才能化生。乾坤二卦即代表天地、也代表父母、夫妇，这跟《梵歌》以至尊者为父，以自然为母的说法是相通的。

所谓三极气性，梵文 tri-guna，旧译“三德”，汤用彤先生论三德之体相曰：

> 数论之三德，则自性即由其相合而成，非仅为属性。盖宇宙万有或具轻微光照之象，则理智是。或具沉重遮覆之象，如物质是。而理智物质之错综，必有使动及动者在。即以人生论之，轻明则官感（诸根）能了别对象（执尘）。若笨暗则感知钝拙。而有时心欲争持，躁动不安。因举凡事物咸有此三方面而立三德：一曰萨埵（Sattva），轻光为其相，其功用在照别。二曰多磨（Tamas），重覆为其相，其功用为系缚。三曰罗阇（Raja），持动为其相，其功用为造作。此三者果为何物，则极难解。惟《金七十论》第十二偈曰：喜忧暗为萨陲、罗阇、多磨之体，则似数论人分析万有而最终归之情感，于苦感乐感之外，人常有麻木沉闷之情感，三者实为万有之本体，宇宙之变化，无非三者之分合。（一）或此胜彼伏。（二）或彼此相依赖。（三）或彼此相生。（四）或同时并行。（五）或可同时引起不同之事（如喜生喜而又同时生忧）。（《印度哲学史略》）

汤先生反复考论，终觉“此三者果为何物，则极难解”。其实从汤先生所举三德之体相来看，印度哲学之三德，关乎《易·系辞》所谓三极或三才之道，其论曰：

> 《易》之为书也，广大悉备。有天道焉，有人道焉，有地道焉。兼三才而两之，故六。六者，非它也，三才之道也。道有变动，故曰爻。爻有等，故曰物。物相杂，故曰文。文不当，故吉凶生焉。
>
> 圣人之作《易》，将以顺性命之理，是以立天之道曰阴与阳，立地之道曰柔与刚，立人之道曰仁与义。兼三才而两之，故《易》六画而成卦。

八卦每卦三爻，初爻表示地，中爻表示人，上爻表示天。三才之道即天道、人道、地道，这里的道是从气化流行一面言，故有变动而生六爻，六爻相杂而成万物之森然。此即汤先生所谓“三者实为万有之本体，宇宙之变化，无非三者之分合”。萨埵轻光属天道，多磨重复属地道，罗阇造作属人道。老子谓之三气，《道德经》曰：

> 道生一，一生二，二生三，三生万物。万物负阴而抱阳，冲气以为和。

据高亨《老子正诂》，三者：阴气、阳气、和气。《庄子·田子方》曰：“至阴肃肃，至阳赫赫。肃肃出乎地，赫赫发乎天，两者交通成和而物生焉”，即此意也。故三极之道即三气：阴气、阳气、冲气（即和气，或曰中和之气）之变化聚合。老子所谓“万物负阴而抱阳，冲气以为和”，即言三气为万物之“德”或存在之态势、变化之轨辙。早期的道教经典《太平经》也有三气说，以为三气源于元气，又或是元气的三个不同的别称，如《太平经》所言：“元气有三名，太阳、太阴、中和”

及“天、地、人本同一元气，分为三体，各有自祖始”，元气相当于自性或物质自然。用这套理论解释 guna，则萨埵轻光属天道，为和气；多磨重覆属地道，为阴气；罗阇造作属人道，为阳气。气是从实体、材质讲，道是从变化之轨辙讲。由此看来，《道德经》一生二、二生三、三生万物的宇宙化生模式，跟《梵歌》之无上者 - 自性 - 三极气性 - 万有的演化顺序颇为契合。

窥基法师《成唯识论述记》曾云：“三德合故，能生诸谛。三德者，勇、尘、暗”，三德即自性之三德，或说物质自然之三极气性，“勇”为罗阇，“暗”为多磨，“尘”本应相当于“萨埵”，但佛家却将其与“勇”相混淆。大抵佛教唯识宗应袭取于上古韦陀之数论，犹如中观之脱胎于韦檀多之不二论，禅宗之渊源于瑜伽证独。

注释：

（1）笔者跟从罗摩努遮，将大梵等同于自性或物质自然，参见他对《梵歌》14.3 的注释（Sri Ramanuja, *Gita Bhasya*, Madras. 1991. pp. 462–463）。

（2）《梵歌》14.4

第十五章

从束缚走向解脱的旅程

倒生之树的寓言

1. 薄伽梵克利须那说：据说，有一棵菩提树，根向上，枝向下，叶就是韦陀颂歌。知此树者明韦陀。2. 这棵树的枝干上下展布，受到阴阳气性之滋养。其细枝为感官对象。这棵树也有向下延伸的根，与有情世界的业行相纠结。3~4. 此树之真形，世人无法察知。无人得知，此树终于何处、始于何处、根基又在何处。但是，人须下定决心，以不执为斧，砍倒此根深蒂固之幻树。然后，必须找到那个至则无返的地方，在那里归命至上人格神——万物之所资始，无始以来，万物之所资生。5. 觉悟真常，不为荣名、错觉、幻缘所污，不贪爱欲，不执苦乐双昧，不受迷惑，了知如何皈依至尊主，这样的人，能够超转永恒的国度。6. 我的居所非由日月照明，也不用电气。到了那里的人，绝不会重返世间。

解读：

倒生之树的寓言、韦陀诸经的智慧、解脱世间、寻求至尊者并托庇于他——凡此皆可于本节找到，虽然本节只有短短 6 颂。本节开头讲述倒生之树的寓言——这棵树奇妙综错，象征全部物质存在，或灵魂在生死轮回的世界所受的缠缚。据说，知韦陀者知此树；从此前对韦陀仪礼的各种批评来看，这样的评论似乎有点令人吃惊[1]。不过，这里似乎是从更为完整、全面的角度理解韦陀诸经的，因为它开示了通向解脱的天启智慧，故而不同于旨在求取世间或天堂功利的仪礼。这棵树本身过于错综庞杂，远非人类所能理解，是故，任何想要将此树概念化或理性化的企图皆归徒劳。所以，一个人必须决然以不执之斧斩断它。然而，即便这样做还是不够，舍弃尘世之后，还必须找到一个作为替代的处境或地方，到了那里，便永不复返。这样的地方确实存在，那就是至上原人——室利·克利须那的居所。要住在这至高无上的居所，就必须寻求他的庇护，从而跟他建立起关系。这只有对那些摆脱了诸如骄慢、迷幻之类受拘限灵魂所特有的缺陷的人，才有可能。若有人要我用六节偈颂概括整部《薄伽梵歌》的话，我会引用这一节浓缩了全篇的短文。本节从描述物质存在对人的深固纠缠开始，接着讲到斩断此树，力争解脱，进而追索彼岸世界，最后是找到彼岸，跟至尊者建立了永恒的关系。

被诸根覆蔽的灵魂

7. 存在于有情世间的永恒灵魂，不过是我永恒的碎片。因了被拘限的生命，他们以包括心根在内的六根苦苦挣扎。8. 世间之生命个体，带着不同的业识，从一个躯壳转到另一个躯壳，犹如清风，所过摄味。9. 如是，生命个体受取另一具粗身，得到关聚于心的某种类型的耳、舌、鼻、触。由此，他得以受用一系列特殊的感官对象。10. 愚人不懂，生命个体何以能离开躯壳；他也不明白，在物质气性之驱迫下，他所受用者，为何种躯壳。但是，受过知识锤炼的慧眼，能洞察这一切。11. 精勤不懈的超验主义者，安住自我觉悟，能洞察一切。而未存养心性者、未达自觉者，虽或用力，仍无法看清真相。

解读：

这里提出了一个新奇的说法，极微的灵魂不过是至尊者的一段碎片；两者之间的关系类似父与子或父与女的关系[2]，这个观点似乎唤起了父亲渴望与失散的子女重逢的情感。六根围绕灵魂而聚合，并伴随灵魂穿越生死轮回。看起来，粗身是围绕并根据细身而被生成的，因为当灵魂从一个躯壳向另一个躯壳转生时，是伴随着灵魂的诸根（感官）塑造出新的身体。其后灵魂便透过诸根体验世界，而它从世界获取到的快乐则仰赖气性。这种看法有点玄妙，因而不是对所有人敞开的，只有克己自制的瑜伽士才能证得，而其他人，即那些处于较低等气性的人，无法体认这一切。

至尊者

12．驱散天地间黑暗的太阳光华，从我而来。月、火之明，也从我而来。13．我进入每一个星球，由于我的大能，众星皆循轨道而行。我化为月亮，以娑摩汁液[3]滋润一切植蔬。14．我是一切有情身中之胃火；我是生命之气，既出复入，消化四种食物。15．我安住众生心中；记忆、智慧、遗忘皆从我而生。我以韦陀诸经而为人所知。其实，我乃韦檀多之撰者，我乃韦陀经之知者。16．世间之人分为两类，有坏灭者和无坏灭者。一切有情皆有坏灭，而那坚稳者无坏灭[4]。17．二者之外，还有最伟大的生命——超灵，也即不朽之主。他弥漫三界，摄持万物。18．我超越万有，凌驾于有瑕疵者和无瑕疵者之上，我最伟大，我是太一，受礼赞于世间与韦陀。19．无论是谁，若知我乃至上人格神，并对此笃信不疑，彼已遍知一切。婆罗多之华胄呀！他将彻底献身，为我做奉爱服务。20．这是韦陀典最秘密的部分，无罪之人呀！我今尽已开示。理解它的人，必生智慧，其努力必达圆成。

解读:

本章末节直接论及克利须那之神圣性，无疑是《梵歌》的高潮之一。它首先呈露了克利须那之神圣内在性的种种方面，包括克利须那宣称，他安坐于每一个人的心中[5]。接着克利须那转到韦陀知识，说它实际是有关他本人的知识；并且，他宣称，他就是《韦檀多经》的作者[6]。最后，克利须那论及受拘限之生命，以及解脱的生命，并指出他本人凌驾于一切之上。本章用以总结全文的观点在这一节里又得到了进一步的巩固；据此，若有人明白了有关灵魂受缠缚于世间的真理、有关挣脱轮回锁链之方法的真理，以及有关克利须那之神圣性的真理，便已经完成使命，达到了圆满的智慧。

按:

《老子》以“道生一，一生二、二生三，三生万物，万物负阴而抱阳，冲气以为和”为宇宙化生的模式，又说：“人法地，地法天，天法道，道法自然”，道是根是本，万物从道流布化生，同时，道又是为天、地、人所资取效法的自在自为的至高存在，如果用象来表现的话，道与天地、万物、阴阳组合成的世界恰好就是一棵无比错综奇妙的，根在上、枝向下的倒生的宇宙树。《易·系辞》云：“易有太极，是生两仪，两仪生四象，四象生八卦，八卦定吉凶，吉凶生大业”，又：“易与天地准，故能弥纶天地之道”，这个“易”，合体用而言，实际就是《梵歌》里那棵无所不包、无始无终的“倒生之树”所喻指的天、地、人、业、时聚合运化而成的宇宙实相。同一个世界，迷则为幻，悟则显真，《梵歌》以解脱为宗旨，是向上逆反，故从斩断幻缘立说；《易经》注重天道的下贯，是于具体生化中作顺成的表现，故一真而一切真。

老子把“归根”，或说向大道的回归，作为生命的究竟和圆满，其言曰：

致虚极，守静笃。万物并作，吾以观复。夫物芸芸，各复归其根。归根曰静，静曰复命。复命曰常，知常曰明。

“致虚极，守静笃”，是从工夫、方法上讲，意谓心无窒塞，不为外物所动，相当于《梵歌》所谓的“以不执为斧”，内不执我，外不著物，故能“觉悟真常，不为荣名、错觉、幻缘所污，不贪爱欲，不执苦乐双昧，不受迷惑”。“万物并作，吾以观复。夫物芸芸，各复归其根”，是对宇宙实相的观照，也就是对“倒生之树”的勘破、追索。归根、复命即是从束缚走向解脱，从表象复归本体，生命在其本源处找到了永恒、真实的归宿。《庄子·天下》总结老子的学说，说老子之宗旨在“建之以常无有，主之以太一”，“太一”就是老子所谓的“道”“根”。

至尊者之神圣内在性似乎也可以用上面引用过的《易·系辞》里的几句话来说明：“易与天地准，故能弥纶天地之道。仰以观于天文，俯以察于地理，是故知幽明之故……范围天地而不过，曲成万物而不遗，通乎昼夜之道而知，故神无方而易无体”。这里的神不是“人格神”之神（entity），是指无限的妙用（function），所谓“神也者，妙万物而为言者也”的神。

从神圣之内在性一面看，现实的社会、人生、宇宙总是有一套一定不易的理或无上者的智慧、权能在贯彻，也就是说，同时是现实，同时也就是光明的显现。但从超越一面看，对于被诸根覆蔽的灵魂，宇宙、人生终究不过是一棵根深蒂固的幻树，将人束缚于生死轮回之途。《薄伽梵歌》的超越性表现在凌驾一切存有的至上人格主神或薄伽梵及其居所（彼岸、灵魂故乡、本体世界）上面，表现在断除一切尘世染污的人与神之间的巴克提上面。

《庄子·天下》篇云：“古之人其备乎！配神明，醇天地，育万物，和天下，泽及百姓，明于本数，系于末度，六通四辟，小大精粗，其运无乎不在。”醇通准，醇天地就是“易与天地准”。醇天地以下都是从内在性一面作向下顺成的表现、妙用，配神明才是向上超越的一面，是摆脱现象世界，进入人神相应的本体世界。

基督教只知灵魂上天国，耶稣说我的国在天上不在人间，把宇宙、社会和上帝隔绝了，这就是只有超越的一面，没有内在的一面。依佛教看，宇宙人生一切表现出来的现象无非如幻如化，一切法因缘生起，缘起性空。这是只从气化上看，没有看到气化里面的神、和谐也即无限的虚灵妙用。《易传》看一切变化是一个道在弥纶、有一个实理在后面贯彻，有一个实理在后面贯彻就不是如幻如化的事，而是实事。缘起是一个实理在后面贯彻，它就不性空，它有物自性，所以《易传》讲“乾道变化，各正性命”，而不是“缘起性空”。本章第一节讲宇宙幻树，是单从气化一边讲，是破执，第二节揭示性与天命，第三节以无上者之眼，呈现梵、神我、薄伽梵，彰显神圣性之内在、超越两面。可以说，本章涵摄耶、佛、易的核心精神，将天地人贯通为一体，表现出了原始大道圆融博大的特征。

注释：

(1) 例如《薄伽梵歌》2.42~43。

(2) 也见于《梵歌》14.4

(3) 娑摩（Soma）指仙水，也指月亮

(4) 我按照罗摩努遮传系理解本节；根据这一系的说法，躯体化灵魂被物质拘限，从一个躯体转生到另一个躯体，所以是有坏灭的。反之，获得解脱的未躯体化的灵魂无有坏灭，故此已经摆脱物质之桎梏。

(5) 《梵歌》13.12~18

(6) 韦檀多可能指《梵经》(*Brahmasutras*)，但也指《奥义书》。

第十六章

神性与魔性

两类生物

1~3. 至上人格神说：无畏、清净、觉明、好施、自制、举祭、诵习韦陀、苦行、质直；不害、真实、无嗔、舍离、平静、无谤、慈仁、无贪、温雅、谦恭；贞固、雄强、安忍、弘毅、洁净、无妒、不贪荣名——凡此圣德，婆罗多之华胄呀！皆为禀赋神性之圣者所有。4. 骄慢、自大、嗔恨、自负、苛刻、无知——凡此凶德，皆属魔性，婆罗多之华胄呀！5. 超然之德带来解脱，而邪魔之质造成束缚。般度之子呀！不必担心，你天生禀赋圣德。6. 帕尔特呀！世间受造之有情(1)，分为两类，一为圣贤，一为邪魔。关于神性，我已详说。今且谛听，我说魔性。

解读：

本章继续对人性的讨论，这类讨论开始于第十三章，接着从第十四章一直贯穿下来。我们现在知道有两种人，互相敌对——圣贤与邪魔。神性指向解脱，而魔性指向更深的尘世羁绊。这个原则在第十四章里已经提到过了，其中气性被描述成灵魂在宇宙之旅中所经行的路径。据此，行进在中和之路上的人将最终获得解脱，反之，那些被强阳、浊阴之气捆缚的人，将逐渐堕入更低的生命形式。由于整部《薄伽梵歌》都涉及理想之人的德性[2]，因而谈论魔性似乎也是自然的。也许会有人提出问题：圣贤与邪魔之分别是本体上的分别吗？难道有些人真的是彻头彻尾的邪魔，而另外一些人则是完完全全的圣贤，或至少是虔诚的？可以从各个方面肯断，这两类有情之间的尖锐对比，似乎更像是一种教化的手段，而不是本体论性质的主张，或者人类学意义上的对现实的描绘。道德阶梯，作为《薄伽梵歌》的核心架构，鼓励逐层上移、提升；按照这个逻辑，注定要遭遇某种命运或禀赋魔性的人，也可以登梯而上，从而净化其存在。这个原则在第九章结尾得到进一步加强，其中说道，甚至那些出生低贱的人也可以臻达至高无上的彼岸[3]。神性与中和气性，以及魔性与强阳、浊阴气性之间的明显关联，引发了一个假想，即道德阶梯在一个连续的统一体里，从作为最低点的浊阴气性一直向上延伸到了解脱的最高点。第十四章已经提到，诸气性间相互争竞[4]，所以，既没有纯粹中和之位，也没有彻底排除中和的强阳和浊阴，实际上，每一种组合不过是各种比率的混搭。还有，从《薄伽梵歌》所属的更广阔的史诗性文本——《摩诃婆罗多》来看，很明显，没有一个角色是完全纯净的，而邪魔们，也有一些长处。考虑到所有这些方面，圣与魔之间的尖锐对比，应该更具有教化意义，而不是本体性的。

魔的世界

7. 魔性之人，不知何者当为，何者不当为。他们不洁净，举止无礼，而且不诚实。8. 他们说，世界本不真实，没有根基，也没有上帝在主宰。世界不过从性欲而生；除了贪淫，再没有其他原因。9. 魔性之人，迷失了自我，智慧尽丧，他们按照这类推断，从事无益、恐怖的活动，终致毁灭整个世界。10．寄心于永无餍止的贪淫，骄慢、虚荣之念日盛，如是，魔性之人深陷假象，由于为无常所惑，他们干尽了肮脏的勾当。11~12．他们相信，满足感官才是人类文明最基本的需要。如此，他们的忧虑，无穷无尽，至死不休。在无量数欲望的缠缚下，他们陷溺于贪嗔，为了满足感官，不惜以非法的手段攫取钱财。13~15．魔性之人思维："我今天有了这么多财富，按照计划，我还会得到更多。现在，这么多都是我的了，将来还会不断增加，越来越多。他是我的敌手，我已经把他干掉了；其他的对头，也会被我杀绝。我是主子。我是享受者。我完美无缺，权势显赫，快乐无比。我最富有，身边都是显贵的亲友。没有人像我一样强大、快乐。我将举行祭祀，慷慨布施，那样，我就会欢欣悦乐。"如是，这类人便为无明所惑。16．如是困于种种思虑，又受到假象之网的缠缚，他们变得极度贪著感官之乐，直至堕入地狱。17．他们自命不凡，厚颜无耻，为荣华富贵所迷惑，他们有时举行献祭，也不过是虚文伪饰，绝不会遵照任何礼法、仪轨。

解读：

本节是对魔的尖锐批判，并突显出魔性世界观底层所预设的基本假定：世界非真，没有坚实的根基，也没有无上者在主宰，仅只是爱欲的流露（5）。这是跟谁在辩论？换句话说，是谁在持守、流布这类信条？或许是顺世派信徒，对于他们来说，根本无所谓什么神圣力量；或许是弥曼差派信徒，对于他们，世界是否受无上者主宰无关紧要；或许是耆那教教徒，他们认为世间并非真常。对魔的心理分析极具穿透力，并且措辞精当；魔性之人满腔贪欲，其人格备受谴责，这预示了他将被恐惧缠身。对私已荣名的不断追逐，为维持尊显而进行的筹划，这一切都得到了描述[6]。对魔的批判还指向邪法和虚伪，在宗教的名义下，魔性之人举行祭祀和布施。如是，本节对魔性人格进行了简明而深刻的剖析。或许，这段描述是针对阿周那的，目的是为了让他反省自己是否也有这类表现？很可能，本节在阿周那的自我净化过程中也起到了作用，使他返身向内，深刻反思自己的信条和内心信念。

神魔之间

18．受我慢、权势、骄傲、贪嗔的迷惑，恶魔变得嫉妒至上人格神，并亵渎真正的宗教；殊不知，至尊者就居停于他们以及其他人的身体里面。19．那些性好嫉妒、凶残顽劣之徒，那些人中之至贱者，我将一次又一次把他们抛入红尘苦海，让他们轮回于修罗魔种。20．一次又一次转生于修罗魔种，贡蒂之子啊，这类人永远不能靠近我。渐渐地，他们势必堕入最令人厌憎的生存状态。21．地狱之门有三——淫、嗔、贪。凡有理性者，皆当舍离而无返，因为它们导致灵魂之退堕。22．贡蒂之子呀！离此三门者，修道自益，如是渐达彼岸。23．然而，置经教于不顾、行动随心所欲的人，无成就，无安乐，无法到达彼岸。24．是故，人当依据经典之律则，明白何者当为，何者不当为。知道了这些戒律，就该身体力行，以此逐渐提升自己。

解读：

本节透露了至尊者与邪魔的相互关系；后者惧怕至尊者，而至尊者不断将他们抛入生死轮回。淫、嗔、贪被描述为通向地狱的门户，阿周那被告知，应当彻底舍弃它们。克利须那接着建议阿周那，把经典当作分辨圣、魔之道的手段。从更宽泛的角度来看，本章由于涉及一直很少被讨论到的魔性生活方式，因而为人性之探究做出了意义重大的贡献。还有，本章涉及《薄伽梵歌》的中心论题之一——罪恶以及随之而来的堕落。此前，阿周那出言反对参战，声称那些毁废社稷的人罪孽盈满[7]，必定沉沦地狱。在本章里，克利须那进一步针对这个问题，举出选择了两条不同道路的两种人：持守经训的圣贤，在解脱之路上迈进，与之相对的是邪魔，随心所欲，逆天而行，一步步走向地狱。克利须那视阿周那为第一种人，因此阿周那应该服从经教，坚守职分，决战沙场；这样，他将避免属魔的命运。

按：

圣魔之分，颇近于儒家所谓君子、小人之辨。《论语》对此多有论述，比如“君子上达，小人下达”，上达是循天理，下达是逞人欲，故君子是觉明、小人是无知；“君子喻于义，小人喻于利”，喻于义是自制，喻于利是贪求；“君子求诸己，小人求诸人”，求诸己是谦卑安忍，求诸人是骄慢责人；“君子泰而不骄，小人骄而不泰”，君子谦恭，小人自大；

“君子和而不同，小人同而不和”，君子慈仁质直，小人苛刻嗔恨。故君子、小人分途，其根本是在心地、心术之隐微上，只是仁与不仁而已，但有一毫有我之私，便是不仁，便不免为小人，孔子曰：“君子去仁，恶乎成名？”就是这个意思。我们看《梵歌》里讲到的魔性凶德：骄慢、自大、嗔恨、自负、苛刻、无知，都是从我执生起，进而造成与天地神人相隔绝，这便是不仁。

《中庸》将君子之道归于中和，其言曰：

> 喜怒哀乐之未发，谓之中；发而皆中节，谓之和。中也者，天下之大本也；和也者，天下之达道也。致中和，天地位焉，万物育焉。
>
> 君子中庸，小人反中庸。君子之中庸也，君子而时中。小人之中庸也，小人而无忌惮也。

中庸即是以中和为日用之道。君子持中和之气，故能显仁合道，中和是从气一面讲，仁是从德一面讲；小人反中和，落入强阳、浊阴，故无所忌惮，逞欲恣肆，以致仁心泯灭。

比君子更高远更阔大的境界，或说君子的极致，便是“圣”，《中庸》曰：

> 唯天下至圣，为能聪明睿知，足以有临也；宽裕温柔，足以有容也；发强刚毅，足以有执也；齐庄中正，足以有敬也；文理密察，足以有别也。溥博渊泉，而时出之。溥博如天，渊泉如渊。见而民莫不敬，言而民莫不信，行而民莫不说。是以声名洋溢乎中国，施及蛮貊；舟车所至，人力所通；天之所覆，地之所载，日月所照，霜露所坠；凡有血气者，莫不尊亲，故曰配天。

聪明睿知为圣，宽裕温柔为仁，发强刚毅为义，齐庄中正为礼，文理密察为智，可以说是对《梵歌》所举诸圣德的概括。“莫不尊亲”云云，是说圣德不可思议，生起中和之妙用，此即《中庸》所谓“致中和，天地位焉，万物育焉”。“配天”，即是超越气质之性而入于天地之性，里面已经涵盖了解脱的意思。

小人走到仁义礼智圣的反面，其极致便是“魔”。古印度顺世派主自然因说，以为凡宇宙事物，均自然而生，自然而灭，非由神明，非由自性。生命亦自然而生，躯壳坏灭，灵魂亦随之坏灭。此派既执断灭，故黜信仰、蔑道德，但以满足肉欲为人生之究竟。他们的口号是：“无天上、无究竟解脱、无灵魂在他世界”“当生命尚在，任人欢乐。人其以肉糜为活，虽至负债亦可。”全面拥抱尘世和肉欲的顺世派，跟主张彻底禁欲、出世的佛教，恰好构成了人类唯物主义思想的两极。佛教攻破神我论，提出十二因缘说，以无明为宇宙、生命之根本，实际上跟顺世派一样，否定了内在于宇宙、生命的“道”或神圣性。

在中国文化里，真正接近《梵歌》所谓魔性世界的是法家一派。法家把君主的尊荣势利视为至高无上，因此反对仁爱，不惜采用一切阴谋法术，无限制地强化王权、奴役愚弱臣民。法家的代表人物韩非、李斯都是儒学大师荀卿的弟子，但他们对人性的理解恰恰是继承了荀子的性恶论。

先秦儒家对天人的理解，至荀子乃完全物质化。在荀子眼里，人的本性只有争夺、残贼与淫乱，故“人之性恶，其善者伪也”；天不过是“列星随旋，日月递，四时代御，阴阳大化，风雨博施”的自然界，天与天命毫无神圣性，并不可畏可敬，是故“大天而思之，孰与物畜而制之；从天而颂之，孰与制天命而用之”；“故错人而思天，则失万物之情”，人才是世界的主宰。按照这个逻辑，统治万民的人主理所当然地拥有了“制天命而用之”的无上权柄，而原先体现“天之经地之义”与精神修养的“礼”，也赤裸裸地转变成了对专制权力的肯认和分配。不幸，就是这样一种“魔性”思想，宰治了中国文化两千余年，梁启超先生慨叹：“孟子既殁，公孙丑、万章之徒，不克负荷，其道无传。荀子身虽不见用，而其弟子韩非、李斯等，大显于秦，秦人之政，壹宗非、斯。汉世六经家法，强半为荀子所传；而传经诸老师，又多故秦博士。故自汉以后，名虽为昌明孔学，实则所传者，仅荀学一支派而已。此真孔学之大不幸也。”“孔子之真面目，遂不复可见”“自秦汉以后，政治学术，皆出于荀子”“二千年来，只能谓为荀学世界，不能谓之为孔学世界也”。（《中国学术思想变迁之大势》）

注释：

（1）字面意思是被创造的生命。

（2）《梵歌》13.7~11

（3）《梵歌》9.32

（4）《梵歌》14.10

(5) 《梵歌》16.8

(6) 《梵歌》16.13~15

(7) 《梵歌》1.43~44

第十七章

三极气性在人类生活中的呈露

人的本性乃是其信仰

1．阿周那说：克利须那呀！若有人不守经教，但仍然醉心于信仰和祭祀，他的地位如何？他是在中和气性，在强阳气性，还是在浊阴气性之中？2．至上人格神说：按其所禀赋之物质气性，有身者的信仰可分三类——中和性的、强阳性的、浊阴性的。现在，你且谛听。3．婆罗多之华胄呀！根据其所秉赋之气性，众生遂有特殊之信仰；人类乃信仰所成，确实，信仰是什么，人就是什么。

解读：

解脱的问题已经被论及，通过持守经教、超越气性，便能臻达解脱，这些阿周那都接受了。现在，针对那些不愿遵循经教的人所处的境况，他提出询问，显然他们尚未安立于解脱之途。他们以各种方式作用于世间：行一些献祭，吃这种或那种食物，布施捐赠，等等；如是，他问他们的生存境况。克利须那开始就把解答提到了身体—灵魂的高度[(1)]，他说躯体化的灵魂为气性所束缚，也可以说为其所拘限。第3颂划出了讨论的范围；人的本性乃是其信仰，而信仰之特性则源于气性；此处“信仰”一词似乎并不是指一种宗教信仰，而是指人的品味或说倾向，它们代表了他的禀性，或诸气性之构成方式。故此，下面的讨论皆未逸出气性的界限。换言之，这是从属世的角度对人类本性的讨论[2]，其间并未涉及灵与肉的形而上学的二元性、任何与至尊者的关联，也没有涉及到解脱。

崇拜、魔性苦行和食物

4. 处中和气性者崇拜天神；处强阳气性者崇拜恶魔；处浊阴气性者崇拜鬼魂和精灵。5~6. 出于骄慢、我执，修经典未尝推荐的苦行，又为贪淫驱迫，伤害身体之五行以及居停于身体内的胜我，这样的人，可谓恶魔。7. 根据物质气性，众生所吃的食物也别为三类。献祭、苦行、布施亦如是。我现在告诉你其间的分别，你且谛听。8~10. 处中和气性者所喜欢的饮食使人延年益寿，带来力量、健康、快乐、满足；这类食物多汁富脂，有益身心，而且美味可口。处强阳气性者喜欢过苦、过酸、极咸、极辣、灼舌、焦干、苦涩的食物；这类食物带来苦恼、忧悲、病厄。处浊阴气性者喜欢久置失味、腐烂发霉的食物，甚至残羹剩饭、弃余不洁也是他们之所爱。

解读：

对于诸气性及其在人类生活之各个方面的表现，从本节起有了更为详细的讨论。显然，宗教修炼也不一定总是超越诸气性之外的，因此崇拜被按照三极气性进行了分判。

然后，苦行受到审视，并非每一种苦行都属中和之性，相反，既有强阳性苦行，也有浊阴性苦行。对苦行主义的批评也暗指阿周那，他曾经考虑退出沙场，放弃自身作为武士的属于法的职分，从而变成一位苦修者。这是因为种种峻烈的苦行被认为是魔性的，并不一定属于中和之性或灵性。食物说为根据诸气性分辨人类之禀性提供了基本的量度依据，因为每个人都得食用某一类食物。根据气性的概念，蔬菜、水果、鲜奶、豆类等组成了中和之性食物；强阳性食物也是素食，但是过于刺激，不太精致，比如油炸的食物，某些奶酪，以及某些坚果，而浊阴性食物则由肉、鱼、蛋和含酒精饮料构成。

祭祀、苦行和布施

11．谈到祭祀，当作本分，由不求酬报的人按照经典指示而举行的祭祀，其性为中和。12．婆罗多之华胄呀，汝今当知，出于功利心或骄慢而举行的祭祀，是在强阳气性里面。13．任何祭祀，若无视经训，不施祭余，不唱赞歌，不酬祭司，又且全无信仰——是在浊阴气性里面。14．身体之苦行包括：崇拜至尊主、婆罗门、灵性上师，还有诸如父母一样的尊长，保持洁净、质朴、守贞、不害。15．言语的苦行包括：言语真实，有益悦耳，不致激怒他人，还有，经常性地诵习韦陀文典。16．知足、质朴、庄重、玄默、摄心自制、洁净身心，此为意苦行。17．不求功利、一心事主的人，以超越性信仰所践履之苦行，谓之中和性苦行。18．出于骄慢，为求名闻利养而修的苦行，据说是在强阳气性里面。它既不稳定，也不持久。19．出于愚顽，怀着自残的动机，或为了残毁他人而修的苦行，据说是在浊阴气性里面。20．在适当的时地，出于责任，施舍给应得的人，而且不期望回报，此谓中和性布施。21．布施而期望回报，或怀求取果报之心，或怀吝啬之心，据说皆在强阳气性里面。22．在不净之地、不当之时，向不应得的人布施，或者布施时漫不经心，无礼不敬，都是在浊阴气性里面。

解读：

克利须那现在强调了气性之内在一面。前面讲到气性之外在一面：中和安宁、强阳躁动、浊阴怠惰，本节的描述则更强调作为者的内心态度，而不仅是外在的特征。问题不再是人是否应该献祭、苦修或布施，而是应该如何在内心里，以什么样的心态，践行这些活动；换言之，现在的问题是“当以何种动机践行”。起初，克利须那说到气性，是出于出世的态度；气性的世界以生死轮回为特征，所以该当舍离。但这里他采取了不同的路径：他利用对气性的讨论，让人返身内省。如是，每一个行为都可能会以三种不同的方式被践履：中和性的、强阳性的、浊阴性的。行为的每种模式都有其引发的后果，结论是，中和之行才是受到举扬的行为方式。逻辑看来很清晰：于中和之性下作战与正法（Dharma）契合，乃分之所在，义之所在；于强阳之性下作战势必带有求取名利果报的目的；于浊阴之性下作战将选择错误的时间和地点，面对错误的对手，乃是出于幻妄。对身、口、意苦行的描述令人想起钵颠阇利的《瑜伽经》，其中讲到瑜伽士当实践守贞、研读经典、言语真实[3]。

唵、沓、萨（Om、Tat、Sat）

23．从创世之初，唵、沓、萨这三个字就一直被用来象征至高绝对真理。在念诵韦陀赞歌以及为取悦无上者而举行献祭之时，婆罗门会使用这三个梵音。**24**．是故，依止经律，行布施、献祭、苦行的超验主义者，为求证入无上，长诵“唵”音以为其发端。**25**．无求业果，诵梵音“沓”，行祭祀、苦行、布施。这类超然活动的目的在于摆脱物质缠缚。**26~27**．绝对真理是奉献性祭祀的对象，透过梵音“萨”而被指称。举祭者谓之“萨”，一切献祭、苦行、布施之践履，契合梵性，让至尊者欢喜，亦可谓之“萨”。

28．作为献祭、苦行、布施而做的一切，若非出于对无上者的信心，便不持久，帕尔特呀！彼为“非真”（Asat），无论今生来世，于人皆无补益。

解读：

从气性的角度讨论过祭祀、苦行、布施之后，本节将这三种活动跟绝对的层面相契接。如是，这三种活动更深层的意义是对解脱的探求、对证梵的尝试。因此，践行祭祀、苦修、布施之前，当诵梵音：唵、沓、萨。

按：

在中国文化里，“中和”被赋予普遍性原则的地位，宇宙、社会、性情皆以中和为本，“中和”被视为“洪范”（大法）与“庸常”（日用之道），渗透到哲学、政治、道德、修养、养身、文学、艺术等各个层面。西汉董仲舒曰：“阳者，天之宽也。阴者，天之急也。中者，天之用也。和者，天之功也。举天地之道而美于和”“能以中和理天下者，其德大盛；能以中和养其身者，其寿极命”。宋司马光著有《中和论》，认为“天地所以生成万物，靡不由之”“礼者，中和之法；仁者，中和之行”“乐以中和为本”“政以中和为美”“刑以中和为贵”“君子有中和之德，则邦家安乐，既乐且寿也。”

按照中国文化的理念，“中和”包含了平常、中正、平和、简易、平淡的意味，过与不及、偏阴偏阳或强阳浊阴，皆有违于天地自然之道。“中和”贯穿于中国人精神生活与物质生活的各个方面，甚至无一事不以中和为道，无一理不以中和为纲，可谓得中和则养，失中和则丧。

中和之气体现于礼乐教化（相当于《梵歌》所论及的崇拜、祭祀、布施所涉及的范围），明章潢《图书编》谓：“中和者，礼乐之本也。五礼六乐者，礼乐之文也。舍中和之本，无以为礼乐，舍礼乐之文，无以导中和”，所以有中和之说、中和之言、中和之义、中和之学、中和之旨、中和之论、中和之教、中和之化、中和之圣、中和作用、中和之至、中和之为、中和大法、中和之极、中和之纪、中和统纪、中和之效、中和效验、中和之政、中和之君、中和之事、中和之训、中和之术、中和之治、中和之化、中和之业、中和功化等等说法。

中和之气透显于修身悟道，故有中和之风、中和之致、中和致德、中和之积、中和之养、中和之则、中和之教、中和之发、中和之美、中和之实、中和之容、中和之度、中和之量、中和淑质、中和淳粹、中和之归、中和之行、中和之功、中和之懿、中和之正、中和正气、中和之性、中和之心、中和之意、中和之感、中和之人、中和之士、中和之福、中和之秀、中和之气、中和之道、中和之德、中和之理、中和醇灵、中和之象、中和之真、中和神气、中和元气、中和之应、中和之色等等表现。

中和之说亦通于饮食，故有所谓中和之味。《白虎通》谓：“稷者得阴阳中和之气而用尤多，故为长也”，《御定佩文斋广羣芳谱·穀谱》：“小麦一名来，苗生如韭，成似稻，高二三尺，实居彀中芒生彀上，生青熟黄，秋种夏熟，具四时中和之气，兼寒热温凉之性，继绝续乏，为利甚普，故为五穀之贵”，麦稷皆具中和之气，故禀中和之性。

儒家之君子似乎最能体现出中和之德、中和之行。《中庸》曰：“君子中庸，小人反中庸。君子之中庸也，君子而时中；小人之中庸也，小人而无忌惮也”，中庸即行事合乎中和之道。在儒家思想里，君子一词具有德性上的意义。《论语·宪问》曰：“君子之道者三，我无能焉。仁者不忧、知者不惑、勇者不惧”，《论语·阳货》曰：“君子义以为上”，《论语·卫灵公》曰：“君子忧道不忧贫”，仁、知、勇、义、不求名利，显然都属于中和之德。

《论语·季氏》孔子曰：“君子有九思：视思明，听思聪，色思温，貌思恭，言思忠，事思敬，疑思问，忿思难，见得思义”，视、听、色、貌、言、事、疑、忿、见得皆可归入身、口、意三项，思明、思聪、思温、思恭、思忠、思敬、思问、思难、思义即是针对身、口、意的克制、净化，或说苦行。故君子不妄动，动必有道；君子不徒语，语必有理；君子不苟求，求必有义，《论语·颜渊》曰：

> 颜渊问仁。子曰：克己复礼，为仁。一日克己复礼，天下归仁焉。为仁由己，而由人乎哉？颜渊曰：请问其目。子曰：非礼勿视，非礼勿听，非礼勿言，非礼勿动。

礼相当于法（Dharma），克己复礼即《梵歌》所谓“中和性苦行”，故能生成中和之德——“仁”。在孔子那里，仁是德的总纲，因为仁是天地中和之道的彰显。至汉《人物志》乃以中庸为圣人之目，以禀中和之质的圣人为理想人格，其言曰：

> 凡人之质量，中和最贵矣。中和之质，必平淡无味；故能调成五材，变化应节。
>
> 是故，观人察质，必先察其平淡，而后求其聪明。聪明者，阴阳之精。阴阳清和，则中睿外明；圣人淳耀，能兼二美。知微知章，自非圣人，莫能两遂。故明白之士，达动之机，而暗于玄虑；玄虑之人，识静之原，而困于速捷。犹火日外照，不能内见；金水内映，不能外光。二者之义，盖阴阳之别也。

圣人能以其中和之质调和阴阳，故动静变化皆能中节。《人物志》进而概括圣人之容色气象为“九征”：

> 其为人也：质素平澹，中叡外朗，筋劲植固，声清色怿，仪正容直，九征皆至，则纯粹之德也。九征有违，则偏杂之材也。

这“九征”所显示的，不外是中和之养、中和之风、中和之色、中和之容。

注释：

（1）“第一层”之看法。

（2）“第二层”之看法。

（3）参见钵颠阇利（Patanjali）之《瑜伽经》（Yoga Sutra）。

第十八章

分辨出世和舍离

分辨出世和舍离

1. 阿周那说：巨臂者赫黎史基士呀！我想了解舍离（tyaga）和出世（sannyasa）的意义[1]，以及两者之间的分别。2. 至上人格神说：对为欲望所推动的业行的放弃，被伟大而有学问的人称为出世。对一切业果的放弃，即智者所谓舍离。3. 有些学识渊通者宣称，一切业行皆应放弃；然而，也有其他圣者认为，献祭、布施、苦行永不该放弃。4. 婆罗多之华胄呀！现在听我对舍离所下的论断。人中之虎呀，经典开示，舍离分为三种。5. 献祭、布施、苦行等活动不应放弃，必须践行。实际上，献祭、布施、苦行甚至洁净伟大的灵魂。

解读：

阿周那先前问过，为了觉悟，是该舍弃还是持守业行，为此克利须那推介了自觉之道或瑜伽式业行[2]。论题相当复杂，因为克利须那不但拈出了瑜伽式业行[3]，而且提到了舍离和业行两个似乎互相矛盾的概念。阿周那现在深化了问题，要求对出世位和舍离有一个明晰的分辨。这其中的蕴义在于，对立并不在求知和践行，而是在彻底舍弃业行，还是仅仅舍弃业果。开示的指向是，出世位（sannysa）代表了对业行的彻底放弃，而舍离（tyaga）表示单只对业果的放弃。克利须那意欲运用气性说，举扬中和之行，以之为纯粹的或无所执着的行为方式。他采用了“为欲望所推动的行为”这个词，以区分出世期（sannysa Ashrama）和居士期（grhastha）；故而后者为欲望所驱策，前者则没有这类动机。居家者践行各种活动，底下的动机是对尘世生活的欲求；如是，他为了家族、社群的维系而作为，举行祭祀以求富贵昌盛，实现今生来世的欲望。相反，出世者（sannyasin）放弃一切业行，仅仅践行以解脱为目标的活动，诸如研习经典、修炼种种苦行。讲了这些以后，克利须那提到与放弃业行相关的争议：一种看法是，由于其固有的缺陷，业行必须被彻底舍弃，根据这种观点，为了获得解脱，出世（sannysa）或出离是必要的。这种观点被阿周那反复提出，他认为选择战斗是牺牲他人求得个人的幸福，因此受到了私欲的玷污[(4)]。另一种看法坚持，人应遵行前一章所讨论的祭祀、布施和苦行。克利须那支持这一派，并说这类行为甚至净化智者；如是，他把清净之德赋予行动，这样行动就成了瑜伽行[(5)]。如此看来，业行固有的缺陷已被认知，为了克服这些缺陷，人当把业行作为祭祀、布施或苦行加以践行。如此践行将带来自我净化，并越来越高地超拔践行者于“道德阶梯”之上。如是，业行并没有成为退堕的力量，使人越来越深地陷入生死轮回，相反，它能提升人，一如祭祀、布施、苦修之践行。

祭祀、布施、苦行之说已经在前一章讨论过了[(6)]。据此，若“按经教施行，出于深刻的责任感和祭祀应被践行的信念”[(7)]，祭祀就是中和性的；若“凭着透过瑜伽以自我约束者的深度信仰而践行”，苦行就是中和性的[(8)]；若“出于责任，施舍给应得的人，而且不期望回报”[(9)]，布施就是中和性的。这三类行为是按照经教，怀着应以信心和自律实践它们的信念与深度的责任感而践行的。因而，祭祀、布施、苦修之践行，若出之以中和之性，从一个深刻的、具本质性的角度来说，无异于执守正法（Dharma）。中和气性与法的等同乃是《薄伽梵歌》之结构的基点之一；它贯通了法的架构、数论的形而上学和瑜伽，并创造出一个统一而坚实的，涵盖人类生活一切领域的结构。其中蕴含的逻辑是，在强阳之气中行动比在浊阴之气中行动要好，而在中和之气中践履比在强阳之气中作为更为可取。在中和之气中践履等同于为了法自身的缘故而践法，从这个位置上，应该再向前推进，上升到为至善而行履的境界，即作为瑜伽修炼的行动，以及最终作为对无上者之直接奉献的实践。

不同种类的舍离

6．践行这一切业行时，不应带有贪著心或对业果的渴求，应该把它们当做责任去践履。这就是我的最终看法。7.职分绝不该放弃。若有人出于幻惑，放弃了自己的职分，当知这种舍离是在浊阴气性里面。8．因为害怕麻烦或身体之不适而放弃职分，这样的人据说是在强阳气性里面。这类行为绝不会引向舍离之升华。9．阿周那呀！当人仅仅出于义务履行其职分，舍离一切尘染和对业果的贪执，其所行之舍离据说是在中和气性里面。10．安住中和气性的明智的舍离者，既不执着吉祥之业，也不厌弃不祥之业，他对业无所疑惑。11．躯体化的生命要想放弃一切业行，实在不可能。舍离业果的人，才是真正的出世者。12．对于未尝出离世间之人，三种业果：如意的、不如意的、如不如意混杂的——死后自然累积。然而，已经真实舍离的人不必承受这类令人或苦或乐的业果。

解读：

本节深化了法（Dharma）和气性（gunas）之间的关系；据此，气性说支持了法，因为法代表中和之境。克利须那已然清楚地表达了他的意见，即人必须践行祭祀、布施、苦行，这些行为代表了法的核心；这些行为之践履应出于责任感，而责任是礼法制度框架里人类的首要驱动力。就法之践行而言，提到了与诸气性相应的三条路径；出于幻妄而不尽职分是在浊阴之气里，害怕烦恼而不尽职分是在强阳之气里，为了职分自身的缘故而践履职分，不求业果，这是在中和之气里。克利须那在此重复了先前提到过的论点，按照这个论点，受身者被迫作为[10]。底下预设的逻辑很明白；因为停止作为是不可能的，所以问题不在于人是否应该作为，而是应该在什么气性下作为；在浊阴、强阳还是中和。显然，在中和气性里作为代表了正确、可取的对舍离的态度。借着谈到未尝出离世间之人死后将面临的果报，业（Karma）的论题被提起；这些果报是如意的、不如意的、如不如意混杂的。这一点引起了对中和是否也束缚人这个问题的讨论；虽然前面说过中和拘人以安乐、博识[11]，但按照本节来看，在中和之境作为，不执著于业和果，并不会使人为业报所缠缚。如是，若人在中和里作为，仅仅出于道义，无所执著于业行本身，无所系心于功利业果，便可认为已在今生出离世间，将不复为其业行而受苦。本节也是对阿周那的回应，他先前宣称，战斗将使他受业报之苦，来世送他沦入地狱[12]。答复是阿周那必须在中和气性里执守战斗的职分；故此，他应该为战而战，出于道义，无所罣心于战斗的结果。为了逃避可能的痛苦而放弃战斗代表强阳气性，将会招致今生来世的报应。出于身死魂灭的幻妄而逃离沙场，乃是浊阴气性下无明的表现。通过讨论业之五因，克利须那现在要详细论述个人对业果的兴趣和随业行而来的业报之间的关联。

业之五因

13．摩诃婆呵！根据数论所述，一切业之达成皆具备五因。你且谛听。14．构成业之基础的躯体、造作者、各种作根、种种不同的努力，最终是天意——这些便是业之五因。15．人以身、语、意所造作的一切业行，无论对错，皆由此五因生发。16．因此，以为自己是唯一的造作者，不识五因的人，无疑智慧未圆，无法洞见实相。17．不为我执拘制，智慧未曾染污的人，虽杀而无杀，他也不受业的缠缚。

解读：

业所蕴涵的五因：首先是造作者，其他四因是外在的；它们分别是躯体、各种作根、各种努力、天意。因此，认为自己是唯一造作者的人处在幻觉底下，然而，不在这类迷幻之下的人，虽杀而无杀。怎么会这样呢？造作者不为其他四因负责，因为它们都是外在的，并不在他的直接操控之下[13]；这就把责任最终归到了第五因或造作者自身。不过，前面已经说过，如果业的造作者放弃了业果，他在来生就不会经历好、坏、或好坏夹杂的报应[14]。这样的舍离建立在智慧的基础上，因为若要达到深度舍离，就必须放弃与身心的虚假认同，把自己视为非物质的灵魂，并觉悟到自己跟各种精细或粗糙的感官对象全无瓜葛。因此，结论是：“不为我执拘制，智慧未曾染污的人，虽杀而无杀，他也不受业的缠缚”[15]。克利须那的驳难大致是这样：你，阿周那，在考虑是战斗还是逃离战场，因为你相信你的决定所带来的结果会影响现实，实际上，你错了，因为你并不真的能如你所想的那样操控你的行为；总共有五因，其中四个外在于你，只有一个除外，那就是你自己。就那四因而言，你其实并不承担责任，只有第五因才直接关涉到你自己。至于第五因，也就是造作者或你自己，你应该用正确的方式行为，保持对业的恰当理解，不计功利业果。若你的行为只被对职分的持守所驱动，若它是在中和气性里被践履的，你就不会激荡阴阳气性，实际上就不会杀死任何人，自然也不会受任何业报的折磨。换言之，凭着行为纯净、智慧圆满、不执和责任感，阿周那将守住正法，甚至杀戮也不会让他受到任何种类业报的缠缚[16]。只有预设灵魂永恒，完全与躯体分离，这些观点才能被接受。只有从这样一个超然的位置，阿周那才可能把自己和形形色色的武士们看作躯体化的灵魂，同时向内观照自己，反省自己内心的执着和微细的动机。

三种知、行和作为者

18．知、所知、知者是激发业行的三个诱因；根、作为、作为者构成了业行的三种成分。19．按照物质自然之三极气性，知、行、作为者，也分三类。我现在向你说明，你且谛听。20．虽然芸芸众生被无量数躯体所隔绝，却能看到其中不可分割的同体灵性，当知这种知识属中和之性。21．在每个不同的躯体里，看到不同种类的生命个体，当知这种知识属于强阳之性。22．让人执著一种活动，以之为人生之全部，这样的知识，看不到事物的真相，琐屑支离，可谓在浊阴气性之中。23．受到约束，践行时无所执著，无爱无憎，不求业果，这样的行为须知是在中和气性里面。24．然而，受我执驱使，为满足私欲而拼力奋争，这样的行为属强阳性。25．在幻觉里面，无视经教，不顾将来业力的缠缚，不在乎对他人施暴或引起他人的痛苦，这样的行为属浊阴性。26．践履职分而无所染著于物质气性，不执假我，乾健贞固，不计成败，这样的作为者是在中和气性里面。27．执著业与业果，渴望享受业果，贪婪、嫉妒成性，龌龊不洁，为苦乐所左右；这样的作为者，是在强阳气性里面。28．常常做违背经教的事情，物质至上，冥顽诈伪，以凌辱他人为能事，又好吃懒做，颓废因循，这样的作为者是在浊阴气性里面。

解读：

本节再次谈到《薄伽梵歌》的核心问题；知与行，什么更好？从气性的角度来说，知、行之间并不存在真正的对立，相反，二者互为补充。知、行都可以在中和、强阳、浊阴之境中运作。故此，知、行和作为者都可以按照三极气性被划分为三类，活在中和之境受到推崇，而强阳、浊阴之境应予拒斥。活在中和之境的作为者不染贪著和我执，坚决果敢，无论成败皆健行不息。他的知识是这样的：他见到多中之一，或一切存在中的独一不坏之真如。他行为的方式皆不违礼法经教，无所执着，不为好恶所动，不求功利业果。活在强阳之境的作为者贪图业果，有害、激情、不纯，为喜怒所扰。他的知识是这样的：他见到实在以种种方式被分割。他的行动带着满足私欲的动机，出之以艰辛挣扎和虚夸的我执。活在浊阴之境的作为者任性胡为、粗野、固执、懒散、忧郁、拖拉；他的见识卑陋浅小，全无理性的根据，根本与真理无缘。他行为从不考虑后果、利弊或对他人的伤害，也不管自己是否有能力做到。要之，从通讲整部《薄伽梵歌》而形成的指导已经得到总结；知与行的对立被一种新的对立，即在中和气性里的高级行为方式和源于强阳、浊阴气性的低级行为方式之间的对立所取代。这一步达成后，道德阶梯现在也圆满了；知与行至此被交织在一起。据此，拥有正确觉解或正见的人，行于中和气性，遵循礼法，不计业果。这种行为方式构成了更深奥的奥义书式觉解的基础，按照奥义书的说法，各种灵性真理是通过对职分的践履而呈露的，又是通过“道德阶梯”被逐步表达出来的。

慧、念力、乐和四种姓

29. 现在，檀南遮耶呀！你且谛听，我要详细地告诉你，随顺物质自然之三极气性而产生的三种慧和三种念力。30. 帕尔特呀，知道何者当为、何者不当为；何者当畏、何者不当畏；何者带来束缚、何者导致解脱，此慧在中和气性里面。31. 分不清正法与邪法[17]、当为与不当为；帕尔特呀！此慧在强阳气性里面。32. 以邪法为正法，以正法为邪法，受假象和黑暗的迷惑，永远朝错误的方向努力；帕尔特呀！此慧在浊阴气性里面。33. 帕尔特呀！百折不挠，通过不懈的瑜伽修炼而变得贞固，如是降伏了心、生命之气和诸根，这样的念力，是在中和气性里面。34. 为贪执和功利心所驱策，追求法、利、欲乐[18]，阿周那呀！这种念力属强阳之性。35. 帕尔特呀！不能让人超越梦寐、忧惧、悲苦、幻妄的无明念力，乃是在浊阴气性里面。36. 婆罗多之华胄呀！现在听我讲三种乐，它们使受拘限的灵魂甘之如饴，有时甚至令其苦恼一扫而空。37. 开始时好像毒药，但最后却好像甘露，唤醒人走向自觉之途；这种乐据说是在中和气性里面。38. 从感官与感官对象的交接而来，开始时犹如甘露，最后却像毒药；这种乐据说属于强阳之性。39. 对自我觉悟茫无所知，自始至终不离迷幻，缘起于梦寐、怠惰、虚妄；这种乐据说属于浊阴之性。40. 无论是在这里，还是在天堂的众神中间，都没有脱离物质气性而存在的生命。41. 婆罗门[19]、刹帝利、毗舍、首陀罗，按其由物质气性而生成之德，被区分开来。42. 平静、自制、苦行、清净、安忍、真实、博学、睿智、虔诚——凡此皆为婆罗门所赖以作为之德。43. 英武、雄强、果决、多谋、勇猛、慷慨、有领导力——凡此皆为刹帝利之天性。44. 农耕、牧养母牛、经商——这些都是毗舍天然的活动；至于首陀罗，则须为别人劳作、服务。

解读：

中和之智助人解脱于生死轮回；因而，它分别世间和出世间。同样，它也分别当畏和不当畏，亦即生死和解脱。它分别正法内的和正法外的职分。强阳之慧无法辨别正法和邪法，而浊阴之慧颠倒真伪，以正法为邪法，以邪法为正法。透过坚稳的瑜伽修炼而产生的，支撑人的身心功能的念力被认为是在中和里面。目的在享受，为达成人生之三目标一法、利、欲乐所需要的念力被认为是在强阳里面，而不能让人超越梦寐、忧惧、悲苦、幻妄的念力，乃是在浊阴里面。尽管中和之乐从吃苦开始，要经历修炼的繁难，但这修炼渐渐让人变得满足，并最终转化为深沉的喜乐。强阳之乐根本不同，它建立在短暂的肉体、心理的满足之上，后来变成了烦恼。浊阴之乐表现为贯穿始终的迷幻，建立在从怠惰、昏睡和粗疏而来的快乐之上。通过在诸气性和礼法制度所蕴涵的社会结构之间建立明确的关联，本节总结了对诸气性的讨论。四种姓是根据统辖其天性的气性来定义的；婆罗门为中和所支配；刹帝利为较大分量的强阳所支配；毗舍受制于较低等的气性即强阳与浊阴的杂糅，而首陀罗则受制于更低等的诸气性之杂糅。看起来，其中所隐含的逻辑是，每个阶级都在不同的觉知层面运作。婆罗门冥思梵或至高真理；刹帝利善于统领大众，以及通过政治、军事手段控制他们；毗舍专长饲养家畜、种植五谷，并以之为交易；而首陀罗的活动范围则更受局限，故此在其他人的指导下服务最适合其天性。本节最后宣称气性弥漫遍在；突出了气性这个概念的重要性，把它转化成了一种宇宙性的、无所不包的哲学。

价值阶梯——总结

45. 依循各自的习性，人人都可以变得完美。现在听我告诉你如何去做。46. 至尊主乃众生之根源，他无所不在，通过崇拜他，世人能凭借践履职分而达到圆满。47. 履行自己的职分，即使做得不够完美，也胜过完美地履行别人的职分。依照人的天性而被指定的责任，绝不受恶报的影响。48. 犹如烟之蔽火，每一个努力都被某种缺陷所笼罩。是故，贡蒂之子呀！人不该舍弃生于天性的职事，即使这份职事充满缺陷。49. 自制、不执、无意尘世享乐的人，透过修炼舍离，能够达到无作的最高圆满境界。50. 贡蒂之子呀！让我告诉你，得此成就者如何到达至高圆满之境，也即无上觉明之境——梵。51. 以智慧净化自我，以念力降伏心，舍弃感官享乐的对象，无所执著，不生厌离。52. 深隐于幽僻之地，少食，调伏身、语、意，长处神定，不执能舍。53. 摒除我执、威矜、虚荣、爱欲、嗔恨、贪执、我所，宁静澹泊，这样的人决定超入自觉之境。54. 如此超然安立者，当下觉证至上梵，变得充满喜乐。这样的人无悔无求，平等对待一切有情。在这样的状态下，他达到了为我做纯粹奉爱服务的境界。55. 只有透过奉爱服务，才能如实体认作为至上人格神的我。一旦凭着这种奉爱对我有了圆满觉知，就能进入上帝之国。56. 我的纯粹奉献者，即使从事各种活动，在我的护佑之下，也能依靠我的恩典，抵达永恒不灭的故乡。

解读：

讨论结束了，现在克利须那开始总结整部《薄伽梵歌》。本节凸显出《薄伽梵歌》的结构——与实在之三层相缠结的道德阶梯。本节首先总结了代表第一层的业的哲学[20]，然后总结了代表第二层的瑜伽式不执之境[21]，最后，总结了代表第三层的至高的证梵之境[22]。被简而概之的业的哲学是对《薄伽梵歌》各章，尤其是第三章和第五章，所讨论的论题的总结，因而，本节第47颂是对第三章第35颂的复述。超脱尘俗，存养对梵的爱著，这些也构成了对《薄伽梵歌》各章，尤其是第四章和第六章的总结。今生来世，臻达无上彼岸的最高境界，很大程度上是对第七章和第九章的总结。本节明示礼法职分如何被逐渐升华，最终转化为对至上者的奉献服务。

无论如何你会战斗

57. 在一切行动中，依靠我[23]，永远在我的护佑下行事。在这样的奉爱服务里，圆满觉知我。58. 觉知到我，由于我的恩典，你将跨越受拘限生命之一切障碍。然而，你若不以这样的觉性践履，而是凭着我执行事，不听从我，必定会迷失方向。59. 如果你不照我的指令行动，不肯作战，那么，你将被导入歧途。你的天性注定了，你不得不作战。60. 为假象所惑，你现在拒绝照我的指示行动。然而，贡蒂之子呀，由于受到天性的驱策，你还是会做同样的事情。

解读：

在前一节里简单扼要地总结了《薄伽梵歌》之后，克利须那的口气变得更加私人化，他叫阿周那依靠他，或在思想上把一切作为都奉献给他。这个观念先前已经提出过了[24]，如今，当《薄伽梵歌》终结之际，克利须那邀请阿周那接受他的恩慈，由是超越诸气性，破除一切解脱之途上的险阻。克利须那道破了皈依他的障碍，那就是我慢，是它阻碍了阿周那接受这个建议。如此说过以后，克利须那指出，阿周那的天性将会驱使他去战斗；前面讲到过，业行被强加于躯体化的灵魂之上[25]，这些业行源自人的天性[26]。阿周那将被迫行动，因为他禀赋武士的天性，这天性将驱使他去战斗，而不是去施教、垦殖或服务。故此，克利须那的论说是，为了他的缘故而去战斗更殊胜，由此将获得他的恩慈，臻达解脱以至无上彼岸，但若出于我慢而忽视了听从他的建议，阿周那将发现自己得为其他让人陷入生死轮回的原因而战斗。在下一节里，克利须那采取了更为私人化的语调，由是它在很大程度上构成了《薄伽梵歌》的巅峰。

放下一切，只是托庇于我

61．阿周那呀！至尊者住在每个人的心中，指引众生周游四方，而众生则好像坐在一架由物质能量制成的机器上面。62．婆罗多之华胄啊！彻底皈依他。凭着他的恩典，你将获得超然的宁静，往生至高无上的不朽故乡。63．至此，我已向你开示了最秘密的灵知。加以深思，然后做你想做的。64．由于你是我非常亲密的朋友，我要告诉你最秘密的灵知，为了你自己的利益，你要好好聆听。65．时时想着我，成为我的奉献者，崇拜我，向我顶礼。如是你肯定能到我这里。我向你保证这一点，因为你是我十分珍爱的朋友。66．舍弃一切法，只是托庇于我，我会把你从罪业里拯救出来，不要害怕。

解读：

本节首先对第十三章做了一个简短的总结；它提到了心中的神明，以及生命个体与自然的复杂关系。这里的描述比较更具人格性气息，它强调至尊者凭借其玄力涉入，并呼唤阿周那以全副心灵托庇于至上。接着谈话变得更为私人化，克利须那现在像朋友待朋友一样跟阿周那讲话，这与向一个受拘限灵魂正经说教的无上者完全不同[27]。克利须那首先要求阿周那思考已经有过的对话，然后按他认为是对的去做；看来，完全的皈依仅在自由意志、圆满的理性、智慧和对克利须那通过整部《薄伽梵歌》所呈现的世界观的觉解之下才是成立的。在念出整部作品的两句核心诗偈之前，克利须那公开表露了他对阿周那的情感，并恳求后者为了自己的利益慎重关注他所说的话语。然后他下了第一个宣言，那几乎是第九章总结性诗偈的翻版：他请求阿周那成为他的奉献者，崇拜他，向他顶礼；克利须那向阿周那许诺，这样阿周那就能接近他[28]。接下来克利须那下了另一个传统上被称为“究竟偈”[29]的著名宣言，他扩充了对奉爱的诉求，要求阿周那拒斥一切法，单只托庇于他。克利须那向阿周那保证，如此行事，他将度脱他于一切罪业。克利须那现在建议阿周那拒斥他本人在通篇《薄伽梵歌》里所举出的各种路径；阿周那只要彻底向他皈命，转过来克利须那将度脱阿周那于一切罪业。《薄伽梵歌》的奉献性结局为整部著作里最棘手的问题之一，即罪的问题，提供了解决方法。怀着奉爱之心，皈命克利须那，就是解决之道，克利须那将亲自度脱阿周那于一切罪业，进而赐予他来到自己身边的自由。两位朋友之间的对话至此结束，下一节涉及向他人传播、教授《薄伽梵歌》。

传法于他人，以及阿周那的总结

67. 绝不要向不修苦行、不虔敬、不践履奉爱服务的人解说此天地秘义，也不要向嫉妒我的人解说。68. 向奉献者解说这无上秘密的人，保证能达到纯粹的奉爱服务，最终回到我的身边。69. 世间再无其他仆人比他更让我珍爱，将来也不会有谁比他更让我珍爱。70. 我宣布，谁若研思、诵读这神圣的对话，就是以心智崇拜我。71. 谁若毫无嫉妒，满怀信心地认真聆听，就能断除恶报，到达虔诚者所居住的吉祥星宿。72. 帕尔特呀，你是不是用心听进去了？檀南遮耶呀，你内心的无明和幻惑现在已一扫而空了吗？73. 阿周那说：我亲爱的克利须那，永不犯错的人啊！妄念已离我而去。由于你的恩慈，我的记忆已然恢复。我现在意志坚定，毫无疑虑，准备遵照你的指令行动。

解读：

克利须那现在谈到作为整体的《薄伽梵歌》；只有渴望聆听它的苦修、虔敬之人才能听到它，而非敌视神明之辈。弘传它的人将获得对至尊者的最高奉爱。若有人教授乃至诵读这番谈话，就是通过知识的献祭崇拜至尊者，将自动获得这份献祭的虔诚业果。现在是阿周那总结的时候了；作为对克利须那的问题的答复，阿周那宣称他已经明白了克利须那的话语，已经接受了他，现在就要按照克利须那的开示起而战斗，这是为了证明阿周那的宣言："Karisye vacanam tava"——"我将按你说的去做"。克利须那和阿周那之间的对话，以及对此的总结，至此一并结束。由于整部作品是桑遮耶在回答狄多罗·史德罗的问题时讲述的[30]，下面是他总结的时候了。

桑遮耶的总结——般度之子将赢得胜利

74. 桑遮耶说：如是我闻，两位伟大的灵魂——克利须那和帕尔特之间的对话。其中的讯息实在神妙，听得我身毛为竖。75. 由于我的恩师毗耶娑的仁慈，当克利须那与阿周那对话时，我直接从一切通玄者的主人——克利须那的口中，听到了这些最秘密的开示。76. 王啊！我再三回忆克利须那和阿周那这番既奇妙又神圣的对话，每一刻都感觉到欢喜震颤。77. 王啊！当我想起主克利须那的神妙形体时，我就愈觉惊奇，喜乐莫名。78. 哪里有一切通玄者的主人克利须那，哪里有英勇无敌的弓箭手阿周那，哪里就必定有财富、胜利、美德和超凡的力量。这就是我的看法。

解读：

桑遮耶现在总结他本人直接听闻、诵读《薄伽梵歌》的体验；他经验到深深的震撼、欢喜和极乐。他断定胜利必定属于般度诸子，因为哪里有阿周那和克利须那，哪里就必定有财富、胜利、兴旺和正义。

按：

"法"（Dharma）原指事物的本性，比如火的"法"是光明、热暖，水的"法"是流动、润泽。它其实相当于华夏文化里"自然"的意思。在中国传统里，"自然"这个词意指"本然"，也即万物原来的本性。道家特重"顺自然"，顺自然不是顺服自然界，而是顺从一切事物的本然状态，顺从其本性，也就是"法"，此即《老子》所谓："辅万物之自然而不敢为"。由"自然"可以推出"无为"，《淮南子》曰：

> 若吾所谓无为者，私志不得入公道，嗜欲不得枉正术。循理而举事，因资而立功，推自然之势，而曲故不得容者。故事成而身不伐，功立而名弗有。

"无为"排斥私志、嗜欲，不执我见，不求荣名，似乎就是克利须那所举扬的中和之行，即"纯粹的或无所执着的行为方式"，也即是瑜伽行，或"舍离心妙用"。

本章凭借"法"（Dharma）将《薄伽梵歌》之道一以贯之。"法"是一个涵盖乾坤式的概念，按照奥罗频多在《薄伽梵歌论》里的表述：

“达摩”在印度概念中，非但为善，为正道，为道德，为公理，为伦理，而且为人与一切众生之关系之全部统率，此亦摄与自然与上帝之关系。论其出自一神圣原则观点，此原则乃自发为业行之形式与律则，自发为内中与外表之生活形式，世间任何关系种类之命令也。“达摩”者，轨持，吾人所可持，又能综合摄持吾人内中与外表活动者也。在其本初意义中，原指吾人自性之基本律则，秘密规定吾人一切行动者；在此义度中，则每一有体、典型、种类、个人、群众，皆有其自法。其次，吾人内中有一自当发展而显示之神圣性；依此义则“达摩”为内中工事之律则，以此而神圣性在吾人有体中生长者也。再其次，则为一种律则，吾人用以管制外发之思想、行为，及吾人彼此间之关系，以至最能一面助成吾人自体之成长，一面助成人类之生长，以趋向神圣理想者也。

就其为“管制外发之思想、行为，及吾人彼此间之关系”一面来说，“法”相当于儒家所谓的“礼”；就其为“自性之基本律则”一面来说，“法”相当于道家所谓的“自然”；就其为“内中工事之律则，以此而神圣性在吾人有体中生长者也”，以及“人与一切众生之关系之全部统率，此亦摄与自然与上帝之关系”一面来说，“法”相当于理学所谓“理”，或易学所谓的天地人三才之“道”。

通过在不同的层面上阐释、运用“法”，《薄伽梵歌》将入世与出世、形下与形上、人事与天道、礼法与自然皆打成一片，从而呈现出一种“极高明而道中庸”的生命境界，此即在作为“整体大全”的至上者里面寻求圆融通贯的“巴克提”（Bhakti）或奉献服务所代表的境界。

儒道两家皆尚谦崇柔，其根底是对天道、太一的皈命、献身。《黄帝四经·十六经》云：“君子卑身以从道”。老子曰“治人事天，莫若啬。”这个“啬”，其实也就是要为人君者去奢、去泰、无为、无欲，去除个人的名利私欲，彻底奉献于人天。事，就是侍奉、献身。在老子“无为”的背后，是对柔弱谦下以及牺牲精神的崇尚，老子有言：

圣人常无心，以百姓心为心。

知其雄，守其雌，为天下溪。为天下溪，常德不离，复归于婴儿。知其荣，守其辱，为天下谷。为天下谷，常德乃足，复归于朴。知其白，守其黑，为天下式。为天下式，常德不忒，复归于无极。

反者道之动，弱者道之用。

我有三宝，持而保之。一曰慈，二曰俭，三曰不敢为天下先。

圣人如婴儿般柔弱纯朴，无欲无为。以太一为归依之所（庄子《天下篇》谓老子“主之以太一”），犹如婴儿之返身托庇于父母，此即“食母”“抱一”之“道”，此即“反者道之动，弱者道之用”。由是圣人之心变得慈悲博大，“以百姓心为心”，守雌守辱，如卑下的仆人一样侍奉造福万民，遂得到万民的拥戴，一似百川之归于江海。《庄子》主张“安时而处顺”，实质是一种皈命委顺于天地（即一体大梵）的态度，《德充符》曰：

故圣人有所游，而知为孽，约为胶，德为接，工为商。圣人不谋，恶用知？不斲，恶用胶？无丧，恶用德？不货，恶用商？四者，天鬻也。天鬻者，天食也。既受食于天，又恶用人！

受食于天，即老子所谓“贵食母”。圣人不谋、不斲、无丧、不货，常不离其天德、不隔于天道，表现出对天德、天道的彻底信从和顺服。

在儒家方面，则孔子以克己复礼为仁，又曰“天生德于予，桓魋其如予何？”。《中庸》谓之“居易以俟命”，其言曰：

> 君子素其位而行，不愿乎其外。素富贵，行乎富贵；素贫贱，行乎贫贱；素夷狄，行乎夷狄；素患难，行乎患难。君子无入而不自得焉。在上位，不陵下；在下位，不援上；正己而不求於人，则无怨。上不怨天，下不尤人。故君子居易以俟命，小人行险以徼幸。

谨守名分礼义的下面，是对天命的皈依和顺从。这种传统，可以一直上溯到《诗·皇矣》的“不识不知，顺帝之则”。

本节于“放弃一切法，只是托庇于我”一偈，乃推出最高圣境，教人舍离一切以私我为中心的世出世法，于圆融无碍之境，向既内在又超越的无上者皈依奉献，为无上者而践行一切法，是即巴克提瑜伽，即薄伽梵法（Bhagavata Dharma），即真常法（Sat-Dharma），乃《薄伽梵歌》之究竟了义。所谓“放弃一切法”，乃是一种遮破式的表述，目的是将法从功利、道德层面的表现形式引向深层的本于天命人性的形而上内心觉解。这颇近于孔子所说的“人而不仁，如礼何？人而不仁，如乐何？”，礼乐的核心是与天地万物为一体的仁心，丧失了仁，外在的礼乐反倒成了小人装饰门面谋取私利的工具。老子对此有深刻的体会，其言曰：“失道而后德，失德而后仁，失仁而后义，失义而后礼，礼者忠信之薄而乱之首也”，即是为礼义仁德指出向上超越一路。为此，他甚至不惜“绝仁弃义”“绝圣弃智”。是故，放弃一切法的真义，其实是成全一切法。

气性之说为人的差异性以及阶层的划分提供了合乎自然的根据。四种姓之分在春秋以前的华夏文明里表现为君子、小人在社会地位上的差别。比如《诗经》云："君子所履，小人所视"，孔颖达《诗经正义》解释："此言君子、小人，在位与民庶相对。君子则引其道，小人则供其役"；又《春秋左传·襄公九年》云："君子劳心，小人劳力，先王之制也。"大抵君子兼婆罗门、刹帝利之职，小人泛指毗舍、首陀罗。

中和之乐即老子所谓"味无味"。老子曰："乐与饵，过客止。道之出口，淡乎其无味，视之不足见，听之不足闻，用之不足既"，此说与《梵歌》毒药、甘露之譬尤为吻合。

儒家排拒"惰慢邪辟之气"，情志身心力求和顺纯正，故其乐亦为中和之乐。《礼记·乐记》云：

> 是故君子反情以和志，比类以成其行，奸声乱色不留聪明，淫乐慝礼不接心术，惰慢邪辟之气不设于身体，使耳鼻口心知百体，皆由顺正，以行其义。

又云：

> 乐者乐也，君子乐得其道，小人乐得其欲。以道制欲则乐而不乱，以欲忘道则惑而不乐。

"乐"并非来自私欲的满足，而是来自以道克制私欲，这当然需要艰苦的修炼。

儒在殷商时代就已经存在，甲骨文作需字，即原始的儒字。需字象以水冲洗沐浴濡身之形，盖远古儒者在主持祭仪前都必须浴身斋戒，《礼记·儒行》中便有“儒有澡身而浴德”的说法。《孟子·离娄》也说到斋戒沐浴的宗教净化功用：“虽有恶人，斋戒沐浴则可以事上帝。”可见，儒源自执掌通神之职的巫祝一类的祭司阶级，其身份正相当于韦陀四种姓里的婆罗门。又许慎《说文》训儒：“儒，柔也，术士之称”，儒者温柔安忍，文质彬彬，亦兼具婆罗门之德。

甲骨文研究表明，甲骨卜辞里的“君”所掌管的是帝王的宗教礼仪。《左传·襄公十四年》谓“夫君，神之主也”，日本学者白川静以为“君者，奉仕神，祝祷册告，承受神旨者也。”（白川静《说文新义》卷二上），揭示君似乎是“祭司王”一类集神权和王权于一身的神圣人物。要之，从儒、君子的源流来看，儒家礼乐文化的根源是以祭祀通神为本的婆罗门文化。

对职责和名分的尊重在儒家被称为“名分大义”。背弃职责、逾越名分是极其危险的，不但会使个人身败名裂，进而失去“成身”的机会，也会给家国天下带来祸患。

近世儒者辜鸿铭将“名分大义”解释为中华“国教”的“名誉大法典”。他将《春秋》视为中国历数千年来的“国教”宪法，认为中华民族的根本精神以至行为规则都记录在这本书里。何为中国精神的宗旨本意？他有以下见解：“君子之道”至关重要，为《春秋》精髓。而“名分大义”，即关于“名誉与责任”的原则，是理解君子之道的门径。因而《春秋》又可称为中国的“名誉大法典”。他说，君子之道的核心是廉耻思想。人的羞耻感才是国家、社会文明合理、永久与绝对的基础。他所说的“国教”就是以儒家之“礼”为核心的“良民宗教”。

在其代表作《春秋大义》中，他多次肯定儒学是宗教，至少是“准宗教”，是中国式样的特殊宗教，或称“国教”。

辜氏称："孔子创立国家宗教，确立忠诚之道，是一项多么伟大的工作。"他又说："孔子是在他晚年所著的一部书中，传授了这一宗教。"他将孔子之道直接称为"国家宗教"或简称"国教"。然而在中国，儒学作为宗教，又与西方的宗教，具体言之与基督教又有很大的不同。辜鸿铭认为，西方宗教是"个人的宗教"或称"教堂宗教"，而儒学则是"社会的宗教"，或称"国教"。他说，"礼"就是中国良民宗教的本质，就是中国文明的奥秘，即：不以暴抗暴，而应诉诸礼义。事实上要想清除强权及这个世界上一切不义的东西，不能依赖强权，而只能靠我们每个人优雅得体的举止。以礼来自我约束，非礼莫言，非礼莫行。这是中国文明的精华和中华民族精神的精髓所在。辜鸿铭强调，当一国家、一民族有了国教，有了"名誉大法典"，国家就会步入有序状态，否则国家一切活动将会出现混乱。法院固然需要，但如果没有"名誉大法典"加以约束，一切只能依靠暴力。他举商业上的例子说："如果没有廉耻感使他们去履行契约的话，那么所有的贸易将立刻被迫停止。"也许人们会说，法院可以进行干涉，可以使用暴力。然而，辜鸿铭指出："人没有了廉耻感，社会就只能依靠暴力来维持一段短暂的时间。"他说："但我可以证明，暴力无法使一个社会长治久安。"辜鸿铭一方面将《春秋》之道说成是廉耻之道，又将其诠释为"忠诚之道"。正像在从前的家庭宗教里定下了对婚姻的誓约一样，在孔子的国教里则定下了关于忠诚的神圣誓约，"关于忠诚的誓约，或许可以称之为忠诚之道。"忠诚之道给中国人安排了一种精神秩序，即臣子对国王的忠诚，儿子对父亲的忠诚，妻子对丈夫的忠诚。易言之，即"君君臣臣父父子子"的礼教纲常。

他试图说明西方虽然也讲礼，有基督教规范人们的行为，然而那里的礼仪之道正在被商业精神、产业主义冲淡、腐蚀。相反，另两种不良之物在滋长着，即不断发育膨胀的以法国为代表的“群氓崇拜”与以德国为代表的“强权崇拜”。其结果，西方征战不休，最终爆发世界大战。所以，应当将中国的优雅文明、礼仪精神及仁爱情怀移植到西方，去消灭与战胜那里的群氓崇拜与强权崇拜。这样世界方有安宁之日，方可变为和平的乐土。他说：商业精神笼罩世界各地，尤以英美为最，它构成当今世界的大敌。他认为，今日世界最大的敌人是体现在人们身上的商业主义精神。这种“由自私而形成的商业精神”造成了强权崇拜与军国主义，是现代战争的根源。

从《薄伽梵歌》之“法”的角度来看，作为种姓制度的一个阶层，商人（梵语称为毗舍）维系了社会的经济基础，因而是不可或缺的。商业精神就是商人的“法”或“Dharma”，其本身并没有什么过错。但是一旦商人阶层占据了社会的统治地位，“由自私而形成的商业精神”支配了整个社会的意识形态，那么就造成了对永恒的“名分大义”或“法”的逾越，从而给个体和社会带来污染以及灾难，于是“群氓崇拜”“强权崇拜”应运而生，代替了对刹帝利（即贵族、武士阶层）、婆罗门（宗教、文化阶层）的服从和崇拜。相反，商业精神只有服从更高的精神性原则，毗舍只有在刹帝利、婆罗门的统治和指导下，才能节制其永无穷尽的获利欲望，由此在与天地神人的和谐共处中，保有其本身应有的价值。事实证明，这种开始于两个世纪前的僭越在创造了种种所谓的“奇迹”和“进步”以后，已经使人类及其生存环境面临最后的毁灭。

而在古代中国，对“礼”的僭越表现为刹帝利亦即君主对世俗和精神权力的垄断和滥用。由于“士”这个相当于婆罗门的阶层日渐成为世俗王权的附庸，不复拥有指导、制约君主的精神能力和思想武器，绝对化的王权遂造就了威力无比的专制机器。这就是所谓的“秦制”，它始于君主对祭天之权的垄断、对婆罗门通天权力的剥夺以及对“名分大义”的歪曲、利用。谭嗣同在《仁学》里早就指出：

> 中国自绝地天通，惟天子始得祭天。天子既挟一天以压制天下，天下遂望天子俨然一天，虽胥天下而残贼之，犹以为天下之所命，不敢不受。民至此乃愚入膏肓，至不平等矣。

夺到祭天之权后，君主接着把仁义圣知一起席卷而去，转化为奴役天下的利器。过去很多学者把庄子、孟子批判、限制君权的一些说法视为“民主思想”的萌芽。其实，这些所谓的“民主思想”源自更为古老的以天为本的“礼”或“道”。从“礼”的角度来看，君权来自于天命、因此也必须服从于天命。否则，没有更高的超越性力量的制约、化解，暴君与专制终究是不可避免的，人吃人的历史悖运也终究不会结束，不管从外面输入多少“民主思想”或“民主制度”。因此，“礼”与其说是统治工具，不如说是对统治权力和低等人性的制约和规范。古代“民贵君轻”的思想，实际与此有关，而不能一概以民本思想加以附会。

必须提到的是，“士”或婆罗门阶层的失位跟自身的堕落有关。在印度表现为婆罗门的傲慢和势力，滥用祭祀和特权，故后来有提倡众生平等的佛教出现与之抗衡，并受到刹帝利的欢迎和支持；而在中国，是因为士大夫不再相信天命，比如荀子一派，由此丧失了超越精神和批判能力，故不得不臣服于世间王权。汉董仲舒重兴天人之学，但却昧于从主体性出发遥契天道、天命，故言天人感应始终未能超越阴阳五行，其天道性命亦下坠于气化一边；魏晋玄风大畅，从天人感应一变而为天人合一，故任自然而越名教，尚清谈而轻事功；唐宋以后，士大夫受佛教影响，以心性包摄天理宇宙，主体完全取代天命天道的客观性，走上了以人代天、以人僭天的狂禅之路，由是整个阶层变得冥顽狂妄、虚伪狡诈、浮躁轻慢、贪竞淫逸，成了中国社会党争和腐败的根源。因为，仅仅依靠自律精神、忠诚感与廉耻感，没有来自对天命、神明的敬畏，以及对存在之神圣性的肯认，显然不足以维持对“名分大义”或“法”的坚守。

孔子曰：“人能弘道，非道弘人”，弘道之人参赞天地之化育，故为神明所爱珍，而另一方面，道之兴废，亦系于天心神意。中国文化对此深有领会，《论语·八佾》曰：“天下之无道也久矣，天将以夫子为木铎。”又《论语·子罕》曰：“文王既没，文不在兹乎？天之将丧斯文也，后死者不得与于斯文也。天之未丧斯文也，匡人其如予何？”今中国文化欲于浩劫艰难中重生，若文化人缺乏这份担当、皈命的精神，缺乏对心性、神明的信仰和体证，徒然彷徨于故纸堆中，是没有希望的。也许，这部横空出世于文明开辟之初的《薄伽梵歌》能为神州带来信仰和觉性的火种。

注释：

（1）sannysa 和 tyaga 这两个词不但意思相近，并且都可以用多种方式加以翻译。根据文本自身，笔者保留 sannysa 一词不变，意指第四行期（Ashrama），并把 tyaga 一词译为舍离（renunciation）。

（2）《梵歌》3.1~8，5.1~6

（3）Karma Yoga

（4）《梵歌》1.45

（5）瑜伽和净化之间有直接的联系，见《薄伽梵歌》6.12。

（6）《梵歌》17.11~22

（7）《梵歌》17.11

（8）《梵歌》17.17

(9) 《梵歌》17.20

(10) 《梵歌》18.11 和 3.5

(11) 《梵歌》14.6

(12) 《梵歌》1.44

(13) 或许有人会辩称，躯体、器官和努力是受到自己控制的，或者至少代表了一个人的业（Karma），但这里所蕴涵的逻辑是，灵魂跟这三者截然不同，从这个角度来说，它们之间并无直接的关联。

(14) 《梵歌》18.12

(15) 《梵歌》18.17

(16) 亦见于《梵歌》4.16~22

(17) Adharma, 与正法相悖逆。

(18) Kama，欲乐，欲望之满足；artha，利，世间之成就。

(19) 梵文：Brahmana，英语：Brahmin

(20) 《梵歌》18.45~48

(21) 《梵歌》18.49~53

(22) 《梵歌》18.54~56

(23) 直译是“思想上把一切行动献给我”。

(24) 见《梵歌》3.30，8.7 和 9.27

(25) 《梵歌》3.5 和 18.11

(26) 《梵歌》18.41

(27) 正经说教的顶点表现在第十一章。

(28) 《梵歌》18.65 和 9.34

(29) 《梵歌》18.66，Caramasloka: 究竟偈。

(30) 开启《薄伽梵歌》的问题：见《梵歌》1.1。